SILVIA STOLZENBURG
Die Begine und der Siechenmeister

DER TOD GEHT UM Bereits vier Monate sind vergangen, seit Bruder Lazarus nach Rom beordert wurde, um den Oberen des Heilig-Geist-Ordens Rede und Antwort zu stehen. Seine heimliche Liebe, die junge Begine Anna Ehinger, bangt jeden Tag um ihn. Um sich abzulenken, arbeitet sie mehr denn je im Spital. Doch nachdem Lazarus aus Rom zurückgekehrt ist, begegnet er Anna mit einer für sie unbegreiflichen Kälte. Während die Trauer an ihr nagt, sucht eine Reisende Schutz bei den Beginen, deren Zustand sich schnell so verschlechtert, dass sie ins Spital eingeliefert werden muss. Dort verstirbt sie und bereits in der folgenden Nacht verschwindet ihr Leichnam aus der Spitalkapelle. Unterdessen tauchen kopflose Leichen in der Stadt auf, und bald machen Gerüchte über Menschenfresser und Wiedergänger die Runde. Als Anna auf dem Weg zum Funden- und Waisenhaus eine weitere Leiche entdeckt, gerät sie in höchste Gefahr. Denn derjenige, der für die Morde verantwortlich zu sein scheint, sperrt sie ein und fordert ihre Hilfe bei einem dämonischen Ritual ...

Dr. phil. Silvia Stolzenburg studierte Germanistik und Anglistik an der Universität Tübingen. Im Jahr 2006 promovierte sie dort über zeitgenössische Bestseller. Kurz darauf machte sie sich an die Arbeit an ihrem ersten historischen Roman. Sie ist hauptberufliche Autorin und lebt mit ihrem Mann auf der Schwäbischen Alb, fährt leidenschaftlich Mountainbike, gräbt in Museen und Archiven oder kraxelt auf steilen Burgfelsen herum – immer in der Hoffnung, etwas Spannendes zu entdecken.

© Oliver Vogel

SILVIA STOLZENBURG
Die Begine und der Siechenmeister

Historischer Kriminalroman

Dieses Buch wurde vermittelt durch die
Autoren- und Projektagentur Gerd F. Rumler (München)

Spannung pur – mit unserem Newsletter informieren wir Sie
regelmäßig über Wissenswertes aus unserer Bücherwelt.

Gefällt mir!

Facebook: @Gmeiner.Verlag
Instagram: @gmeinerverlag
Twitter: @GmeinerVerlag

Besuchen Sie uns im Internet:
www.gmeiner-verlag.de

© 2021 – Gmeiner-Verlag GmbH
Im Ehnried 5, 88605 Meßkirch
Telefon 0 75 75 / 20 95 - 0
info@gmeiner-verlag.de
Alle Rechte vorbehalten
1. Auflage 2021

Lektorat: Sina Deter
Herstellung: Mirjam Hecht
Umschlaggestaltung: U.O.R.G. Lutz Eberle, Stuttgart
unter Verwendung der Bilder von: © Elnur / stock.adobe.com
und https://commons.wikimedia.org/wiki/File:Rust_tijdens_de_vlucht_
naar_Egypte,_Gerard_David,_16de_eeuw,_Koninklijk_Museum_voor_
Schone_Kunsten_Antwerpen,_47.jpg
Druck: CPI books GmbH, Leck
Printed in Germany
ISBN 978-3-8392-2814-2

Für Effan, die beste Hälfte

Prolog

Rom, Anfang September 1412

OBWOHL ER AUS dem winzigen Fenster seiner Zelle kaum etwas sehen konnte, reckte Bruder Lazarus sich an diesem sonnigen Septembermorgen auf die Zehenspitzen, um wenigstens einen Blick auf das glitzernde Wasser des Tibers zu erhaschen. Seit seiner Ankunft in Rom vor mehreren Wochen durfte er sein Gefängnis nur zu den Stundengebeten und Messen verlassen, die in der Hospitalkirche gehalten wurden. Der Komplex des Hospitals Santo Spirito in Sassia war auf einem weiträumigen Grundstück angesiedelt, das Lazarus aus seiner Zeit in Rom gut kannte. Es wurde von vier Straßen und einer Piazza umschlossen, bestand aus einem langgestreckten Bau, zahlreichen Innenhöfen mit Brunnen und kleinen Nebengebäuden. In dem Teil des Gebäudes, in dem Lazarus sich befand, herrschte vollkommene Stille. Nur das Lachen der jungen Männer unter den Zypressen am Ufer des Tibers wurde vom Wind in seine Zelle getragen.

Die Burschen wirkten unbeschwert und übermütig und schienen nur mit halbem Eifer bei der Arbeit zu sein. Während sie Netze in ihre Fischerboote warfen, sahen sie einer Gruppe junger Frauen hinterher, die tuschelnd die Köpfe zusammengesteckt hatten. Über ihnen wippten Vögel auf den Ästen der Bäume, die sich in der sanften Brise bewegten. Das Interesse der Frauen galt einer prächtigen Kutsche auf der Piazza, die von vier glänzenden Pferden gezogen wurde. Zwar war das Wappen auf den Türen aus der Entfernung nicht auszumachen, aber Lazarus vermutete, dass es sich um einen Sohn oder eine Tochter aus reichem Hause handelte. Immer wieder beklagten sich die Ordensmitglieder bei der Obrigkeit, dass einige Bürger den gebührenden Respekt in der Nähe der Hospitalkirche vermissen ließen. Doch diese Beschwerden stießen meist auf taube Ohren.

Mit einem Seufzen trat Lazarus vom Fenster zurück und kniete sich vor den kleinen Altar in der Ecke seiner Zelle. Während seine Finger eine Perle seines Rosenkranzes nach der anderen betasteten, flehte er um Vergebung für seine zahllosen Sünden. Die Strafe, die ihn erwartete, fürchtete er nicht so sehr wie den Zorn Gottes. Durch seine Schwäche, seine sündige Begierde für die Begine Anna, hatte er gegen das Gelübde des Gehorsams verstoßen. Als Mitglied des Heilig-Geist-Ordens war es ihm strikt untersagt, der fleischlichen Lust nachzugeben, auf einen Verstoß standen drakonische Strafen.

Die Gefühle, die er für Anna Ehinger hegte, quälten ihn trotz all seines Flehens um Läuterung immer noch. Allein die Erinnerung an ihre Berührung, ihre weichen Lippen, sorgte dafür, dass seine Körpersäfte ins Ungleichgewicht gerieten. Die Angst, die er ausgestanden hatte, als er fürchten musste, sie nie mehr lebend wiederzusehen, hatte ein Loch in sein Herz gefressen, das nicht mehr zu verschließen war. In den Momenten der Schwäche wünschte er sich nichts sehnlicher, als den Orden zu verlassen, um sie zu bitten, seine Frau zu werden.

Aber das war unmöglich.

Er vergrub das Gesicht in den Händen und betete immer verzweifelter. Ein Austritt aus dem Orden war ihm verwehrt, außer er wählte eine Bruderschaft mit strengeren Regeln. Lief er davon, drohten ihm Ächtung und die Exkommunikation durch den Papst. Seine Seele würde für eine solch ungeheuerliche Sünde ewig im Fegefeuer brennen. Wagte er dennoch den törichten Schritt und verließ ohne Erlaubnis den Orden, griff man ihn früher oder später gewiss auf und brachte ihn zurück. Dann erwarteten ihn entweder eine furchtbare Züchtigung, Degradierung oder Kerkerhaft.

»Barmherziger Vater, gib mir die Kraft, diese Prüfung zu bestehen«, flüsterte er. »Lasse Dein Angesicht leuchten über mir und behüte mich vor den Versuchungen Satans. Leite mich zurück auf den rechten Pfad und ...« Ein Geräusch, das die Stille durchbrach, ließ ihn innehalten. Deutlich war das Hallen von Schritten im Kreuzgang vor seiner Zelle zu hören.

Lazarus umklammerte den Rosenkranz fester. War jetzt endlich die Zeit gekommen? Wurde heute das Urteil über ihn gefällt? Erwarteten ihn Jahre der Kerkerhaft? Er senkte den Kopf und hoffte, dass all sein Flehen, sein Bitten und seine Buße nicht umsonst gewesen waren. Denn obwohl er versuchte, sich davon zu überzeugen, dass er Anna aus seinem Herzen gerissen hatte, war der Gedanke an sie sein ständiger Begleiter. Was, wenn man ihm verwehrte, nach Ulm zurückzukehren? Oder ihn in ein anderes Land schickte? Als ein Schlüssel ins Schloss gesteckt wurde, bekreuzigte er sich, kam auf die Beine und setzte eine steinerne Miene auf.

Kurz darauf erschienen zwei Brüder auf der Schwelle. Schweigend, ganz in Schwarz gekleidet, wirkten sie im schwachen Licht, das durch das Fenster hereinfiel, bleich und leblos. Sie vermieden es, Lazarus direkt anzusehen, und gaben ihm mit einem Zeichen zu verstehen, ihnen zu folgen.

Obwohl ihm beim Gedanken an das, was ihm bevorstand, die Knie weich wurden, straffte er die Schultern, befestigte den Rosenkranz an seinem Gürtel und folgte den Brüdern den Kreuzgang entlang zu einem Teil des Gebäudes, in dem sich die großen Säle befanden. In einem davon erwarteten ihn die Oberen des Heilig-Geist-Ordens, aufgereiht wie schwarze Vögel auf einer Bankreihe am Kopf des Raumes. Die Kälte des Steins spiegelte sich in ihren Gesichtern wieder und Lazarus wagte nicht, auf Milde zu hoffen, als er vor dem großen Kruzifix an der Wand auf die Knie sank.

»Bruder Lazarus«, hob der Älteste der Versammelten an. »Bist du bereit für dein Urteil?«

Kapitel 1

Ulm, Oktober 1412

DIE SIEBZEHNJÄHRIGE ANNA EHINGER schlang fröstelnd die Arme um sich, als sie das Hauptgebäude der Beginensammlung in der Frauengasse verließ und in den Hof hinaustrat. Direkt nach dem Stundengebet der Laudes hatte sie ihre Arbeit in der Kräuterküche begonnen, um einen Trank für die Reisende herzustellen, die am gestrigen Abend um ein Lager für die Nacht gebeten hatte. Die Frau litt an einem trockenen Husten und war so schwach, dass sie kaum die Suppe hatte löffeln können, die die Beginen ihr zur Stärkung vorgesetzt hatten. Außerdem schien sie bei jeder Bewegung Schmerzen zu haben. Auf Fragen nach ihrer Herkunft hatte sie unzusammenhängend geantwortet und Anna hoffte, an diesem Morgen mehr zu erfahren.

Sie drückte den Korb, in dem sich die Arzneien befanden, an ihre Brust und machte sich auf den Weg über den Hof, von dem kaum etwas zu erkennen war. Seit der Herbst Einzug gehalten hatte, waberte der Nebel in dichten Schwaden durch die Straßen und Gassen der Stadt und die Feuchtigkeit lag greifbar in der Luft. Obwohl Anna eine Kerzenlampe trug, reichte der schwache Schein nicht weit. Von den Ställen und Wirtschaftsgebäuden war kaum etwas zu erkennen, selbst die hell erleuchtete Schreibstube der Meisterin war nicht mehr als ein verwaschener Lichtkegel. Die Herberge der Sammlung, in der die reisenden Frauen untergebracht waren, lag noch völlig im Dunkeln. Zwar konnte es nicht mehr lange dauern, bis die Sonne aufging, doch Anna bezweifelte, dass sich der Nebel mit Anbruch des Tages lichten würde. Seit fast einer Woche lag er wie ein erstickendes Tuch über der Stadt und sorgte dafür, dass die Gassen in einigen Gegenden noch unsicherer wurden. Erst gestern hatte sie von einer anderen Schwester gehört, dass ein reicher Kaufmann überfallen und halb totgeschlagen worden war.

Vorbei an zwei Mägden, die aus dem Zugbrunnen Wasser schöpften, eilte Anna zur Herberge und betrat diesen Teil des Gebäudekomplexes. Trotz der geschlossenen Fensterläden war es kalt und zugig in dem langen Korridor, von dem mehrere Türen abgingen. Obgleich sich die Frauen die Kammern normalerweise zu dritt oder zu viert teilten, war zurzeit genügend Platz vorhanden, da das Reisen im Herbst und im Winter für die meisten zu gefährlich war. Schon aus diesem Grund hatte die Ankunft der Frau die Beginen verwundert, fehlten ihr die sonst üblichen Begleiterinnen.

Wer sie wohl war?

Nachdem Anna geklopft hatte, betrat sie den kleinen Raum, in dem es nach feuchter Kleidung und zu lange getragenen Schuhen roch. Die Reisende hatte bereits eine Kerze entzündet, und war dabei, sich anzuziehen. Mit einem erschrockenen Einatmen sah Anna, dass ihr Untergewand blutverschmiert war, obwohl die Frau sich hastig abwandte.

»Du bist verletzt!«

Die Fremde schüttelte schwach den Kopf. »Es ist nichts.«

Anna überwand ihren Schrecken, stellte Korb und Kerzenlampe ab und trat auf die Frau zu. »Lass mich einen Blick darauf werfen«, bat sie. »Die Wunde muss verbunden werden.«

Einen Augenblick sah es so aus, als ob die Frau protestieren wolle, doch dann hob sie mit einem Seufzen die Arme und ließ zu, dass Anna ihr Untergewand nach oben schob.

»Gütiger Himmel!«, entfuhr es Anna.

Unter den Rippen der Frau klaffte eine hässliche Wunde, außerdem entdeckte Anna Spuren von alten Verletzungen. »Wie ist das passiert?«, wollte sie wissen.

»Ich bin gestürzt«, war die Antwort. »Dieser Nebel ...«

Obwohl die Erklärung einleuchtend war, läuteten in Annas Kopf Alarmglocken. Sie hatte den Eindruck, dass die Wahrheit eine ganz andere war. Woher stammten all die Narben und Striemen am Körper der Frau? War sie eine flüchtige Verbrecherin? Hatte man sie für irgendetwas körperlich gezüchtigt? »Woher kommst du?«, erkundigte sie sich.

»Aus einer anderen Stadt«, wich die Fremde aus. »Ich bin auf der Durchreise.«

Etwas in ihrem Tonfall ließ Anna vermuten, dass es sich bei dieser Behauptung nicht um die Wahrheit handelte. »Wie ist dein Name?«

»Gertrud«, erwiderte die Reisende. Sie strich ihr Untergewand glatt und schlüpfte in das zerschlissene Kleid, in dem sie angekommen war. Es war aus grober Wolle, mehrfach geflickt und wirkte, als habe es schon bessere Zeiten gesehen. Als sie sich nach ihren Schuhen bückte, fasste sie sich mit einem erstickten Laut an den Kopf.

Anna konnte ihr gerade noch unter die Arme greifen, sonst wäre sie zu Boden gesunken.

»Mir ist schwindlig«, murmelte Gertrud. »Ich ...« Ein Husten unterbrach sie, sodass es ihren mageren Körper schüttelte.

»Du bist krank«, stellte Anna fest, nachdem sie ihr an die Stirn gefasst hatte. Sie glühte vor Fieber.

»Es geht mir gut«, widersprach die Reisende. Sie machte Anstalten, sich aufzusetzen, allerdings schien ihr die Kraft zu fehlen.

»Deine Wunde ist entzündet. Wir sollten den Wundarzt holen, damit er sich darum kümmern kann.«

»Ich will keinen Arzt!« Gertrud griff nach Annas Hand und drückte sie so fest, dass Anna die Luft einzog. »Versprich mir, dass du keinen Arzt holst!«

»Warum?«

»Versprich es mir!«

Da Anna fürchtete, dass Gertrud sonst etwas Unüberlegtes tun könnte, nickte sie widerstrebend. »Ich kann dir eine Salbe besorgen«, sagte sie. »Aber zuerst solltest du diese Arznei trinken und dich weiter ausruhen. Ich sage einer der Mägde Bescheid, damit sie dir Frühstück bringt.«

Gertrud ließ ihre Hand los. »Danke«, murmelte sie. »Du bist ein guter Christenmensch.«

Anna seufzte. Wenn sie das nur wäre! Dann würden ihre Gedanken nicht jedes Mal, wenn sie ins Heilig-Geist-Spital ging, zu Lazarus abschweifen. Seit Monaten hatte sie nichts von ihm gehört und auch im Spital schien niemand zu wissen, wie sein zukünftiges Schicksal aussehen würde. Am Ende des Sommers war ein neuer Siechenmeister bestellt worden, ein alter, weißhaariger Mönch, der zwar sanft und gütig war, Lazarus jedoch nicht ersetzen konnte. Zu oft irrte er sich bei der Verabreichung von

Arzneien und überließ die Behandlung der Kranken fast ausschließlich dem Wundarzt.

Zu ihrem Verdruss spürte Anna, wie ihr Tränen in die Augen stiegen. Trotz all der Buße, die sie getan hatte, ließen sich die Gefühle für Lazarus nicht einfach ausreißen wie ein dürres Pflänzchen. Er hatte alles riskiert, um ihr das Leben zu retten, und bezahlte jetzt einen furchtbaren Preis dafür. Im Spital war lange Zeit gemutmaßt worden, welche Strafe ihn in Rom erwartete. Einige der älteren Brüder hatten den Spitalmeister dazu gedrängt, ein gutes Wort für ihn einzulegen, doch niemand wusste, ob der Magister Hospitalis dieser Bitte nachgekommen war. Das Gegenteil könnte der Fall sein.

Da Anna sich vor Gertrud den eigenen Kummer nicht anmerken lassen wollte, kehrte sie ihr hastig den Rücken und verließ die Kammer, um Salbe und Binden zu holen. In der Kräuterküche angekommen, suchte sie nach einem Tiegel mit Schafgarbensalbe und bereitete einen Aufguss aus den Blättern derselben Pflanze zu. Dann mischte sie noch eine Tinktur aus zerstoßenen Blüten der Akelei, gab etwas Honig hinzu und brachte alles zu Gertrud in die Herberge.

»Trink das«, sagte sie und wartete, bis der Becher geleert war. Schließlich bat sie Gertrud, ihr Untergewand hochzuziehen und trug die Salbe auf die Wunde auf. Dabei fielen ihr runde Male auf, die aussahen, als ob jemand die Frau gebrandmarkt hätte. Obwohl ihr zahllose Fragen auf der Zunge lagen, zügelte sie ihre Neugier. *Es geht dich nichts an,* appellierte sie an ihre Vernunft. Wenn sie nicht wieder in Schwierigkeiten geraten wollte, musste sie lernen, ihre Wissbegier zu zügeln.

»Neugier ist eine Versuchung, der ein frommer Geist widerstehen muss«, hatte die Beginenmeisterin Anna gescholten, nachdem sie wohlbehalten von der Vorladung vor den Rat zurückgekehrt war. Mit einem Schaudern erinnerte sie sich daran, wie knapp Lazarus und sie einer Anklage entronnen waren. Hätte Annas Bruder Jakob nicht ein gutes Wort für sie eingelegt, säße sie jetzt vermutlich nicht an Gertruds Bett.

Ein Schmerzenslaut und ein Zucken ließen sie die Gedanken an das, was passiert war, vergessen. »Entschuldigung«, murmelte sie zerknirscht und drückte vorsichtig eine Kompresse auf die Wunde. Dann verband sie Gertrud und half ihr, das Untergewand wieder über die Hüften zu ziehen. Da sie die Kerzenlampe auf einem kleinen Tischchen neben dem Bett abgestellt hatte, fiel der Lichtschein auf Gertruds Gesicht, als sie den Kopf in den Kissen wandte. Dabei fiel Anna auf, dass sich hinter ihrem Ohr ebenfalls eine verschorfte Wunde befand. Ohne nachzudenken, streckte sie die Hand aus, um Gertruds Haar zur Seite zu schieben. »Was ist das?«, fragte sie.

Doch Gertrud hielt sie mit einem Griff ans Handgelenk zurück. »Nichts«, log sie. »Ich danke dir für alles, aber ich bin furchtbar müde.«

Anna erschrak über die Kälte ihrer Hand.

Sie zitterte.

Obwohl sie am liebsten weiter in Gertrud gedrungen wäre, wusste sie, dass sie die Frau schlafen lassen musste. Wenn sie sich nicht innerhalb eines Tages erholte, würde Anna die Meisterin bitten, nach dem Wundarzt zu schicken. Ganz gleich, was sie versprochen hatte, sie würde diese Frau ganz gewiss nicht sterben lassen!

Kapitel 2

NACHDEM ANNA GERTRUDS Kammer verlassen hatte, machte sie sich auf zum Gemeinschaftsraum der Beginen, um mit den anderen Schwestern ein einfaches Mahl einzunehmen. Obwohl sie jeden Tag dankbar dafür war, eine der zwölf Frauen zu sein, die in dem großen Anwesen in der Frauengasse lebten, fragte sie sich, wie lange sie sich noch hinter den Mauern der Sammlung verstecken konnte. Nach allem, was mit dem Sohn des zweiten Bürgermeisters passiert war, würde ihr Bruder vermutlich eine Weile Ruhe geben. Doch Anna war sicher, dass es nur eine Frage der Zeit war, bis er ihr erneut eine Ehe mit einem der reichen Patriziersöhne ans Herz legte. Als Pfleger des Heilig-Geist-Spitals war es hinderlich für ihn, dass seine Schwester einer Vereinigung angehörte, die vom Papst verboten worden war und von vielen Geistlichen als ketzerisch angesehen wurde. Nicht nur die Zisterziensermönche des gegenüberliegenden klösterlichen Pfleghofes bedachten die Beginen mit abfälligen Blicken. Zwar hatten sich die Frauen nach dem Konzil von Vienne den Barfüßermönchen angeschlossen und sich den Regeln dieses Ordens unterstellt, trotzdem wurden auch in Ulm immer öfter Rufe nach einer Schließung des Beginenhofes und einer Beschlagnahmung aller Besitztümer der Frauen laut.

»Das sind Bräute des Teufels«, hatte Anna schon öfter auf ihrem Weg zum Heilig-Geist-Spital gehört. Jetzt, wo der Mann, der sie fast getötet hatte, den Posten des zweiten Bürgermeisters erhalten hatte, würden die feindlichen Stimmen vermutlich immer mehr Gewicht gewinnen.

Sie zog schaudernd die Schultern hoch, da der Gedanke unweigerlich andere Erinnerungen mit sich brachte. In manchen Nächten wachte sie immer noch schweißgebadet auf, weil sie sich im Traum wieder in dem Kellerloch befand, in dem sie auf den sicheren Tod gewartet hatte. Hätte sie ihre Nase nicht in Angelegenheiten gesteckt, die sie nichts angingen, wäre all das Furchtbare nie geschehen. Mit einem Seufzen betrat sie das Hauptgebäude und erklomm die Treppe ins erste Obergeschoss, wo sich der Gemeinschaftsraum der Beginen befand. Nahezu alle Schwestern waren bereits um den langen Tisch versammelt, an dessen Kopfende die Meisterin aus einem Buch las. Die Kornmeisterin, die Kellerin, die Zinsmeisterin und die Schreiberin saßen ebenfalls am oberen Ende der Tafel und bedachten Anna mit tadelnden Blicken.

Nachdem sie eine Entschuldigung gemurmelt hatte, nahm sie Platz und fiel in das Gebet mit ein, das die Meisterin in diesem Moment begann. Mit gesenktem Kopf löffelte sie den lauwarmen Brei, während ihre Gedanken wieder auf Wanderschaft gingen.

Seit den Vorkommnissen im Frühjahr und Sommer schien die Meisterin sie mit einem noch strengeren Auge zu beobachten, weshalb Anna ihr so oft wie möglich aus dem Weg ging. Sie wusste, dass sie dankbar sein sollte, ein Leben führen zu dürfen, das sich nur Frauen aus wohlhabendem Haus leisten konnten. Doch seit sie Lazarus' Lippen auf ihren gespürt hatte, nagte eine sündige Unzufriedenheit an ihr. Warum hatte Gott sie die Wege kreuzen lassen? Weshalb quälte Er sie so? War das der Preis, den sie für ihr sündiges Verlangen bezahlen musste? Sie trank ihre Milch aus, schob die leere Schale von sich und starrte blicklos auf den kleinen Kreis aus Feuchtigkeit, den ihr Becher auf dem Tisch hinterlassen hatte.

»Schwester Anna, auf ein Wort«, schreckte die Stimme der Meisterin sie auf.

Sie hatte nicht bemerkt, dass auch die anderen Schwestern ihr Frühstück beendet hatten und Anstalten machten, den Gemeinschaftsraum zu verlassen.

Sie erhob sich hastig und strich ihre Röcke glatt.

»Wie geht es der Reisenden?«, erkundigte sich die Meisterin. »Hast du nach ihr gesehen?«

Anna nickte. »Sie ist sehr schwach und hat hohes Fieber. Außerdem ist sie verletzt.«

Die Meisterin sah sie fragend an.

Anna beschrieb ihr die Wunde und die verheilten Verletzungen, die sie entdeckt hatte. »Sie behauptet, sie sei gestürzt, aber es sieht eher aus, als ob sie jemand furchtbar verprügelt hätte. Die Wunde ist entzündet. Wenn es ihr morgen nicht besser geht, sollten wir den Wundarzt holen.«

Die Meisterin nickte. »Ich gehe zu ihr. Vielleicht vertraut sie sich mir an.« Sie wandte sich zum Gehen.

Anna sah ihr nach und fragte sich, ob sie Gertrud zum Reden bringen konnte. Sie war sicher, dass die Kranke irgendetwas verbarg, doch es stand ihr nicht zu, sie weiter zu bedrängen. Mit gemischten Gefühlen verließ sie den Raum und ging zurück in den Hof, der immer noch in dichtem Nebel lag. Zwar hatte die Sonne inzwischen den Horizont erklommen, doch die schwachen Strahlen drangen kaum durch. Begleitet vom Klappern der Milchkannen und dem Schimpfen der Knechte, betrat sie einen Arkadengang, der sie zur Kräuterküche führte. Da der

Raum nur zwei winzige Fenster besaß, entzündete sie ein halbes Dutzend Talglichter und entfachte ein Feuer in der gemauerten Kochstelle, über der ein Funkenhut hing. Schlichte Regale, bis obenhin gefüllt mit Behältnissen aller Art, säumten zwei der Wände. Auf einem kleinen Tisch lagen etwa ein halbes Dutzend Bücher. Außerdem befanden sich mehrere Zuber, Kessel, Schüsseln, Mörser und ein großer Hacktisch im Raum. Weil Anna an diesem Tag nach den Pfründnern, den Alten im Spital, sehen wollte, bereitete sie Wacholderelixier gegen Atembeschwerden zu. Dafür kochte sie Wacholderbeeren, Königskerzenblüten und Bertramwurzelpulver in Wein auf und siebte es ab. Außerdem mischte sie Hirschzungenelixier aus getrocknetem Hirschzungenfarnkraut, Wein, Honig, langem Pfeffer und Zimtrinde. Auch diese Zutaten wurden in Wein aufgekocht und durch ein Sieb gestrichen. Den beiden Arzneien folgten Heckenrosenelixier, eine Mischung aus Pfennigkraut, Eisenkraut und Steinbrechsamen gegen Gallenbeschwerden, Quendelsalbe gegen Hautekzeme und Bernsteinwasser gegen Magen-Darm-Beschwerden.

Sobald alles fertig war, packte sie die Flaschen und Tiegel in einen Korb und steuerte auf das große Tor des Beginenhofes zu. Als sie die schützenden Mauern verließ, umhüllte sie der dichte Nebel. Die Geräusche der Stadt wirkten gedämpft, selbst das Schlagen der Zimmermannshämmer drang kaum von der Münsterbaustelle in die Frauengasse. Mit einem Gefühl der Beklemmung sah Anna sich um und eilte nach Süden, bis sie das Ende der Frauengasse erreichte. Beim Ochsenbergle wandte sie sich nach Osten und begab sich vorbei am Predigerkloster der Dominikaner zum Heilig-Geist-Spital, vor dem wie immer großer Andrang herrschte. Nicht nur Bedürftige und zerlumpte Kinder warteten vor dem Tor, auch Handwerker, Fuhrleute, Mägde und Knechte harrten geduldig aus, bis der Beschließer sie einließ.

»Hast du schon gehört, was der Metzgerstochter passiert ist?«, hörte Anna eine der Mägde tuscheln.

Die Frau neben ihr zuckte mit den Schultern. »Was denn? Hat sie schon wieder einen anderen?«

»Was redest du da? Sie hat im Frühjahr geheiratet.«

»Ach? Was interessiert's mich? Der Kerl muss schön dumm sein, wenn er sich mit diesem losen Weib abgibt. Ich will nicht wissen, wie viele Pfaffen ihretwegen den Hurenzins zahlen.« Die Frau lachte verächtlich.

»Interessiert dich auch nicht, dass ihr Mann verschwunden ist?«

Anna spitzte die Ohren.

»Verschwunden?« Die andere Magd lachte. »Gott wird ihn der Hure genommen haben. Oder er ist abgehauen. Wäre nicht der erste.«

»Warum sollte er abhauen? Sie ist doch jung und willig.«

»Woher weißt du überhaupt davon?«

»Die Hebmagd hat es mir erzählt.«

»Die wird dir einen Bären aufgebunden haben«, schnaubte die Frau und schob ihre Begleiterin nach vorn, als zwei der Fuhrwerke vom Beschließer durchgewunken wurden. Kurz darauf war die Reihe an Anna, die wenig später den kleineren der beiden Spitalhöfe betrat. Trotz der dichten Schwaden war zu erkennen, wie weitläufig das Gelände war. Zu ihrer Rechten befanden sich die Ställe, Scheunen und Fruchtkästen, zu ihrer Linken ragte die Spitalkirche in den Himmel. Die Spitze des

Turms wurde vom Nebel verschluckt. Eine Schmiede, eine Bäckerei und mehrere Wirtschaftsgebäude schlossen an die Kirche an. Gegenüber dem Tor zeichneten sich die Umrisse der Dürftigenstube ab, hinter welcher einer der Türme der Stadtbefestigung aufragte. Durch einen Bogengang neben der Kirche gelangte man in einen zweiten, größeren Hof, in dessen Mitte sich ein Ziehbrunnen befand. In der Nähe des Brunnens waren die größeren landwirtschaftlichen Geräte und Fuhrwerke des Ordens abgestellt. Östlich der Kirche verbarg sich das stattliche Haus des Spitalmeisters mit einer Kapelle im Nebel. Den Abschluss des größeren Hofes bildeten die Häuser für die Pfründner, eine Badestube und ein Speisesaal. Am Fuß der Stadtmauer gab es einen kleinen Friedhof und einen Kräutergarten.

Trotz des Wetters herrschte reger Betrieb in den Höfen, da zahlreiche Bedürftige und Kranke im Spital wohnten. Dutzende von Ordensbrüdern kümmerten sich um die männlichen Insassen, wohingegen die Wöchnerinnen und weiblichen Kranken von der Meisterin, einer Milchmutter und zwei im Spital wohnenden Schwestern versorgt wurden.

Mit schwerem Herzen, weil die Erinnerungen an Lazarus überall lauerten, machte Anna sich auf den Weg zur Dürftigenstube, um zuerst diejenigen zu versorgen, die ihre Hilfe am dringendsten benötigten.

Kapitel 3

DER ACHTJÄHRIGE ZIEGENHIRTE Paul drängte sich dicht an seine Tiere, weil ihm vor Kälte die Knie schlotterten. Er hatte bei Sonnenaufgang den kleinen Hof des Ackerbürgers verlassen, bei dem er eine Anstellung gefunden hatte, und hoffte, dass er im Nebel keines der klapprigen Tiere verlor. Wenn ihm eines der viel zu spät geborenen Zicklein weglief, würde der Herr ihm nicht nur das Fell gerben, er würde ihn mit Sicherheit auch aus dem Haus jagen. Zwar teilte Paul sich den stinkenden Heuboden mit allerlei Geziefer und Ratten, doch die Unterkunft war besser als alles, an das er sich erinnern konnte. Nachdem sein Vater bei einem Unfall auf der Münsterbaustelle ums Leben gekommen war, hatten sich eine Zeit lang die Zimmerleute um ihn gekümmert. Dann war der mutterlose Knabe bei einem prügelsüchtigen Trinker gelandet, der ihm mit einem Meißel fast den Kopf gespalten hätte. Verängstigt, mit einer gebrochenen Nase und nur den Kleidern, die er am Leib trug, war der Junge fortgelaufen und seitdem auf sich allein gestellt.

»Bleib hier, Mecki!«, rief er, als eine der Geißen neugierig zum Wegrand trabte, um dort Gras zu zupfen. Er wusste nicht einmal, ob die Wiese, auf die er die Tiere bringen sollte, in der Nähe war. Vermutlich hatte er sich längst verlaufen, weil im Nebel alles gleich aussah. Die Weide, die der Herr sich mit einigen anderen Ackerbürgern teilte, war nahe der Stadtmauer bei der Donau, allerdings tauchten vor ihm die Schemen von Zäunen und

Obstbäumen auf. Mit zitternden Fingern zog er an dem langen Strick, mit dem er die Ziegen zusammengebunden hatte, und hoffte, dass er sein Ziel bald erreichte.

Während die Tiere mal in die eine, mal in die andere Richtung drängten, lauschte er auf die Geräusche der Stadt. Es war unheimlich, Hufe klappern und Menschen reden zu hören, ohne sie zu sehen. Zwar war es jeden Herbst nebelig in Ulm, doch so schlecht wie an diesem Morgen war die Sicht schon lange nicht mehr gewesen. Insgeheim fürchtete Paul, dass im Schutz der aufsteigenden Feuchtigkeit Dämonen und Geister ihr Unwesen trieben, da Gott und der Herr Jesus sie nicht sehen konnten. Mit einem Gebet auf den Lippen, umklammerte er das Holzkreuz an seinem Hals und tastete sich mit den Ziegen weiter den schlechten Pfad entlang.

Er hatte von Menschen gehört, die bei Nacht und Nebel von Wiedergängern oder Werwölfen angegriffen worden waren. Wurde man von einem solchen Wesen getötet, war die Seele verloren. Sein Herzschlag beschleunigte sich, als er Schritte hinter sich vernahm, die sich rasch näherten. Verfolgte ihn eine Kreatur der Hölle? Er umklammerte den groben Strick fester und drängte sich näher an die Ziegen. Als ob sie ihn schützen könnten! Seine Furcht verstärkte sich, als sich weitere Verfolger zu dem ersten gesellten.

»Lieber Herr Jesus, steh mir bei!«, murmelte er und hätte vor Erleichterung fast aufgeschluchzt, als die Pfosten, die der Herr als Begrenzung der Wiese in den Boden geschlagen hatte, vor ihm auftauchten. Er hatte sich nicht verlaufen. So schnell er konnte, zerrte er die Ziegen auf das kleine Stück Gras, das von zu vielen Hufen niedergetrampelt war. Nur an wenigen Stellen wuchs noch saftiges

Grün, rings um den Wassertrog in der Mitte des Fleckens. Mehrfach sah er sich um, während er die Tiere zu dem Trog führte, wo er sie an einem Pflock festband. Ungeachtet der fürchterlichen Kreaturen, die im Nebel lauern konnten, machten sich die Ziegen über das magere Gras her und schon bald war das Geräusch ihres Zupfens das einzige, das Paul hörte. Der Rest der Welt um ihn herum schien verstummt zu sein.

Obwohl ihm die Angst im Nacken saß, wagte er, sich auf den Rand des Troges zu setzen und die Beine anzuziehen. Wenn er ganz still und leise verharrte, bemerkten ihn die Dämonen vielleicht nicht. Geradeaus starrend, betete er ein Vaterunser nach dem anderen und schloss die Augen, wann immer sich ein Schemen aus dem Nebel zu lösen schien. Seine Sinne spielten ihm mehr als einmal einen Streich und als einer der kahlen Bäume sich auf ihn zuzubewegen schien, rutschte er mit einem erstickten Schrei nach hinten.

»Mist!«, schimpfte er, als sich sein Hosenboden mit eiskaltem Wasser vollsog. Einen Moment lang war die Angst vergessen und er sprang schimpfend zurück auf den Boden. »Das hat gerade noch gefehlt«, brummte er und versuchte, das Wasser aus dem Stoff zu wringen. Dabei fiel sein Blick in den Trog.

Etwas Grauenhaftes glotzte zurück.

Mit einem schrillen Schrei kehrte Paul dem Trog und den Ziegen den Rücken und rannte, so schnell er konnte, davon. Vergessen war die Angst vor dem Zorn seines Herrn, weggewischt die Furcht vor den Klauen der Höllenwesen. Das, was ihm aus dem Wassertrog entgegengeblickt hatte, war so entsetzlich, dass es Schlimmeres kaum geben konnte. Wie von Furien gehetzt, stolperte der Junge durch die Gassen, prallte mit Reitern und Fußvolk zusammen und rannte blindlings immer weiter. Es war ihm egal, wohin er lief. Hauptsache, er brachte so viel Abstand wie möglich zwischen sich und das Ding auf der Futterwiese.

Kapitel 4

»ICH FÜRCHTE, du verschwendest deine teuren Arzneien, Schwester Anna. Der Barmherzige wird die arme Seele bald zu sich holen.«

Anna richtete sich von dem Lager auf, über das sie sich gebeugt hatte, um einer Greisin einen Trank zur Linderung ihrer rasselnden Atmung zu verabreichen. Ihre Brust hob und senkte sich nur noch schwach und in den trüben Augen war kaum mehr Leben. Ihre knotigen Hände lagen reglos auf ihrem Bauch, der von einem Krebsgeschwür aufgebläht war.

»Sie wird bald von uns gehen«, setzte der Siechenmeister hinzu und bekreuzigte sich. Er blickte mit einer Miene, die stets traurig zu sein schien, auf die alte Frau hinab und murmelte ein Gebet.

Anna strich der Kranken eine Strähne ihres dünnen weißen Haares aus der Stirn und stellte den Becher mit dem Trank ab. »Es hilft ihr, leichter zu atmen«, sagte sie. »Sie soll nicht leiden.«

»Leid gehört zum Leben, genau wie die Freude«, entgegnete der Siechenmeister. »Ihr Licht hat lange genug gebrannt.« Er kehrte Anna und der Alten den Rücken und machte sich auf zu einem anderen Bett, in dem ein Mann lag, dessen Beine bei einem Sturz aus großer Höhe zerschmettert worden waren. Der Wundarzt war ebenfalls bei dem Verletzten, um die gebrochenen Knochen zu richten. Das Brüllen des Mannes ging Anna durch Mark und Bein, doch allmählich schien ihn die Kraft zu verlassen, da er nur noch leise weinte.

»Es hat keinen Zweck«, hörte sie den Wundarzt sagen. Er war ein vierschrötiger Mann mit einem Gesicht, wie von einem schlechten Steinmetz gehauen. Seine Augen waren durchdringend, der Mund schmallippig und hart. Anna fürchtete sich vor ihm, da seine Heilmittel Pflaster, Brenneisen und Buße waren. Wo immer er auftauchte, brachte er Schmerz mit. Das Brennen wandte er bei solch unterschiedlichen Erkrankungen wie Magen- oder Kopfschmerzen, Leber- oder Milzbeschwerden an. Auch Fisteln am Darm und Hämorrhoiden brannte er häufig aus. Zudem schwor er auf die heilsame Wirkung des Brenneisens, wenn es um die Nachbehandlung von Bruch- oder Zahnoperationen ging.

»Die Beine sind bereits abgestorben«, stellte der Wundarzt fest. »Wenn die Fäulnis ihn nicht töten soll, müssen sie amputiert werden.«

Anna kroch ein kalter Schauer über den Rücken. Eine Amputation war eine entsetzliche Tortur für denjenigen, der sie über sich ergehen lassen musste. Reiche Insassen konnten es sich leisten, mit einem Schlafschwamm, getränkt in Mohnsaft, Efeu, Alraune und Schierling, betäubt zu werden, dieser arme Teufel hingegen würde den Eingriff bei vollem Bewusstsein ertragen müssen.

»Ich brauche drei starke Männer, die ihn festhalten«, sagte der Wundarzt. »Mein Gehilfe und ich sägen.«

Anna wurden die Knie weich.

»Du, Begine!«

Sie zuckte zusammen.

»Jemand muss die Blutung stillen und die Beine verbinden, wenn wir fertig sind.«

Anna stand wie vom Donner gerührt neben dem Bett der Greisin. Zwar hatte sie schon oft schlimme Verletzungen verbunden, doch bei einer Amputation war sie bisher nie zugegen gewesen. Sie wusste nicht, ob sie dafür stark genug war.

»Du kannst auch gleich für seine Seele beten«, setzte der Wundarzt hinzu. »Wenn Gott ihm nicht beisteht, sehe ich schwarz für ihn.«

»Der Herr steht allen bei, die reinen Herzens sind«, tadelte der Siechenmeister. »Wenn er eines seiner Kinder zu sich holt, zeigt er ihm seine Güte.«

Der Wundarzt brummte etwas Unverständliches und stieß einen Pfiff aus. Dem Burschen, der daraufhin herbeigeeilt kam, trug er auf, Männer zu holen, die ihm helfen konnten. »Ihr solltet euch besser fernhalten«, riet er dem Siechenmeister. »Euer Habit könnte beschmutzt werden.«

»Ich nehme ihm die Beichte ab«, erwiderte der Siechenmeister. »Dann könnt ihr mit Eurer Operation beginnen.«

Anna floh aus der Dürftigenstube, um Verbände zu holen. Als sie zurückkehrte, war der Siechenmeister verschwunden und fünf kräftige Männer scharten sich um das Lager des Verletzten. Der Wundarzt hatte bereits eine Säge aus seiner Tasche geholt, deren Anblick dem Mann mit den zertrümmerten Beinen ein Wimmern entlockte.

»Willst du den Tag überleben?«, herrschte der Wundarzt ihn an.

Der Mann schloss die Augen.

»Haltet ihn fest! Er darf sich nicht bewegen!«

Anna presste die Hand vor den Mund, als der Wundarzt und sein Gehilfe je ein Ende der Säge packten und anfingen, das rechte Bein des Verletzten unterhalb des Knies abzutrennen. Das Brüllen des Verletzten war ohrenbetäubend. Wie ein Wahnsinniger versuchte er, sich gegen die Hände zu wehren, die ihn niederdrückten, doch schon nach wenigen Augenblicken verließ ihn die Kraft.

Blut spritzte, als der Wundarzt und sein Gehilfe immer weiter sägten, bis das Bein abgetrennt war. Die Brutalität der Operation war so bestialisch, dass Anna die Augen schloss und anfing zu beten. Nachdem der Wundarzt die Säge auf dem blutgetränkten Laken abgelegt hatte, nahm er das Brenneisen zu Hand und drückte es auf den Beinstumpf.

Der Mann verlor das Bewusstsein

»Was stehst du da rum wie ein Ölgötze?«, fuhr der Wundarzt Anna an, nachdem er das Brenneisen zurück in ein Kohlebecken gesteckt hatte. »Verbinde ihn!«

Anna spürte, wie sich ihr Magen umdrehen wollte. Es war so viel Blut, dass der Verletzte unmöglich überleben konnte. Warum musste er diese entsetzlichen Qualen durchleiden? Was hatte er getan, um Gottes Zorn auf sich zu ziehen?

»Mach schon! Beeil dich!«

Anna versuchte, durch den Mund zu atmen, um den Gestank von Blut und verbranntem Fleisch nicht riechen zu müssen. Während die Blicke der Männer Löcher in ihren Rücken bohrten, holte sie die Binden hervor und beugte sich über den Beinstumpf. Mit heftig zitternden Händen strich sie eine Salbe auf die Wunde und wickelte die Verbände so straff wie möglich darum. Dabei sah sie immer wieder auf das totenbleiche Gesicht des Ohnmächtigen, da sie fürchtete, er könne das Bewusstsein wiedererlangen. Nachdem sie fertig war, trat sie hastig vom Bett zurück und hielt sich mit Mühe davon ab, sich die Ohren zuzuhalten, als sich der Wundarzt und sein Gehilfe das zweite Bein vornahmen. Nachdem auch dort die Blutung mit dem Brenneisen gestillt worden war, verband sie den Mann erneut, obwohl sie sicher war, dass er den Abend nicht erleben würde.

»Räum hier auf!«, befahl der Wundarzt einer Magd, nachdem er seine Gerätschaften wieder in der Tasche verstaut hatte. »Wenn er aufwacht, gebt ihm zu trinken!« Mit diesen Worten machte er sich auf den Weg aus der Dürftigenstube, in der es plötzlich gespenstisch still war.

Kapitel 5

DIE NÄCHSTEN STUNDEN brachte Anna damit zu, einem sterbenden Jungen Trost zu spenden und ihm die Hand zu halten, bis er eingeschlafen war. Ob er wieder aufwachen würde, bezweifelte sie, da er nur noch Haut und Knochen war. Ein Durchfall hatte ihn so sehr geschwächt, dass er nichts mehr bei sich behalten konnte, nicht einmal die leichten Suppen und Aufgüsse, die Anna ihm bereitet hatte.

Immer wieder schweiften ihre Blicke zu dem Amputierten ab, der so bleich war, dass seine Haut kaum von den weißen Laken zu unterscheiden war. Er hatte das Bewusstsein nicht wiedererlangt, dennoch schlugen seine Zähne deutlich vernehmbar aufeinander. Nachdem Anna sich versichert hatte, dass der Junge schlief, erhob sie sich, um nach dem Verwundeten zu sehen. Sie erschrak, als sie seine Haut berührte. Sie war eiskalt. Besorgt tastete sie nach seinem Aderschlag, konnte ihn jedoch kaum mehr spüren.

Der Mann lag im Sterben.

Einen Augenblick überlegte sie, ob sie den Wundarzt oder den Siechenmeister holen sollte, aber die konnten das Leben des armen Teufels auch nicht mehr retten. Er hatte seine Sünden gebeichtet und würde mit reiner Seele vor seinen Schöpfer treten. Das Barmherzigste war, ihm sein Leid so weit wie möglich zu erleichtern und ihn sterben zu lassen. Sie legte eine Decke über ihn, wischte ihm den Schweiß von der Stirn und sprach ein Gebet, in dem sie um ein schnelles Ende bat. Der Gedanke an die Qualen, die ihn sonst erwarteten, war unerträglich.

Sie hatte sich gerade wieder an das Lager des Jungen gesetzt, als sie Rufe durch die offene Tür der Dürftigenstube vernahm. Aus dem Augenwinkel sah sie, dass Brüder und Bedienstete im Hof zusammenliefen. Neugier regte sich in ihr. *Die Neugier steht einer frommen Frau nicht gut zu Gesicht,* ermahnte sie sich und blieb sitzen. Der Junge brauchte sie. Wenn er noch mal erwachte, wollte sie, dass er nicht alleine war. Sie legte ihm die Hand auf die Wange, um zu sehen, ob er Fieber hatte, doch er war genauso kalt wie der Mann, dem der Wundarzt die Beine abgenommen hatte.

»Der Herr sei deiner Seele gnädig«, murmelte Anna, als sie sah, dass er unregelmäßig atmete. Obwohl die Stimmen aus dem Hof immer lauter wurden, widerstand sie dem Drang nachzusehen, was vor sich ging, und blieb bei dem Knaben, bis sein Herz aufhörte zu schlagen. Danach wusch sie den Toten, sprach Gebete für ihn und schickte nach einem Priester, damit der Leichnam mit Asche bestreut und in ein Leichentuch eingenäht werden konnte. Der Tod war allgegenwärtig im Spital und obwohl Anna jedes Schicksal zu Herzen ging, wusste sie, dass die Verstorbenen bei ihrem Schöpfer Gerechtigkeit finden würden. Wer reinen Herzens und reiner Seele war, den erwartete der Einzug ins Paradies.

Sobald der Priester sie entlassen hatte, ging sie weiter zu der nächsten Kranken und verbrachte die folgenden Stunden damit, Tränke zu verabreichen und mit den Einsamen zu sprechen.

Schließlich, die Glocke der Spitalkirche rief bereits zur Terz, verließ sie die Dürftigenstube, um am Stundengebet teilzunehmen. Die Kirche war schon so voll, dass sie dicht beim Ausgang bleiben musste, und sobald das Gebet beendet war, ging sie zurück in den Hof. Trotz aller guten Vorsätze regte sich Neugier in ihr, als sie sah, dass sich sofort wieder kleine Gruppen aus Mägden und Knechten bildeten. Obwohl Tratsch und Klatsch im Spital mit Bußen belegt wurden, steckten sie die Köpfe zusammen und tuschelten. Was gab es so Wichtiges, das alle in helle Aufregung versetzte? Wenngleich sie sich geschworen hatte, der Meisterin keinen Grund mehr zum Tadel zu geben, war ihre Wissbegier stärker als ihre Demut. Deshalb beschloss sie, sich auf den Weg in die Stube der Wöchnerinnen zu machen, da sie so an einer kleinen Traube von Mägden vorbeikam, die besonders gestenreich miteinander redeten.

»Was ist denn passiert?«, fragte sie, als sie die Frauen erreichte.

Einige von ihnen kicherten.

»Hast du es noch nicht gehört?«, entgegnete eine Frau mittleren Alters, auf deren Oberlippe ein veritabler Damenbart wuchs.

»Was?«

»Hast du ihn in der Kirche denn nicht gesehen?«, wollte eine andere Magd wissen.

»Wen?« Anna folgte den Blicken der Frauen, die zum Eingang der Spitalkirche starrten. Dort standen mehrere Ordensbrüder um einen Mann in ihrer Mitte herum.

»Bruder Lazarus ist zurück!«

Die Worte trafen Anna wie ein Schlag. »Lazarus?«, hauchte sie.

Die Frau kniff die Augen zusammen und musterte sie forschend. »Ja. Er war in Rom. Aber das wusstest du sicher.«

Die anderen Mägde kicherten erneut.

Es kostete Anna beinahe unmenschliche Anstrengung, sich zusammenzureißen, damit die klatschsüchtigen Weiber ihr nicht ansahen, was für einen Sturm der Gefühle die Nachricht in ihr auslöste. Lazarus war wieder da! Das konnte nur bedeuten, dass ihm die Oberen des Ordens vergeben hatten. Freude vermischte sich mit der Furcht, dass sie sich irren könnte. Womöglich hatte man ihn zurück nach Ulm geschickt, damit der Spitalmeister sich um seine Bestrafung kümmern konnte. Sie ließ die Mägde stehen, ungeachtet der Blicke, mit denen sie sie bedachten, und überlegte, was sie tun sollte. Sie musste ihn sprechen, erfahren, wie es ihm ergangen war. Sie sehnte sich so danach, seine Stimme zu hören und ihm in die Augen zu sehen, auch wenn sie wusste, dass ihr Verlangen nach seiner Nähe sündig war. Er hatte ihr so unglaublich gefehlt!

Einige Augenblicke verharrte sie am Rand des Brunnens, ehe sie es wagte, sich der Kirche zu nähern. Die Brüder, die Lazarus umringt hatten, zerstreuten sich allmählich und Anna flehte zur Heiligen Jungfrau, dass Lazarus in ihre Richtung blicken möge. Zuerst hatte es den Anschein als ob ihr Flehen auf taube Ohren stieß, dann wandte Lazarus sich um und sah sie direkt an. Selbst aus der Entfernung war zu erkennen, dass sein Gesicht hohlwangiger war, seine Augen tiefer lagen. Sein Blick blieb einen Moment lang an Anna haften, ehe er weiterwanderte, als habe er sie nicht gesehen.

»Lazarus«, sagte sie so leise, dass er es unmöglich hören konnte. Sie hob die Hand, um ihm zuzuwinken.

Es kostete Lazarus beinahe übermenschliche Anstrengung, Annas Gruß nicht zu erwidern. Ihr Anblick schnitt ihm tief ins Herz und er spürte, wie das Verlangen, sie in den Armen zu halten, mit solcher Gewalt zurückkam, dass es ihn körperlich schmerzte. All die Zeit in Rom über hatte er nicht zu hoffen gewagt, sie jemals wiederzusehen, und jetzt stand sie kaum einen Steinwurf entfernt und war dennoch unerreichbar für ihn. Die Oberen des Ordens hatten ihm unmissverständlich klar gemacht, was geschehen würde, wenn er noch mal gegen die Regeln verstieß.

»Wir haben beschlossen, gnädig zu dir zu sein, Bruder Lazarus«, hatten sie ihn informiert, als er vor sie gebracht worden war. »Du hast dir bisher nichts zuschulden kommen lassen, weshalb wir von einer Bestrafung absehen.«

Lazarus waren vor Erleichterung die Knie weich geworden.

»Allerdings wirst du dich zur Buße auf eine Pilgerreise begeben, deren Ziel du selbst wählen kannst.«

Es war eine beinahe lächerliche Strafe, die Lazarus auf seinem Heimweg von Italien mühelos hinter sich gebracht hatte. Ein Brief an den Spitalmeister hatte diesem die Entscheidung des Ordens mitgeteilt, weshalb Lazarus ein zwar frostiger, aber nicht feindseliger Empfang bereitet worden war.

»Meinetwegen kann er seinen Posten gern zurückhaben«, hatte der alte Mönch gesagt, der in seiner Abwesenheit Lazarus' Pflichten übernommen hatte. »Ich werde zu alt dafür.« Er hatte den Kopf geschüttelt und Lazarus mit seinen sanften Augen angesehen. »Das ist etwas für einen jüngeren Bruder.«

»Ich frage mich, ob deine Rückkehr unseren Spitalpfleger erfreuen wird«, hatte der Magister Hospitalis giftig bemerkt, bevor er Lazarus widerwillig die Hand gereicht hatte.

Das Schlucken fiel Lazarus schwer, als er sah, wie Anna zögernd die Hand sinken ließ und ihn mit einem verlorenen Ausdruck auf dem Gesicht ansah. Einen Moment lang wirkte es, als ob sie nach ihm rufen wolle, doch sie schien sich eines Besseren zu besinnen. Lazarus sah sich verstohlen um. Der Hof war immer noch bevölkert von Insassen und Bediensteten, weshalb ihm nichts anderes übrig blieb, als sich schweren Herzens abzuwenden und in das Gebäude zu gehen, in dem sich die Zellen der Mönche befanden. Er durfte sich Anna gegenüber nicht mehr freundlicher zeigen, als er es den anderen gegenüber tat. Wenn er zuließ, dass sie ihm wieder so nahekam wie vor seiner Abreise, würde er erneut sein Gelübde brechen, dessen war er sich sicher. Sie war unerreichbar für ihn, wenn er ihr Herz nicht freigab, stürzte er sie womöglich ins Unglück. Sie war eine wunderschöne junge Frau und sicher würde sie nicht ewig eine Begine bleiben. Früher oder später verliebte sie sich gewiss in einen respektablen Patriziersohn und gründete eine Familie. Er, Lazarus, durfte ihr dabei nicht im Weg stehen. Deshalb beschloss er, ihr so kühl wie möglich zu begegnen, ohne sie dabei vor den Kopf zu stoßen.

Kapitel 6

ANNA STARRTE FASSUNGSLOS auf die Stelle, an der Lazarus eben noch gestanden hatte. Was passiert war, kam ihr unwirklich vor, wie ein böser Traum. Hatte er sie nicht erkannt? Warum war er nicht zu ihr gekommen oder hatte wenigstens ihr Winken erwidert? Was war ihm in Rom widerfahren? Der abweisende Ausdruck auf seinem Gesicht war schlimmer als alles, was sie sich ausgemalt hatte. Lange Zeit, nachdem er im Hauptgebäude verschwunden war, verharrte sie wie festgewachsen auf der Stelle und rührte sich erst, als sich eine Magd mit einem Eimer näherte. Wie betäubt trat sie beiseite, um die Frau Wasser schöpfen zu lassen, während die Gedanken in ihrem Kopf wild durcheinanderwirbelten. Gab Lazarus ihr die Schuld an dem, was passiert war? *Wem denn sonst?*, dachte sie, wütend über sich selbst. Wer hatte ihn denn dazu überredet, mit in die Gräth zu gehen, um einer Sache auf den Grund zu gehen, die sie fast das Leben gekostet hätte?

Sie schob die Erinnerungen, die dieser Gedanke mit sich brachte, mit einem ärgerlichen Blinzeln beiseite, und kehrte dem Brunnen den Rücken. Es hatte keinen Sinn, sich den Kopf zu zermartern. Wenn Lazarus bereit war, mit ihr zu reden, würde er es sie wissen lassen. Bis dahin blieb ihr nichts anderes übrig, als ihre Arbeit zu verrichten, als wäre nichts geschehen. Alle anderen Gedanken waren zu schmerzlich. Sie beschloss, sich auf den Weg zu den Pfründnern zu machen, um sich von all dem abzulenken, was der Tag bisher gebracht hatte. Der Tod des Jungen und die Qualen des Mannes, dessen Beine der Wundarzt amputiert hatte, lasteten auf ihrer Seele. Immer öfter schlichen sich an manchen Tagen Zweifel ein, ob sie für das Leben einer Begine wirklich geeignet war. Vielleicht hatte ihr Bruder Jakob Recht gehabt, als er sie dazu gedrängt hatte, einen Mann aus angesehenem Haus zu ehelichen. Wäre seine Wahl nicht ausgerechnet auf den Sohn des zweiten Bürgermeisters gefallen …

Sie schüttelte mit einem Seufzen den Kopf. Warum war sie so undankbar? Im Gegensatz zu den Armen und Bedürftigen, um die sie sich jeden Tag kümmerte, war sie in Überfluss und Sorglosigkeit aufgewachsen. Bis zu ihrem siebten Lebensjahr hatte sie nichts gekannt als das Spiel. Erst dann hatte ihre Mutter ihr Aufgaben im Haushalt übertragen. Das Gebäude, in dem sie aufgewachsen war, war ein Fachwerkhaus mit mehreren Giebeln. Ein großes Doppeltor führte in eine Halle, in der sich stets Waren aus aller Herren Länder stapelten. Ihr Vater war, genau wie ihr Bruder, ein einflussreicher Kaufmann, der kostbare Stoffe, Gewürze und allerlei andere Spezereien aus dem Morgenland einführte. An den meisten Tagen standen die reichen Ulmer und Ulmerinnen Schlange, um Edelsteine, bunt gefärbte Seide oder ausgefallene Federn für einen Kopfputz zu erstehen. Anna hatte sich nie besonders für diese Art Tand begeistern können, doch möglicherweise war es Zeit, zu diesem Leben zurückzukehren.

Während ihr all die Erinnerungen durch den Kopf gingen, begab sie sich zum Wohngebäude der Pfründner, um sich um deren zahlreiche Zipperlein zu kümmern. Im Anschluss daran ging sie in die Stube der Wöchnerinnen, wo eine junge Frau unter ohrenbetäubendem Schreien ein Kind gebar. Sie war kaum älter als Anna, ihr Gesicht hochrot und schmerzverzerrt. Zwei Hebmägde knieten neben ihr, während die Hebamme zwischen ihren Beinen hantierte. Das Laken, auf dem die Frau lag, war durchweicht von Fruchtwasser und Blut und der Kopf des Kindes war bereits sichtbar.

»Bald ist es vorbei«, ermutigte die Hebamme die Gebärende. »Du musst nur noch ein paar Mal kräftig pressen.«

»Ich kann nicht mehr«, keuchte die Schwangere.

»Du musst.«

Die junge Frau umklammerte die Korallenkette, die eine der Hebmägde ihr um den Hals gelegt hatte, um sie vor Schaden bei der Geburt zu bewahren.

»Ich gebe ihr etwas Nieswurz«, sagte Anna und holte eine kleine Flasche hervor, in der sich das Pulver befand. Dieses rieb sie der Frau unter die Nase, woraufhin die Wöchnerin sofort anfing, kräftig zu niesen.

»Es kommt!« Die Hebamme fasste fester zu und zog an dem Säugling.

Anna, die schon oft bei Geburten zugegen gewesen war, warf einen Blick auf den mit Schleim bedeckten Kopf des Kindes, der irgendwie anders aussah, als er sollte. Sie sah genauer hin und erschrak, als sie erkannte, dass dort, wo seine Oberlippe sein sollte, eine große Scharte klaffte. Etwas schien im Leib der Frau passiert zu sein, das zu dieser Fehlbildung geführt hatte. Anna wusste, dass im ersten Monat einer Schwangerschaft das Blut des Kindes gereinigt wurde. Im nächsten Monat wurde der Körper gebildet, dann wuchsen dem Embryo Nägel und Haare. Im vierten Monat fing das Kind an, sich zu bewegen, weshalb Schwangere oft an Übelkeit litten. In den nächsten Wochen nahm das Kind das Aussehen des Vaters oder der Mutter an, danach wurden die Nerven gebildet. Im siebten Monat schließlich härteten sich die Knochen, danach wurde alles andere vervollständigt, bis das Kind im neunten Monat schließlich das Licht der Welt erblickte. Irgendwann in diesem Prozess musste etwas geschehen sein, das für die Missbildung des Säuglings verantwortlich war.

»Heilige Muttergottes!«, hörte Anna eine der Hebmägde sagen. Offenbar hatte auch sie den Wolfsrachen bemerkt. Sie bekreuzigte sich mehrmals. »Sie ist besessen!«

»Lauf und hol einen der Brüder!«, trug die Hebamme der zweiten Magd auf. Sie hatte das Kind inzwischen befreit und drückte ihm mehrmals auf die Ohren. Dann drehte sie es um, versetzte ihm einen Klaps und verknotete die Nabelschnur drei Finger vom Bauchnabel entfernt. Schließlich säuberte sie es mit einem Tuch und legte es der erschöpften Mutter in die Arme.

Die junge Frau erschrak, als sie einen Blick auf das Gesicht ihres Kindes warf. »Barmherziger!« Sie stieß den Jungen von sich. Hätte die Hebamme ihn nicht festgehalten, wäre er auf den Boden gefallen. »Nimm ihn weg!«, wimmerte die Wöchnerin. »Bitte!«

»Er ist dein Sohn«, mahnte die Hebamme.

»Aber er ist ...« Die junge Frau schloss die Augen und fing an, leise zu beten.

»Er ist missgebildet«, beendete die Hebamme ihren Satz. »Aber dennoch ist er ein Kind Gottes.«

»Er ist vom Bösen besessen«, flüsterte die Hebmagd, die das Kind anstarrte, als fürchte sie, ihm könnten Hörner wachsen.

»Eine Missbildung ist eine Strafe Gottes«, entgegnete die Hebamme, die sich die Hände in einer Schüssel Wasser wusch. »Die Brüder werden wissen, was mit ihm zu tun ist.« Sie griff nach einem Handtuch und trocknete sich ab. »So etwas gab es schon mal«, sagte sie an Anna gewandt, nachdem sie sich einige Schritte vom Bett der Wöchnerin entfernt hatten. »Vor einigen Jahren.«

»Was ist mit dem Kind passiert?«, wollte Anna wissen.

Die Hebamme zuckte mit den Schultern. »Ich habe keine Ahnung. Die Frau, die es zur Welt gebracht hat, war eine reiche Patrizierin.«

»Sie hat hier im Spital entbunden?«

»Nein. Das Kind hat sie bei sich zu Hause zur Welt gebracht.«

»Hat man damals nach einem Priester geschickt?«, fragte Anna.

»Ihr Gemahl hat alle aus dem Haus gescheucht«, war die Antwort. »Ich weiß nicht, was aus dem Kind geworden ist. Ein paar Wochen später waren der Patrizier und seine Frau verschwunden. Vielleicht wollte er nicht, dass jemand die Missbildung sieht.«

Anna runzelte die Stirn. War es nicht gefährlich für ein Neugeborenes, wenn man es nicht von dem Dämon befreite, der in ihm wohnte? Was, wenn sich der böse Geist seiner Seele bemächtigte? Dann war sein Leben verloren, bevor es richtig begonnen hatte. Sie sah auf den winzigen Knaben hinab, der anfing zu weinen. Vermutlich wollte er gesäugt werden, doch die Mutter schien so viel Angst zu haben, dass sie einer Ohnmacht nahe war.

»Soll ich die Amme holen?«, fragte die Hebmagd, die im Raum geblieben war. Sie beäugte das Kind voller Misstrauen.

Die Hebamme schüttelte den Kopf. »Erst muss es vom Bösen befreit werden.«

Da Anna nichts weiter tun konnte, kniete sie sich neben das Bett, griff nach der Hand der Mutter und fing an, ein tröstendes Gebet zu sprechen. Die Frau tat ihr leid. Sie war schon vorher eine Ausgestoßene gewesen, sonst wäre sie nicht im Spital gelandet. Nach der Geburt eines missgestalteten Kindes würden die Ulmer einen noch größeren Bogen um sie machen.

Es dauerte fast eine halbe Stunde, bis sich endlich Schritte näherten. Wenig später ging die Tür auf und die Hebmagd betrat den Raum.

Hinter ihr erschien Bruder Lazarus.

Kapitel 7

ANNA HATTE MÜHE, eine ausdruckslose Miene zu wahren, als ihr Blick auf Lazarus fiel. Auch er schien nicht erwartet zu haben, sie in der Stube der Wöchnerinnen anzutreffen, da alle Farbe aus seinem Gesicht wich. Nachdem er sie einige Augenblicke lang angestarrt hatte, riss er sich zusammen und wandte sich an die Hebamme. »Ein besessenes Kind?«

Die Frau nickte und hielt ihm den Jungen entgegen.

Lazarus warf einen Blick auf sein Gesicht, griff nach seinem Kruzifix und legte es dem Säugling auf den Bauch.

Das Kind schrie.

»Vade retro, Satana!«, murmelte er, nahm das Kind an sich und griff in einen kleinen Tiegel, den er bei sich trug. Darin schien sich Öl oder Weihwasser zu befinden, mit dem er ein Kreuz auf die Stirn des weinenden Knaben malte. »Der Dämon muss ausgetrieben werden«, stellte er schließlich fest. »Das Kind muss in geweihtem Wasser gebadet werden. Außerdem wird eine Messe gelesen.« Er bedeutete einer der Hebmägde, ihm das Kind abzunehmen.

Die Frau wich zurück.

»Keine Angst, der Dämon kann nicht in dich fahren«, beruhigte Lazarus sie.

»Warum nicht?«

»Weil er sich in diesem Unschuldigen festgesetzt hat. Nimm ihn mir ab!«

Die Hebmagd rührte sich nicht von der Stelle.

»Ich kann nicht gleichzeitig das Wasser weihen und ihn halten«, bekräftigte Lazarus ungeduldig.

»*Ich* nehme ihn.« Bevor Anna wusste, was sie tat, trat sie hinter dem Lager der Wöchnerin hervor und nahm Lazarus den Säugling aus dem Arm.

»Aber, du …«, hob Lazarus an, verstummte jedoch, als die beiden Hebmägde eiligst den Raum verließen.

»Sieh nicht mich an«, sagte die Hebamme. »Ich werde hier gebraucht.« Sie beugte sich über die junge Mutter, die Lazarus und das Kind mit furchtgeweiteten Augen anstarrte.

»Ich habe nichts Böses getan«, hauchte sie. »Es ist nicht meine Schuld.«

»Keiner von uns ist ohne Schuld«, tadelte Lazarus sie.

Die Frau senkte beschämt den Blick. Vermutlich war sie eine der vielen Mittellosen, die in die Stadt gekommen waren in der Hoffnung, hier ihr Glück zu finden. Für die meisten der jungen Dinger endete diese Suche nach einem besseren Leben auf eine von drei Arten: Sie wurden entweder von irgendeinem dahergelaufenen Strolch geschwängert, landeten in einem Hurenhaus oder tot in einem Straßengraben.

»Wir müssen ihn so schnell wie möglich vom Bösen reinigen«, sagte Lazarus an Anna gewandt. Dabei bemühte er sich, ihr nicht in die Augen zu blicken.

»Dann komm mit in die Badestube«, erwiderte sie. Ohne auf seine Antwort zu warten, verließ sie die Stube der Wöchnerinnen und trug das immer lauter weinende Kind die Treppen hinab in den Hof, von wo aus es nicht weit war bis zur Badestube.

»Lass ein Bad bereiten, dann schick nach mir, bevor du ihn hineinlegst«, bat Lazarus. Bevor Anna antworten konnte, floh er in Richtung Hauptgebäude.

Anna wusste nicht, was sie denken sollte. Sein Verhalten war verletzend, doch sie machte ihm keinen Vorwurf. Sie hatte keine Ahnung, was ihm in Rom wiederfahren war, wie hart seine Bestrafung gewesen war. Vielleicht drohten ihm immer noch die Exkommunikation oder Kerkerhaft und es stand ihr nicht zu, sein Leben oder seine Freiheit erneut in Gefahr zu bringen. Er war ein Mann Gottes und ihr Verlangen nach ihm töricht. Vermutlich war seine

Rückkehr eine Prüfung oder die Strafe dafür, dass sie nicht die gehorsame Begine war, die sie sein sollte.

»Nicht weinen«, flüsterte sie und strich dem Kind sanft über das feuchte Haar. Das missgestaltete Gesichtchen war vor Wut verzogen, krebsrot und faltig. Der gespaltene Gaumen sah aus, als ob er dem Kind furchtbare Schmerzen bereiten würde. Anna wusste, dass solche Kinder kaum länger als ein paar Tage am Leben blieben, da sie nur schwer Nahrung aufnehmen konnten. Sie hatte schon oft von Hasenscharten oder Wolfsrachen gehört, gesehen hatte sie eine solche Missbildung bislang jedoch nicht. Sie trug einer Magd auf, Wasser aus dem Ziehbrunnen zu holen und zu erwärmen, ehe sie es in einen Zuber in der Badestube goss. Sobald dieser halb voll war, schickte Anna nach Lazarus.

Als er die Badestube betrat, ging er direkt zu dem Zuber, holte mehrere Lederbeutel und ein Fläschchen aus seinen Taschen und fing an, ein Segensgebet zu sprechen. Dann streute er Asche, Salz und einige Kräuter in das Wasser und gab einige Spritzer Weihwasser hinzu. »Du kannst ihn jetzt baden«, sagte er, als er fertig war.

Anna kniete sich neben den Zuber und tauchte das schreiende Kind ins Wasser. Einen Moment lang verstummten die Schreie, doch das Gebrüll setzte schnell wieder ein. Gleichzeitig strampelte der Junge wie verrückt und versuchte, sich aus Annas Armen zu befreien.

»Es scheint ein starker Dämon zu sein«, stellte Lazarus fest. »Tauch ihn ganz unter!«

Anna befolgte die Anweisung und hielt das Kind so lange unter Wasser, bis sich das Strampeln abschwächte.

»Das sollte genügen.« Lazarus bedeutete ihr, den Knaben aus dem Zuber zu holen und in eines der Leinentücher zu wickeln, die daneben lagen. »Der Dämon scheint aus ihm gewichen zu sein.« Er legte dem Kind erneut sein Kruzifix auf die Brust und dieses Mal protestierte es nicht. »Du kannst es zurück zu seiner Mutter bringen.«

»Lazarus, warte!«, bat Anna, als er sich zum Gehen wandte.

Er erstarrte mitten in der Bewegung.

»Wie ist es dir in Rom ergangen?«, fragte sie leise.

»Was …?«

»Meine Sünden sind mir vergeben worden«, fiel Lazarus ihr ins Wort. »Ich habe mit einer Pilgerreise Buße getan für das, was passiert ist.« Er errötete leicht, senkte den Blick und klammerte sich an seinem Kruzifix fest.

»Ich hatte Angst um dich«, gestand Anna. »Ich habe befürchtet, dass man dich meinetwegen bestrafen würde.«

»Es war nicht deine Schuld.«

»Doch, das war es.«

Er hob den Kopf und sah ihr kurz in die Augen, dann wandte er den Blick hastig wieder ab. »Ich habe mich auf den falschen Pfad begeben. Das wird nicht wieder passieren.«

Die Worte schmerzten mehr, als Schläge es getan hätten. Was war mit der Ehrlichkeit, der Nähe, die sie geteilt hatten. Sie erinnerte sich an den Moment, in dem Lazarus sie vor dem sicheren Tod gerettet hatte. Wie zwei Ertrinkende hatten sie sich aneinandergeklammert und Lazarus hatte sein Gesicht in ihrem Haar vergraben. Außerdem war da der Kuss … Sie schluckte die Tränen, die in ihr aufstiegen, und war froh, dass sie den Säugling im Arm hatte. Sonst wäre sie vielleicht der Versuchung erlegen, etwas Dummes zu tun.

»Du bist eine Begine, ich bin ein Bruder des Heilig-Geist-Ordens«, fuhr Lazarus fort. »Unser Leben gehört Gott.« Er schluckte.

»Aber du könntest um Entlassung bitten«, platzte es aus Anna heraus, bevor sie sich auf die Zunge beißen konnte.

»Einem solchen Gesuch ist bis jetzt nie stattgegeben worden«, erwiderte Lazarus. »Ich *kann* den Orden nicht verlassen. Das wäre ein Bruch meines Gelübdes, eine Sünde und ein Verbrechen! Verstehst du das denn nicht?« Verzweiflung schwang in seiner Stimme mit. »Du bist eine Begine. Du kannst jederzeit aus der Sammlung austreten. Warum heiratest du nicht einen netten Patriziersohn? Dein Bruder wäre vermutlich glücklich darüber.«

»Ich will keinen Patriziersohn!«, erwiderte Anna hitzig. »Ich …«

»Sag es nicht!«, unterbrach Lazarus sie. »Dein Verlangen ist sündig. Tu Buße!« Damit machte er auf dem Absatz kehrt und stürmte aus der Badestube.

Anna sah ihm wie vom Donner gerührt hinterher, sie war fassungslos.

Kapitel 8

DER SPIELMANN GALLUS setzte seine Kappe auf, strich die zwei roten Federn darauf glatt und sah an sich hinab. Er steckte in der bunten Tracht des Stadtpfeifers, die ihn mit Stolz erfüllte, und war auf dem Weg zu einer Hochzeit, auf der er spielen sollte. Braut und Bräutigam entstammten dem Patriziat der Stadt, weshalb Gallus hoffte, dass für ihn und die anderen Musikanten ein paar Leckerbissen abfallen würden. Obwohl er einen ordentlichen Lohn erhielt, lag der Traum vom großen Geld in weiter Ferne. Doch er war nicht bereit, ihn völlig aufzugeben. In dieser Stadt wimmelte es von reichen, einfältigen Gecken, denen man das Geld beim Glücksspiel aus der Tasche ziehen konnte. Ein paar gezinkte Karten hier, falsche Würfel da, schon wurde aus seinem bescheidenen Einkommen ein kleines Vermögen.

Nach einem letzten Blick auf seine gestreifte Hose verließ er sein kleines sauberes Zimmer und machte sich auf den Weg zu dem prächtigen Haus des Bräutigams. Dort stand bereits eine lange Schlange von Kutschen und im großen Hof des Anwesens wimmelte von herausgeputzten Besuchern.

»Musikanten müssen hinten rein!«, herrschte ihn ein Knecht an, als er durch das offene Tor spazieren wollte. »Da lang!« Er zeigte auf eine kleinere Tür in der Mauer.

Gallus verkniff sich eine giftige Bemerkung, weil er sich keinen Ärger mit dem aufgeblasenen Kerl einhandeln wollte, und tat wie geheißen. Sobald er den Hinterhof betreten hatte, wurde er von einem Bediensteten in schwarzer Tracht empfangen, der ihn eine kleine Treppe hinaufführte. Im zweiten Obergeschoss angekommen, ging es in einen riesigen getäfelten Raum, in dem sich eine lange Tafel befand. Das Licht der Sonne, die inzwischen den dichten Nebel vertrieben hatte, fiel durch Buntglasscheiben auf einen Fliesenboden, der auf Hochglanz poliert war. Trotz der Jahreszeit standen Vasen mit frischen Blumen auf dem Tisch und Kränze waren in regelmäßigen Abständen an der einzigen weiß getünchten Wand befestigt worden. Von der Decke hing ein gewaltiger Kerzenleuchter.

»Stellt euch dort in die Nische!«, befahl der Bedienstete Gallus und zwei weiteren Spielleuten, die bereits im Raum warteten. »Man soll euch hören, aber nicht sehen.«

Gallus verzog das Gesicht. Wofür hielt sich der Kerl? Er war auch nichts Besseres als er und die beiden Lautenschläger, die ihn von oben bis unten musterten.

»Bist du der Stadtpfeifer?«, fragte einer von ihnen.

Gallus nickte.

»Ein gutes Auskommen«, brummte der zweite. »Besser, als von der Hand in den Mund zu leben.«

Gallus schluckte die Erwiderung, die ihm auf der Zunge lag, da es keinen der beiden etwas anging, wie er früher gelebt hatte. Es war noch nicht lange her, dass er versucht hatte, sich durch Erpressung ein Zubrot zu verdienen. Dass ihn diese Eselei fast das Leben gekostet hatte, versuchte er jeden Tag aufs Neue zu vergessen.

»Seid still und fangt an zu spielen!«, herrschte der Bedienstete ihn an. »Die hohen Herrschaften kommen!«

Gallus und die anderen zogen sich in die Nische zurück

und schlugen eine heitere Weise an, während der Bräutigam und die Braut, gefolgt von den Gästen, in den Saal einzogen. Es dauerte nicht lange, bis ein solches Durcheinander herrschte, dass man die Spielleute vor lauter Reden und dem Bellen zweier Hunde kaum hören konnte. Doch das war Gallus gleichgültig. Er verdiente an diesem Tag gutes Geld, da kratzte es ihn wenig, ob man ihm lauschte oder nicht.

Kinder liefen durcheinander, Blüten wurden geworfen und schließlich nahmen die Gäste Platz an der Tafel. Die Tischdecken leuchteten in strahlendem Weiß, das Geschirr glänzte so, dass man sich darin spiegeln konnte. Nachdem einige Reden gehalten worden waren, die das Brautpaar priesen, begann eine Reihe von Küchenmägden, Gerichte auf riesigen Platten aufzutragen.

Gallus traten fast die Augen aus dem Kopf, als er die in Schmalz ausgebackenen Hühner, den Speck, ein prächtiges Spanferkel und die zahllosen kleineren Gerichte sah. Innerhalb weniger Augenblicke duftete es im Raum nach teurem Pfeffer, Safran und Paradieskörnern. Außerdem brachten die Mägde Flussfische, frisch gebackenes Brot, Aniskuchen und viele andere Köstlichkeiten. Gallus lief das Wasser im Mund zusammen, was ihm das Blasen der Sackpfeife erschwerte. Während er und die Lautenschläger zu einer langsameren Melodie ansetzten, machten sich die Gäste über das Essen her, als ob sie halb verhungert wären.

Stundenlang spielte Gallus sich die Finger und die Lippen wund, bis man ihnen endlich gestattete, in die Küche zu gehen und sich an den Resten der Tafel satt zu essen. Gierig stürzte er sich auf ein knuspriges Hühnerbein und grub die Zähne hinein.

»Habt ihr schon gehört, was heute passiert ist?«, erkundigte sich eine der Küchenmägde.

Gallus und die Lautenschläger sahen sie fragend an.

»Was sollen wir gehört haben? Dass dein Herr und seine Braut sich bald die ganze Nacht vergnügen?«, scherzte einer der Lautenschläger.

Gallus lachte und leckte sich Bratfett von den Fingern.

Die Magd errötete. »Der schreckliche Fund«, flüsterte sie.

»Was für ein schrecklicher Fund?«

»Man hat etwas ganz Furchtbares in einem Futtertrog gefunden«, fuhr die Magd leise fort, da in diesem Augenblick die Köchin den Raum betrat und ihr einen finsteren Blick zuwarf.

»Und? Was geht's uns an?«, fragte Gallus achselzuckend. Es gab zahllose furchtbare Dinge, aber vermutlich hatte sich die dumme Gans einen Bären aufbinden lassen. Sie schien ja nicht mal zu wissen, was genau passiert war.

»Wie kannst du nur so was sagen?«, hauchte die junge Frau.

»Mach, dass du wieder an die Arbeit kommst!«, erboste sich die Köchin, die mit hoch erhobenem Holzlöffel auf sie zukam. »Oder muss ich dir Beine machen?«

Die Magd zuckte zusammen und huschte mit eingezogenem Kopf davon.

»Und ihr esst auf und verschwindet!«, brummte die Köchin an Gallus und die Lautenschläger gewandt.

Gallus griff nach einem weiteren Stück Huhn. Etwas Furchtbares? Wenngleich er sich einen einfältigen Narren schalt, fing sein Verstand an, die merkwürdigsten

Geschichten zu spinnen. Warum sollte sich die Magd so aufregen? Er beschloss, sich umzuhören, sobald er genug gegessen hatte.

Kapitel 9

LAZARUS SCHLUG DIE Tür seiner Zelle zu und lehnte sich heftig atmend mit dem Rücken dagegen. Die Begegnung mit Anna hatte all seine Vorsätze, all seine Schwüre schneller ins Wanken gebracht, als er befürchtet hatte. Ihr Anblick riss alle Barrieren nieder, die er errichtet hatte, um sich vor einem weiteren Bruch seines Gelübdes zu schützen. Sie war so wunderschön! Ihre Augen schienen bis auf den Grund seiner Seele zu blicken und der Schmerz darin tat ihm mehr weh als alle Leibstrafen, die ihm drohten, sollte er nochmal gegen die Regeln des Ordens verstoßen. Warum konnte sie nicht verstehen, dass sie die Prüfung war, die Gott ihm auferlegt hatte? Sie war die Versuchung, der er widerstehen musste, wenn er nicht bis in alle Ewigkeit im Fegefeuer brennen wollte. Mit einem

Stöhnen rutschte er zu Boden und vergrub das Gesicht zwischen den Knien.

»Barmherziger Gott, bewahre mich vor meinen unreinen Gedanken, führe mich und gib mir die Kraft, stark zu bleiben«, betete er. »Lass einen Sünder nicht allein in seiner Not.« Einen Moment lang war er versucht, sich einem der anderen Brüder in der Beichte anzuvertrauen, doch etwas hielt ihn davon ab. Es war nichts geschehen zwischen ihm und Anna. Er musste sich damit abfinden, dass er sie vom heutigen Tag an immer wieder sehen, sich Seite an Seite mit ihr um die Kranken kümmern würde. Sie war eine Begine! »Warum, Herr?«, fragte er tränenerstickt. »Warum lässt du mich wanken im Glauben?«

Er erhielt keine Antwort.

Dennoch saß er lange Zeit reglos auf dem Boden und betete weiter, bis ihm die Beine einschliefen. Mühsam rappelte er sich auf, verstaute das Weihwasser und die Säckchen mit der Asche, dem Salz und den Kräutern und fuhr sich mit dem Ärmel seines Habits übers Gesicht. Er fühlte sich ausgelaugt und leer, beinahe so, wie er sich kurz nach seiner Ankunft in Rom gefühlt hatte. Es gab einen Grund, dass Gott ihn so prüfte. Vielleicht wollte Er ihm damit Seine Güte und Sein Vertrauen zeigen. Lazarus straffte die Schultern, öffnete nach kurzem Zögern die Tür und trat auf den Gang. Dann verließ er das Hauptgebäude, um in der Dürftigenstube nach dem Rechten zu sehen. Seine Arbeit als Siechenmeister wartete auf ihn.

Als er kurz darauf das Spital betrat, schlug ihm der wohlbekannte Geruch von Schweiß, Urin und Blut entgegen. Wie immer waren sämtliche Betten mit Bedürftigen belegt, die entweder fieberten, an Durchfall oder anderen Krankheiten litten. Auch zahlreiche Handwerker der Münsterbaustelle wurden vom Wundarzt zusammengeflickt, begleitet von Ausdrücken, die den Magister Hospitalis mit Entsetzen und frommer Empörung erfüllt hätten.

»Bruder Lazarus«, begrüßte ihn der Wundarzt. »Du bist wieder da.« Es war eine Feststellung, keine Frage.

Lazarus nickte.

»Gut.« Der Wundarzt schien noch etwas hinzufügen zu wollen, schluckte die Worte jedoch. Stattdessen zeigte er auf einen Mann in einem Bett, dessen Laken steif waren von getrocknetem Blut. »Du solltest einen Blick auf ihn werfen. Ich musste ihm die Beine abnehmen, aber ich fürchte, er wird es nicht überstehen.«

Nachdem Anna den Säugling zurück in die Stube der Wöchnerinnen gebracht hatte, ließ sie die Mutter mit dem Kind und einer Amme allein und ging zurück in die Dürftigenstube. Schon beim Betreten der großen Halle sah sie Lazarus und den Wundarzt, die sich über den armen Tropf beugten, der seine Beine verloren hatte. Anna warf einen Blick an die Decke des Kreuzrippengewölbes und sandte ein kurzes Gebet zum Himmel, in dem sie um Stärke flehte. Sie durfte sich vor den Insassen nicht anmerken lassen, was sie empfand. Da das Stundengebet der Non bald beginnen würde, herrschte schon wieder reger Betrieb in der Stube. Mägde und Knechte halfen den Kranken beim Ankleiden, von denen sich einige lautstark jammernd beklagten. Manche waren so schwach, dass sie zum Ausgang getragen werden mussten, andere humpelten auf Krücken. Wieder andere wirkten auf Anna vollkommen gesund und würden vom Spitalmeister im Anschluss an den Kirchgang gewiss zum Holzhacken, Kehren oder zu anderen Arbeiten eingeteilt werden. Nur diejenigen, die zu krank oder zu schwach waren, durften in ihren Betten bleiben, die sie sich oft zu zweit teilten.

Annas Blick fiel auf den Amputierten. Für ihn würde der Gang zur Spitalkirche ausfallen, da sein Gesicht inzwischen grau und eingefallen war. Obwohl ihr Verstand ihr riet, sich so weit wie möglich von Lazarus fernzuhalten, wurde sie beinahe magisch von dem Sterbenden angezogen.

»Wie geht es ihm?«, fragte sie, als sie das Bett erreichte.

Lazarus zuckte beim Klang ihrer Stimme kaum wahrnehmbar zusammen. Er schien sie nicht kommen gesehen zu haben.

»Ich fürchte, er stirbt«, erwiderte der Wundarzt. »Ich kann nichts mehr für ihn tun. Vielleicht gibt es eine Arznei, die ihn kräftigen kann, sonst helfen ihm nur noch Gebete.«

Lazarus beugte sich über den Mann, fühlte seinen Aderschlag und schüttelte schließlich den Kopf. »Es ist kaum mehr Leben in ihm. Seine Seele ist bereit für die Reise.«

Obwohl Anna Mitleid für den Mann empfand, war sie erleichtert, dass ihm weitere Qualen erspart blieben. Der Gedanke daran, was für unglaubliche Schmerzen er erdulden musste, sollte er das Bewusstsein wiedererlangen, war schlimmer als die Vorstellung, dass er Frieden im Tod fand.

»Hat man ihm die Beichte abgenommen?«, erkundigte sich Lazarus.

Der Wundarzt nickte.

»Dann kann ich nichts weiter für ihn tun, als für ein schnelles Ende zu beten.« Lazarus zog sich einen Schemel heran und setzte sich neben das Lager, während die Glocken der Spitalkirche anfingen zu läuten. »Du solltest besser zum Gebet gehen«, riet er, ohne Anna anzusehen. »Ich komme hier allein zurecht.«

Sein barscher Ton verletzte Anna. Ohne etwas zu erwidern, kehrte sie dem Lager des Sterbenden den Rücken und verließ die Dürftigenstube. Draußen strömten die Insassen aus allen Gebäuden zur Kirche. Nur in der Nähe der Fuhrwerke und schweren Gerätschaften hatte sich eine kleine Menschentraube um einen Mann gebildet, der mit wilden Gesten etwas erzählte. Obwohl Anna Besserung gelobt hatte, regte sich ihre Neugier. Bevor ihre Vernunft sie davon abhalten konnte, näherte sie sich der Gruppe und blieb in Hörweite stehen.

»Das ist Teufelswerk, sage ich euch!«, raunte einer der Zuhörer. »Wer sonst sollte so etwas Grässliches tun?«

»Bist du sicher, dass man dir keinen Bären aufgebunden hat?«, fragte eine Magd.

Der Mann, um den sich alle geschart hatten, nickte. »Ich bin selbst an der Wiese vorbeigekommen.« Er sah zum Himmel, an dem seit einigen Stunden die Sonne lachte. Vergessen war der dichte Nebel des Morgens. »Gott ist mein Zeuge!«

»Und du hast es mit eigenen Augen gesehen?«

Er nickte. »Die Wachen haben es aus dem Trog gezogen.«

Mehrere Frauen schlangen schaudernd die Arme um sich.

»Vielleicht geht ein Menschenfresser um«, mutmaßte eine.

»Unsinn!«

»Woher willst du das wissen?«

»Wenn schon Schelmbein und Armsünderschmalz zauberkräftig sind …« Die Frau, die gesprochen hatte, bekreuzigte sich.

Anna runzelte die Stirn. Worum ging es? Als Schelmbein bezeichnete man die Knochen eines Hingerichteten, als Armsünderschmalz sein Fett. Diese Arme-Leute-Reliquien galten vielen Abergläubischen als heil- und zauberkräftig. Ein Diebesdaumen sollte gar Glück im Spiel bringen.

»Auf welcher Wiese war es denn?«, fragte ein Knecht, der sich zu der Gruppe gesellt hatte. »Ich will mich mit eigenen Augen davon überzeugen, dass du uns nicht zum Narren hältst.«

»Willst du behaupten, ich würde lügen?«, empörte sich der Mann in der Mitte.

Der Knecht schnaubte. »Du bist ein Wichtigtuer, das wissen wir alle.«

»Dann geh selbst zur Ziegenweide«, war die Antwort. »Ich will auf der Stelle tot umfallen, wenn ich gelogen habe.«

»Was soll das?«, ertönte die Stimme des Spitalmeisters, der mit wehendem Gewand auf die Gruppe zukam. »Was steht ihr hier rum und tratscht. Macht, dass ihr in die Kirche kommt!«

Anna beeilte sich, hinter eines der Fuhrwerke zu treten, damit der Magister Hospitalis sie nicht sehen konnte. Sie war ihm ohnehin ein Dorn im Auge, weil ihr Bruder, der Spitalpfleger, die Ordensbrüder zu immer mehr Sparsamkeit antrieb. Seit das Spital dem Rat unterstand, stritten die beiden regelmäßig wie zwei Kampfhähne. Sie beschloss, sich nach dem Stundengebet weiter umzuhören. Was der Mann erzählt hatte, klang erschreckend. Sie hoffte inständig, dass nicht schon wieder ein Mörder in der Stadt umging.

Kapitel 10

»Ich brauche Eure Hilfe!«

Johannes Schad, der zweite Bürgermeister der Stadt, musterte seinen Besucher mit hochgezogenen Brauen. Er saß in seinem Kontor und war dabei, sich einen Überblick über die Geldanlagen seines Vaters zu verschaffen. Seit er dafür gesorgt hatte, dass der verrückte Alte in ein Narrenhäuslein gesteckt worden war, hatte sich Johannes' Besitz mehr als verdoppelt. Vieles steckte in Edelsteinen, Silbergeschirr und Häusern, er hatte bisher keine vollständige Liste des Grundbesitzes seines Vaters aufgestellt. Außerdem war er an einer Saline und der Silbergewinnung in Böhmen beteiligt. Hinzu kamen einige Verkaufsstände auf dem städtischen Markt, ein Schlachthaus, eine Mühle und eine Schmiede, die sein Vater vor einigen Jahren erstanden hatte.

Ärgerlich über die Unterbrechung legte Johannes den Federkiel beiseite und zeigte auf einen Sessel gegenüber seines Schreibtisches. Sein Besucher war ein Ratsherr, der vor einem Jahr zurück nach Ulm gezogen war.

»Es geht um meine ... eine Frau«, sagte der Mann.

Johannes lächelte dünn. »Seid Ihr Eurer schon überdrüssig? Ihr habt sie doch erst vor Kurzem geheiratet.«

»Nein, nein.« Der Besucher schüttelte den Kopf. »Sie ... Es ist ...«, stammelte er.

Johannes lehnte sich zurück und verschränkte die Hände vor dem Bauch. Der Kerl war aufgeregt wie eine Jungfrau vor der Hochzeitsnacht. Auch wenn ihm der Besuch ungelegen kam, konnte er ihn zu seinem Vorteil nutzen. Es gab noch immer einige Mitglieder im Rat, die ihn voller Misstrauen beäugten. Die Anschuldigungen dieser verdammten Anna Ehinger und des Pfaffen waren nicht bei allen auf taube Ohren gestoßen. Hätte sein Prokurator nicht dafür gesorgt, dass die Anklage gegen ihn und seinen Vater fallengelassen worden war, säße er jetzt nicht in seinem Kontor. Obwohl er versuchte, sich zusammenzureißen, trieb ihm die Wut auf diese vermaledeite kleine Hure das Blut in die Wangen. Wenn sie dachte, dass sie ungeschoren davonkommen würde, irrten sie und ihr Bruder Jakob sich gewaltig. Dieser Mistkerl machte im Rat immer wieder Stimmung gegen Johannes, aber als zweiter Bürgermeister saß er am längeren Hebel. Wenn die Ehingers nicht aufpassten, war ihre Zeit als eine der angesehensten Familien der Stadt bald vorbei! »Warum kommt Ihr zu mir?«, fragte er.

Der Ratsherr sah ihn an und schien nach einer passenden Antwort zu suchen.

Johannes begriff. Er hatte all die Gerüchte gehört, das Gerede, dass vielleicht doch etwas dran war an den Anschuldigungen gegen ihn und seinen Vater. Eine Verurteilung hatte er abwenden können, aber gegen das Geschwätz der Ulmer konnte er nichts ausrichten.

»Ich habe gehört, dass Ihr Leute kennt, die …«

»Die was?«

»Die Arbeiten verrichten, die etwas schmutziger sind.«

Johannes lachte. »Ihr braucht einen gewissenlosen Handlanger? Wofür?«

»Nicht für das, was Ihr denkt!«, beeilte sich sein Besucher zu sagen. »Ich muss etwas herausfinden. Und dafür brauche ich einen verschwiegenen Mann.«

»Da kann ich Euch nicht helfen«, erwiderte Johannes kühl. Er würde den Teufel tun und einem Kerl, den er kaum kannte, einen Rat geben, der am Ende gegen ihn verwendet werden könnte.

»Ich benötige nur eine Information über jemanden.«

»Über eine Frau?«

Der Ratsherr nickte.

»Wo ist sie?«

»Im Beginenhof.«

Jakob horchte auf. »Sie ist eine von diesen gottlosen Weibern?«

Der Mann schüttelte den Kopf. »Sie hat dort in der Herberge Unterschlupf gefunden.«

»Warum interessiert Ihr Euch für sie?«

»Das ist eine Sache, die nur mich und Gott etwas angeht.«

»Dann kann ich Euch leider nicht helfen.« Johannes erhob sich und bedeutete seinem Besucher, dass die Unterredung beendet war. Wenn der Kerl ihm nicht traute, gab es für ihn keinen Grund, ihm zu helfen. Zwar war die Vorstellung, den Beginen auf irgendeine Art und Weise schaden zu können, verlockend, aber er würde ganz gewiss nichts tun, das ihn selbst in Schwierigkeiten bringen konnte.

»Wartet!« Der Ratsherr hob bittend die Hände. »Schwört, dass Ihr nichts von dem verraten werdet, was ich Euch jetzt anvertraue!«

Johannes überlegte nicht lange. Geheimnisse waren mehr wert als Gold. Wer das Geheimnis eines anderen kannte, hatte diesen in der Hand. Ob der Narr wusste, was er tat? Er hob die Hand und sagte: »Ich schwöre, bei Gott und allen Heiligen.«

»Dann hört gut zu.«

Kapitel 11

ALS SICH DER lange Tag im Spital endlich dem Ende neigte, war Anna so erschöpft wie lange nicht mehr. Der Tod des Knaben, das Leiden des Amputierten, das besessene Kind und die Begegnung mit Lazarus hatten sie ausgelaugt. Sie fühlte sich innerlich leer und war froh, als es endlich Zeit war, das Spital zu verlassen. Die Dämmerung zog bereits am Horizont auf und brachte die Nebelschwaden zurück, als sie sich dem Tor näherte.

»Hier kannst du nicht durch«, ließ sie der Beschließer wissen.

Ein Fuhrwerk versperrte den Weg.

»Geh hinten raus!«

Wenig begeistert über den Umweg, begab Anna sich zurück in den größeren der beiden Höfe und machte sich auf zu einem der Gärten neben dem Friedhof. Dort angekommen, öffnete sie das Gartentor und ging über das niedergetretene Gras zum anderen Ende, wo ein kleiner, mit einer starken Tür gesicherter Durchgang auf eine Weide hinter dem Spital führte. Die Erinnerung an das letzte Mal, als sie diesen Ausgang benutzt hatte, schob sie beiseite, zog das Tor auf und trat auf die verlassen daliegende Wiese hinaus. Zu ihrer Rechten befanden sich uralte Bäume, die dicht beim Ufer der Donau wuchsen. Links von ihr führte ein kleiner Trampelpfad zu einem Gatter im Zaun. Vom Fluss her waren die Geräusche von Ruderschlag und schnatternden Enten zu hören, sonst herrschte eine beinahe gespenstische Stille auf der Weide.

Weder Gänse noch Schafe waren zu sehen, vermutlich weil es in den Nächten inzwischen zu kalt wurde.

Mit einem Gefühl der Beklemmung raffte Anna die Röcke und stapfte durch das hohe Gras zu dem Pfad, dem sie bis zum Zaun folgte. Das, was sie vor dem Stundengebet gehört hatte, ging ihr nicht mehr aus dem Kopf. Wovon hatten die Knechte und Mägde gesprochen? Was hatte den Knecht so in Aufregung versetzt? Die Ziegenweide war nur einen Steinwurf entfernt, weshalb sie sich entgegen aller Vernunft nach Osten wandte, sobald sie das Gatter hinter sich geschlossen hatte. Was sollte das Gerede von einem Menschenfresser? Obwohl eine innere Stimme sie davor warnte, schlug sie das mahnende Gefühl in den Wind und machte sich auf zur Ziegenweide. Was sollte schon passieren? Vermutlich war es aufschneiderisches Geschwätz gewesen von einem Knecht, der sich wichtigmachen wollte.

Obwohl sie versuchte, sich das einzureden, nahm die Beklemmung zu, je näher sie der Weide kam. Nach kurzer Zeit erreichte sie den langgestreckten Flecken Gras, in dessen Mitte sich ein Wassertrog befand. Die Wiese lag verlassen da. Einerseits war Anna darüber erleichtert, andererseits beschlich sie eine leise Enttäuschung.

»Du kommst zu spät.«

Die Stimme ließ sie mit einem erstickten Laut herumwirbeln.

Ein Bursche, kaum älter als zehn Jahre, löste sich aus dem Schatten eines Baumes und starrte sie an. Er bohrte hingebungsvoll in der Nase. »Die sind alle schon längst weg.«

Anna fing sich wieder. »Hast du gesehen, was hier passiert ist?«, fragte sie.

Der Bengel zuckte mit den Schultern. »Vielleicht.«

Anna sah ihn tadelnd an. »Ich bin eine Begine. Willst du mich belügen?«

Der Junge wirkte wenig beeindruckt. »Gib mir einen Pfennig, dann sag ich dir, was ich gesehen hab.« Er wandte den Kopf und sah zu dem Wassertrog. »Es ist aber ziemlich unheimlich.«

Anna überlegte nicht lange, holte einen Pfennig aus der Tasche und drückte ihn dem Bengel in die Hand. »Also?«

»Paul hat einen Kopf gefunden.«

Anna blinzelte. »Was?«

»Paul, der Ziegenhirte.« Der Junge holte den Finger aus der Nase und betrachtete ihn eingehend, ehe er ihn in den Mund steckte. »Da drin war ein Kopf.« Er zeigte auf den Trog.

»Ein Ziegenkopf?«

»Nö. Ein Kopf von einem Kind.«

Anna griff nach einem der Pfosten, um sich festzuhalten. »Lüg mich nicht an!«, flüsterte sie.

»Ich lüg dich nicht an«, verteidigte sich der Junge. »Die Wachen waren hier und haben den Kopf aus dem Wasser gefischt.« Er grinste. »Es sah echt gruselig aus. Die Augen waren ganz ...«

»Sei still!«, fiel Anna ihm ins Wort.

»Den Rest von dem Kind haben sie nicht gefunden«, setzte der Bengel hinzu. »Den hat bestimmt ein Menschenfresser mitgenommen.«

Jetzt war wenigstens klar, woher das Gerede von einem Menschenfresser kam. Sicher ging das Gerücht inzwischen durch die ganze Stadt. »Es gibt keine Menschenfresser«, sagte Anna.

»Stimmt gar nicht! Paul hat erwähnt, dass er einen

kennt, der gehört hat, dass man stark wird, wenn man das Fleisch von einem Mörder isst!«

Anna schüttelte entsetzt den Kopf. Das war barer Unsinn, schlimmer Aberglaube, der in manchen Köpfen herumspukte. Für viele der einfachen Leute galten das Blut, die Knochen, das Fleisch und die Haut von Hingerichteten als heil- und glücksbringend. Manche erzählten sich gar, dass die Eigenschaften der Toten auf den übertragen wurde, der von ihnen aß oder trank. Die Vorstellung, dass jemand ein Kind wegen eines solch falschen Glaubens getötet hatte, erfüllte Anna mit Grauen.

»Der Henker war auch da«, ließ der Bengel sie wissen.

»Der Henker?«

Er nickte.

Anna vermutete, dass die Wachen ihn gerufen hatten, um eine Leichenschau vorzunehmen. Allerdings gab es den Worten des Jungen zufolge nicht viel, das man hätte untersuchen können.

»Es sah wirklich furchtbar aus«, wiederholte der Bursche mit sichtlicher Freude an Annas Entsetzen. »Wenn du mir noch einen Pfennig gibst, beschreibe ich dir alles ganz genau.«

Anna wandte sich kopfschüttelnd ab. »Geh nach Hause«, murmelte sie, warf einen letzten Blick auf den Wassertrog und eilte in die Richtung davon, aus der sie gekommen war. Es war ein dummer Einfall gewesen, zur Ziegenweide zu gehen. Jetzt hatte sie Bilder im Kopf, die sie nicht mehr loswerden würde. So schnell sie konnte, legte sie den Weg von der Ziegenweide bis zur Beginensammlung zurück und atmete auf, als sich das Tor hinter ihr schloss. Auch wenn sie diesen Geschichten nicht glaubte, beschlich sie ein ungutes Gefühl.

»Schwester Anna!«, begrüßte die Meisterin sie, als sie das Wohngebäude betrat. »Gertrud hat nach dir gefragt.«

»Geht es ihr besser?«, wollte Anna daraufhin wissen.

Die Meisterin wiegte den Kopf hin und her. »Ihr Fieber ist immer noch hoch. Ich habe mir ihre Verletzungen angesehen und mache mir Sorgen um sie. Aber sie wollte sich mir nicht anvertrauen.« Ihr war anzusehen, dass diese Tatsache sie mit Verdruss erfüllte. »Vielleicht kannst du ihr Vertrauen gewinnen. Sie hat sich mehrmals nach dir erkundigt.«

Anna konnte sich vorstellen, dass die strenge Gegenwart der Meisterin eine Frau, die offensichtlich Geheimnisse hatte, nicht dazu ermunterte, ihr Herz zu öffnen. Obwohl sie müde und hungrig war, brachte sie den leeren Korb in die Kräuterküche und begab sich in die Herberge, wo sie Gertrud schlafend in ihrer Kammer antraf. Ihr Gesicht wirkte friedlich trotz der dunklen Schatten unter ihren Augen.

»Gertrud?« Sie setzte sich auf die Bettkante und fasste der Kranken sanft an die Schulter.

Die fuhr mit einem Schrei aus dem Schlaf auf und fing an, um sich zu schlagen und zu treten. »Geht weg!«, keuchte sie.

»Gertrud, ich bin es!«, rief Anna erschrocken aus. Sie sprang von der Bettkante auf, um sich vor dem Angriff in Sicherheit zu bringen. »Gertrud!«

»Was …?« Als der Blick der Frau auf Anna fiel, trat Verstehen in ihren Blick. Beschämt ließ sie die Hände sinken und zog die Decke hoch, die im Eifer des Gefechts heruntergerutscht war. »Ich dachte …« Sie verstummte.

»Du wolltest mich sprechen?« Anna wagte sich wieder näher an das Lager.

Gertrud blinzelte verwirrt.

»Die Meisterin hat gesagt, du hättest nach mir gefragt.«

Es dauerte eine Weile, bis Gertrud nickte. »Du bist die Tochter eines Ratsherrn?«

Anna nickte. »Warum willst du das wissen?«

»Kennst du die anderen Ratsmitglieder?«, war die Gegenfrage.

Anna schüttelte den Kopf. »Nur einige wenige. Ich verkehre nicht in diesen Kreisen.«

»Aber du hast doch bestimmt jemanden, den du fragen könntest«, beharrte Gertrud.

»Weshalb?«

»Vielleicht ist es nicht wichtig«, wiegelte sie ab. »Aber falls der Herr mich zu sich nimmt ...«

»Du wirst nicht sterben!« Anna griff nach ihrer Hand. Sie war heiß und feucht. »Wir kümmern uns um dich!«

Gertrud lächelte traurig. »Die Wege des Herrn sind unergründlich«, murmelte sie.

»Soll ich jemandem eine Nachricht von dir überbringen?«, bot Anna an.

Gertrud überlegte einen Augenblick, ehe sie verneinte. »Aber du könntest mir dennoch einen Gefallen tun.«

Anna sah sie fragend an.

»Frag nach Magnus Ungelter«, bat Gertrud.

»Wer ist das?«

»Ein Ratsherr.«

»Soll ich ihn zu dir bringen?«

»Nein!« Gertrud schüttelte heftig den Kopf. »Ich will nur wissen, wie es ihm geht.«

Anna runzelte die Stirn. »Ist er ein Verwandter von dir? Dein Bruder?«

Gertrud schwieg. »Tust du mir den Gefallen?«

Anna nickte.

»Er darf aber auf keinen Fall wissen, wer sich nach ihm erkundigt!« Etwas, das Anna nicht genau benennen konnte, schwang in ihrer Stimme mit. »Versprichst du mir das?«

Obwohl Anna sich nicht sicher war, ob es klug war, so etwas zu versprechen, tat sie, was von ihr verlangt wurde. Hoffentlich brachte sie sich damit nicht erneut in Schwierigkeiten!

Kapitel 12

AM NÄCHSTEN MORGEN ging es Gertrud schlechter. Das Fieber brannte so heftig in ihr, dass sie kaum bei Besinnung war. Die Wunde unter ihren Rippen hatte sich entzündet, die Ränder waren flammend rot und eitrig.

»Sie muss ins Spital«, sagte die Meisterin, nachdem Anna sie in die Herberge gerufen hatte. »Hier können wir sie nicht behandeln.« Sie schob das feuchte Haar zurück und fasste Gertrud an die Stirn. »Sie glüht.«

»Wir könnten den Wundarzt rufen«, schlug Anna vor. »Sie ist zu schwach, um zu gehen.«

»Sie wird nicht gehen müssen. Wir legen sie auf einen der Karren«, entgegnete die Meisterin. »Es wird Gerede geben, wenn wir sie nicht ins Spital bringen.«

Anna verstand. Gerede war das letzte, das die Beginensammlung brauchen konnte, nachdem ihre Feinde im Rat nur mit Mühe zum Schweigen gebracht worden waren. Jetzt, wo dieser grässliche Johannes den Posten des zweiten Bürgermeisters bekleidete, war die Gefahr vermutlich noch größer als zuvor. Auch wenn sie hoffte, dass die Ereignisse der Vergangenheit sie nicht einholen würden, war sie sich insgeheim sicher, dass Johannes auf Rache sann. Er war ein bösartiger, gefährlicher Mann, den man nicht unterschätzen durfte.

»Hilf mir, sie anzuziehen«, bat die Meisterin. Sobald Gertrud bekleidet war, wurden zwei Knechte gerufen, welche die Kranke auf eine Trage legten und zu einem der Karren brachten. »Bleib bei ihr auf der Pritsche«, trug die Meisterin Anna auf. Dann sah sie dem Fuhrwerk nach, bis es das Tor des Beginenhofes erreicht hatte.

Die Fahrt zum Spital erschien Anna länger, als wenn sie den Weg zu Fuß zurücklegte. Bei jedem Holpern, jedem Rumpeln gab Gertrud ein Stöhnen von sich, schien jedoch zu schwach zu sein, um die Augen zu öffnen. Wie am Vortag hing der Nebel dicht zwischen den Häusern und verwischte alle Konturen. Die unheimliche Entdeckung auf der Ziegenweide und ein unbestimmtes Gefühl der Bedrohung taten ihr Übriges, um Anna schaudern zu lassen. Nach ihrer Ankunft in der Beginensammlung hatte sie wegen Gertrud den Kopf des toten Kindes beinahe vergessen. In der Nacht waren die Gedanken daran jedoch zurückgekehrt und hatten ihr den Schlaf geraubt. Wer tat so etwas Furchtbares? Was für einen Grund gab es für einen solchen Mord? War es überhaupt ein Mord? Oder hatte eine Mutter ihr totes Kind irgendwo abgelegt und Tiere hatten den Leichnam zerfetzt?

Kümmere dich um deine eigenen Angelegenheiten, schalt sie sich wieder einmal und ließ den Blick zurück zu Gertruds bleichem Gesicht wandern. Auch wenn ihre Haut fleckig war, konnte man bei genauer Betrachtung erkennen, wie schön sie einmal gewesen sein musste. Wie alt sie wohl war?

»Wir sind da!«, riss der Lenker des Wagens sie aus den Gedanken.

Der Beschließer vertrat ihm den Weg.

Anna kletterte von der Pritsche. »Wir bringen eine Kranke«, erklärte sie. »Der Wundarzt muss sich ihre Wunde ansehen.«

Der Beschließer nickte und öffnete das große Tor, damit der Karren in den Hof fahren konnte. Vor der Dürftigenstube angekommen, holte Anna Hilfe und ließ Gertrud zu einem freien Lager bringen. Im Anschluss daran machte sie sich auf die Suche nach dem Wundarzt.

»Er ist nicht da«, ließ sie eine der Mägde wissen. »Vielleicht kommt er heute gar nicht.«

»Wieso?«

»Er soll dem Henker bei einer Leichenschau helfen. Hast du es nicht gehört?«

Anna heuchelte Unwissenheit.

»Der Leibhaftige hat ein Neugeborenes aus dem Leib seiner Mutter gestohlen und es in der Mitte zerrissen.«

Sie bekreuzigte sich. »Der Herr sei seiner armen Seele gnädig.« Sie ließ Anna stehen und eilte in eine der Badestuben, aus der kurz darauf ein Klappern erklang.

Anna biss sich auf die Lippe. Gertrud brauchte dringend Hilfe, sie konnte nicht warten, bis der Wundarzt von der Leichenschau zurückkehrte. Wenn sich ihr Zustand weiter verschlechterte, starb sie. Ihr blieb nichts anderes übrig, als sich auf die Suche nach Lazarus zu machen.

Sie fand ihn am Lager einer alten Frau, deren ganzes Gesicht von eiternden Geschwüren entstellt war. Er redete ihr gut zu, bestrich die Pusteln mit einer Salbe und sprach ein Gebet über ihr. Als er Anna kommen sah, richtete er sich hastig auf und machte Anstalten, ihr auszuweichen.

»Bruder Lazarus!«, rief sie.

Er hielt in der Bewegung inne und wandte sich widerwillig zu ihr um.

Die Worte, die er ihr bei ihrer letzten Begegnung ins Gesicht geschleudert hatte, hallten in ihrem Kopf nach.

»Dein Verlangen ist sündig. Tu Buße!«, hatte er ihr geraten. Das war leichter gesagt als getan, denn jedes Mal, wenn sie ihm in die Augen sah, regte sich etwas in ihr, das sich nicht unterdrücken ließ.

Auch ihm war anzusehen, dass ihr Anblick ihn aufwühlte. Allerdings biss er die Zähne aufeinander, reckte das Kinn und fragte kühl: »Was gibt es?«

Zu Annas Verdruss zitterte ihre Unterlippe. »Du musst nach einer Kranken sehen«, bat sie, um eine feste Stimme bemüht. »Eigentlich sollte sich der Wundarzt um sie kümmern, aber er ist bei einer Leichenschau.«

»Davon habe ich gehört«, gab Lazarus zurück.

»Wenn sie keine Hilfe bekommt, stirbt sie«, setzte Anna hinzu.

»Ich sehe sie mir an«, sagte Lazarus nach kurzem Zögern.

Wenig später erreichten sie das Lager, auf das Gertrud gebettet worden war. Sie war noch bleicher als vor dem Aufbruch vom Beginenhof, ihre Lippen blau, die Augen geschlossen.

»Wer ist sie?«, wollte Lazarus wissen. »Eine Begine?«

Anna schüttelte den Kopf. »Eine Reisende, die in unserer Herberge Zuflucht gesucht hat.«

»Woher kommt sie?«

»Das weiß ich nicht.«

Lazarus sah sie erstaunt an. »Ihr wisst nicht, wem ihr Zuflucht gewährt?«

»Solche Fragen stellen wir nicht«, belehrte Anna ihn. »Jede Frau auf Reisen, die einen Platz für die Nacht braucht, ist bei uns willkommen. Ihr Name ist Gertrud, mehr hat sie mir nicht gesagt.«

Lazarus runzelte die Stirn und wandte sich wieder Gertrud zu. »Wo ist sie verwundet?«

»Unterhalb der Rippen.«

»Dann müssen wir sie entkleiden.«

Anna half ihm, sie von dem störenden Stoff zu befreien, was nur möglich war, indem die beiden sie auf den Bauch drehten. Sobald Gertrud ausgezogen war, wurde das volle Ausmaß der Misshandlungen, die sie erlitten haben musste, deutlich. Anna zog scharf die Luft ein, als sie sah, dass der gesamte Rücken von verheilten Striemen überzogen war. Bei dem kurzen Blick in der Herberge war nur ein Teil der Wunden zu sehen gewesen.

»Sie muss mehrfach ausgepeitscht worden sein«, stellte

Lazarus fest und strich mit dem Finger über die wulstigen Narben. »Das hier scheinen Brandmale zu sein.« Er drehte Gertrud auf die Seite und untersuchte die entzündete Wunde. »Könnte von einem Messer oder einem Schwert herrühren«, murmelte er. »Oder von einem anderen scharfen Gegenstand.«

»Sie hat gesagt, sie sei gestürzt.«

Lazarus lachte freudlos. »Das ist sie ganz gewiss nicht.« Er entdeckte die Verletzung hinter ihrem Ohr und betastete den umliegenden Bereich. »Jemand hat versucht, ihr den Schädel einzuschlagen.« Er richtete den Blick auf Anna. »Wir sollten die Wache holen. Hier liegt eindeutig ein Verbrechen vor.«

Anna erschrak. Was, wenn der Verdacht wieder auf die Beginen fiel?

»Warte!«, bat sie, als Lazarus einen Burschen herbeiwinken wollte. »Sollten wir nicht warten, bis sie aufwacht, damit wir sie fragen können, was passiert ist?«

»Ich denke, sie hat behauptet, sie sei gestürzt«, hielt Lazarus entgegen. »Wenn sie dich einmal belogen hat, wird sie dir beim zweiten Mal wohl kaum freiwillig die Wahrheit sagen.« Er stieß einen Pfiff aus, woraufhin der Bursche zu ihm kam. »Hol den Hauptmann der Wache«, trug er ihm auf. »Diese Frau ist das Opfer eines Verbrechens geworden.«

Der Junge stob davon.

»Wenn die Wachen sie befragen, ist die Chance größer, dass sie zugibt, wer sie so zugerichtet hat.«

Anna verkniff sich ein Stöhnen. Ihr Bruder würde es als vom Rat bestellter Spitalpfleger bestimmt nicht gerne sehen, wenn sie schon wieder in ein Verbrechen verwickelt war.

Lazarus wandte sich wieder Gertrud zu und nahm die eiternde Wunde genauer in Augenschein. »Sie muss ausgebrannt werden«, stellte er fest. »Ich kann im Augenblick nicht mehr für sie tun, als ihr einen Trank gegen die Schmerzen zu geben und eine Salbe aufzutragen.« Er legte Gertrud vorsichtig auf den Rücken und beugte sich über sie, um das Ohr an ihre Brust zu drücken. »Sie ist sehr schwach, ihr Atem rasselt.«

»Was bedeutet das?«

Er presste die Lippen aufeinander. »Dass es ihr sehr, sehr schlecht geht.«

»Glaubst du, sie stirbt?«

Er blies die Wangen auf. »Das liegt in Gottes Hand.«

Kapitel 13

DER SPIELMANN GALLUS rieb sich mit einem Gähnen die Augen und setzte sich auf. Durch das winzige Fenster in seiner Kammer fiel das trübe Licht eines weiteren nebeligen Oktobermorgens und sein Kopf dröhnte von dem Abend, den er beim Zechen und Würfeln in der Taverne verbracht hatte. Anders als geplant, hatten ihm seine gezinkten Karten und falschen Würfel kein Glück beschert, da seine Mitspieler offenbar genauso gewieft waren wie er. Statt ihnen das Geld aus der Tasche zu ziehen, hatte er selbst eine stattliche Summe verloren, mehr als er sich leisten konnte. »Verdammter Mist!«, brummte er, als erneut das Geräusch erklang, das ihn geweckt hatte. Konnte man ihn denn nicht mal ein paar Stunden in Ruhe lassen? Was war jetzt schon wieder? Eine Hinrichtung, die er vergessen hatte und bei der er spielen sollte? Mit einer Verwünschung rappelte er sich auf, warf sich ein langes Hemd über und tappte zur Tür. »Wer ist da?«

»Lass mich rein!«, ertönte eine gedämpfte Stimme.

»Was willst du?«

»Ich muss dich sprechen!«

Gallus überlegte einen Augenblick, ob er in der Taverne jemandem gesagt hatte, wo er wohnte. Nicht viele kannten seine Unterkunft, allerdings war ein Mann darunter, mit dem er es sich nicht verscherzen wollte. Deshalb zog er den Riegel zurück und öffnete die Tür.

Der Mann davor drängte sich an ihm vorbei und rümpfte die Nase. »Gott! Mach das Fenster auf!« Er wedelte mit der Hand vor seiner Nase herum.

»Wer seid Ihr?«, fragte Gallus mit einem Blick auf die vornehme Kleidung. »Was wollt Ihr von mir?« Den angewiderten Blick auf die Unordnung im Raum ignorierte er.

»Ich brauche deine Hilfe.« Der Mann zog eine Geldkatze aus der Tasche und warf sie auf den wackeligen Tisch, auf dem die Reste mehrerer Mahlzeiten standen.

Gallus pfiff durch die Zähne, als er den Beutel öffnete. »Das ist viel Geld.«

»Es gehört dir, wenn du etwas für mich herausfindest.«

Misstrauen regte sich in Gallus. »Woher wusstet Ihr, wo Ihr mich findet?«

»Johannes Schad hat gesagt, du wärst der Richtige für mein Problem.«

Gallus zog die Brauen hoch. Der zweite Bürgermeister hatte den Kerl geschickt? Für den hatte er seit seiner Anstellung als Stadtpfeifer schon öfter die Fühler ausgestreckt. Obwohl er den Mann nach allem, was passiert war, eigentlich fürchten sollte, hatten ihn seine Gulden überzeugt. Geld stank nicht. Mehr als einmal hatte er auf Hochzeiten reicher und mächtiger Ulmer die Ohren gespitzt, um dem zweiten Bürgermeister Informationen zukommen zu lassen. Wenn er dem Kerl geraten hatte, zu ihm zu kommen, war bald keine Ebbe mehr in Gallus' Kasse. Er schnürte die Geldkatze wieder zu und ließ sie in einer Tasche der Hose verschwinden, die er sich ohne Eile anzog.

»Nicht so schnell!«, protestierte sein Besucher. »Willst du nicht erst hören, was ich von dir will?«

Gallus zuckte mit den Schultern. »Wenn Ihr mich so fürstlich bezahlt, tue ich fast alles für Euch.« Er grinste, setzte sich an den Tisch und betastete ein trockenes Stück Käse. »Also? Was wollt Ihr?«

Der Mann erklärte ihm, um was für einen Auftrag es sich handelte.

Gallus ließ von dem Stück Käse ab und wischte sich die Hand an der Hose ab. »Ich soll für Euch die Beginen auskundschaften?«

»Die Beginen interessieren mich nicht«, entgegnete sein Besucher. »Nur die Frau, die bei ihnen Unterschlupf gesucht hat.«

»Wer ist sie?«

»Das braucht dich nicht zu interessieren. Ihr Name ist Gertrud. Sie ist verwundet, ich muss wissen, wie schwer. Bring sie zu mir, ohne dass jemand davon erfährt! Sag ihr auf keinen Fall, wer dich schickt, denk dir irgendwas aus!«

»Das wird nicht leicht.«

»Deshalb bezahle ich dich fürstlich! Außerdem will ich alles wissen, was du sonst über sie in Erfahrung bringen kannst: mit wem sie geredet hat, wer sie besucht hat ...« Er machte eine vage Handbewegung.

»Die Beginen lassen nicht jeden Dahergelaufenen in ihren Hof«, brummte Gallus.

»Ich denke, du kennst eine von ihnen.«

Gallus schnaubte. »Hat der Herr Bürgermeister Euch das erzählt?«

Der Mann nickte.

»Was hat er Euch denn sonst über die Begine verraten?«

»Nichts. Warum? Sollte ich noch etwas über sie wissen?«

Gallus winkte ab. Es hätte ihn auch schwer gewundert, wenn Johannes Schad dem Kerl gestanden hätte, in welchem Verhältnis er zu Anna Ehinger stand. Zwar sagte ihm sein Verstand, dass er den Auftrag ablehnen sollte, doch seine Gier war stärker. »Ihr müsst mich bezahlen, egal, was ich herausfinde!«, forderte er.

Sein Besucher musterte ihn misstrauisch. »Ich bezahle dich aber nicht fürs faul Herumsitzen.«

Gallus erhob sich. »Keine Angst, ich habe nicht vor, Euch zu betrügen. Ich kann Euch nur nicht versprechen, dass mir gelingt, was Ihr von mir verlangt.« Er schlüpfte in seine Schuhe. »Wo kann ich Euch erreichen?«

»Nirgends. Ich komme wieder zu dir«, war die Antwort. »Und kein Wort zu irgendjemandem. Verstanden?«

Gallus nickte. Dann begleitete er den Mann zur Tür und schloss sie mit einem kleinen Lächeln wieder. Wenn man am wenigsten damit rechnete, schiss einem das Glück direkt vor die Füße.

Kapitel 14

ES DAUERTE ÜBER drei Stunden, bis der Junge, den Lazarus zur Wache geschickt hatte, endlich mit den Stadtsoldaten zurückkam. Anna befand sich im Hof, als die Männer das Spital betraten, wo sie nach wenigen Schritten vom Magister Hospitalis aufgehalten wurden.

»Was wollt ihr denn schon wieder in meinem Spital?«, keifte er.

»Einer Eurer Brüder hat uns gerufen«, gab der Hauptmann, der an den bunten Federn an seinem Helm zu erkennen war, zurück.

»Das darf doch nicht wahr sein!«, schimpfte der Spitalmeister. »Hat denn keiner mehr Ehrfurcht vor einem Haus Gottes?« Er schloss sich den Soldaten an, als diese sich auf den Weg zur Dürftigenstube machten, wohin der Bote sie führte. Als die kleine Abordnung an Anna vorbeikam, hörte sie den Magister Hospitalis leise vor sich hinmurmeln. Wahrscheinlich würde Lazarus seinen Zorn zu spüren bekommen, weil *er* es gewesen war, der schon wieder die Wache gerufen hatte. Anna erinnerte sich nur zu gut an das letzte Mal. Das einzige, was den Spitalmeister interessierte, war, dass ein solcher Besuch der Stadtobrigkeit ein schlechtes Licht auf ihn werfen könnte. Bestimmt fürchtete er, dass Annas Bruder in seiner Rolle als Spitalpfleger jeden noch so kleinen Anlass nutzen würde, um mehr Befugnisse an sich zu reißen.

Da sie es gewesen war, die Gertrud ins Spital gebracht hatte, folgte sie den Männern in die Dürftigenstube, um ihnen Rede und Antwort zu stehen. Ganz gleich, wie unangenehm eine Begegnung mit dem Magister Hospitalis zu werden drohte, sie konnte sich nicht einfach verstecken.

»Ist das die Frau?«, fragte der Hauptmann, sobald sie Gertruds Lager erreicht hatten.

Lazarus, der immer noch bei ihr war, erhob sich und nickte. »Sie ist übel zugerichtet worden. Es sieht aus, als ob jemand versucht hätte, sie zu erschlagen.« Er drehte ihren Kopf zur Seite und schob ihr Haar zurück, sodass die verschorfte Wunde sichtbar wurde.

»Wer ist sie?«

»Ihr Name ist Gertrud, mehr wissen wir nicht.«

»Wo habt Ihr sie gefunden?«

Lazarus Blick wanderte zu Anna. »Sie hat in der Herberge des Beginenhofes Zuflucht gesucht.«

»Bei den Beginen? Soso.« Der Hauptmann fasste Anna scharf ins Auge.

Mit Schrecken erkannte sie ihn als den Mann, der zugegen gewesen war, als sie und Lazarus im vergangenen Frühjahr ihre Anschuldigungen gegen den Mörder der Bademagd Englin vorgebracht hatten.

»Weißt du, wer sie ist?«

Anna schüttelte den Kopf. »Sie hat vor zwei Tagen bei uns um Unterkunft gebeten«, sagte sie.

»War sie in Begleitung?«

»Sie war allein.«

»Hat sie gesagt, wo sie herkommt? Was sie in Ulm vorhat?«

»Sie hat behauptet, gestürzt zu sein, als ich sie gefragt habe, woher ihre Verletzungen stammen.« Anna zuckte entschuldigend mit den Schultern. »Erst ging es ihr gut, sie schien nur erschöpft von der Reise zu sein. Aber dann hat sie Fieber bekommen und ihre Wunde hat sich entzündet.«

»Der Wundarzt ist auf dem Weg hierher«, ließ der Hauptmann verlauten. »Wir haben ihn unterwegs getroffen.« Er begutachtete die Verletzung und kratzte sich am Kinn. »Das sieht aus wie von einer Klinge.«

»Das denke ich auch«, pflichtete Lazarus ihm bei. »Sie ist völlig zerschunden.«

»Könnte es sich um eine entflohene Verbrecherin handeln?«

»Diese Frage kann nur sie selbst beantworten. Es sieht allerdings aus, als ob sie gezüchtigt worden wäre.«

Der Hauptmann verschränkte die Arme vor der Brust. »Solange wir nicht wissen, wer sie ist, können wir nichts unternehmen. Ihr solltet dafür sorgen, dass sie das Spital nicht verlässt. Sobald sie zu sich kommt, müssen wir sie befragen.«

»Ich glaube nicht, dass sie in der Lage ist zu fliehen«, beruhigte Lazarus ihn.

»Schickt einen Boten, sobald sie wieder bei Bewusstsein ist«, bat der Anführer, gab seinen Begleitern ein Zeichen und verließ die Dürftigenstube. Sein Interesse an Gertrud und dem, was ihr zugestoßen war, schien nicht besonders groß zu sein.

»Hättest du mir nicht wenigstens vorher Bescheid geben können, bevor du die Wachen rufst?«, zischte der Spitalmeister. »Hast du denn nichts dazugelernt?«

Lazarus setzte eine zerknirschte Miene auf. »Ich hatte keine andere Wahl. So, wie es aussieht, liegt eindeutig ein Verbrechen vor. Wir würden nur das Missfallen des Rates auf uns ziehen, wenn wir so etwas vertuschen.«

Dieses Argument schien dem Magister Hospitalis einzuleuchten, da er mürrisch nickte. »Halte mich auf dem Laufenden! Ich will keine bösen Überraschungen erleben.«

Anna machte sich so unsichtbar wie möglich, als er an ihr vorbei zum Ausgang rauschte. Sobald er außer Sicht war, wagte sie sich näher an Gertruds Lager heran. Sie wollte gerade fragen, ob Lazarus ihre Hilfe benötigte, als der Wundarzt in die Stube kam. Sein Gesicht war grimmig.

Obwohl Anna viele Fragen zu dem toten Kind auf der Zunge brannten, machte sie ihm hastig Platz, als er auf Gertruds Bett zusteuerte.

»Wie gut, dass du zurück bist!«, begrüßte Lazarus ihn. »Diese Frau braucht dringend deine Hilfe.« Er entblößte Gertruds Oberkörper und zeigte ihm die Wunde.

»Wie lange ist sie schon bewusstlos?«, brummte der Wundarzt.

»Wir haben sie heute Morgen so in ihrem Bett gefunden«, erklärte Anna. »Gestern ging es ihr noch nicht so schlecht.«

Der Wundarzt zog ein metallenes Werkzeug aus seiner Tasche und spreizte damit die Wunde. Augenblicklich quoll Eiter daraus hervor.

Gertrud stöhnte leise.

»Ich muss die Wunde ausbrennen und nähen«, beschied er. »Ich fürchte allerdings, dass die Fäulnis schon tief in sie eingedrungen ist. Wenn sie ihre Organe befallen hat ...« Er ließ sich ein Kohlebecken bringen und hielt wenig später sein Brenneisen in die Glut.

Anna schloss die Augen, als er das glühende Stück Eisen in Gertruds Seite drückte.

Sie fuhr mit einem erstickten Schrei auf. Ihre Augen zuckten hin und her wie die eines gehetzten Tieres und sie versuchte vergeblich, den Wundarzt wegzustoßen.

»Halt still! Sonst kann ich dich nicht verarzten!«

»Geh weg!«, keuchte sie. Ihr Blick fiel auf Anna. Es lag so viel Furcht lag darin, dass sich Anna das Herz zusammenzog.

»Bleib ganz ruhig liegen«, redete sie besänftigend auf sie ein und kniete sich neben das Lager. »Du bist sehr krank, wir wollen dir nur helfen.« Sie griff nach Gertruds Hand.

Sie schien sie nicht zu erkennen. »Weg!«, wisperte sie. »Ihr Teufel!«

Anna bekreuzigte sich und hielt Gertruds Hand, bis diese erschlaffte.

»Sie muss jetzt ruhen«, sagte der Wundarzt, nachdem er die Wunde verbunden hatte. »So Gott will, können wir die Fäulnis besiegen. Ihr solltet allerdings so schnell wie möglich herausfinden, woher sie kommt. Sie hat mehrere gebrochene Knochen, die schlecht verheilt sind, und wer immer ihr das angetan hat, wollte sie umbringen.« Er wischte sich die Hände an einem schmutzigen Tuch ab. »Ihr Schädel ist ebenfalls gebrochen, aber den kann ich nicht richten.«

»Kannst du uns sagen, womit man sie verletzt hat?«, wollte Lazarus wissen.

Der Wundarzt verzog das Gesicht. »Mit einer Klinge.«

»Vielleicht ist sie Wegelagerern in die Hände gefallen«, mutmaßte Anna. Allein reisende Frauen waren leichte Beute für das Gesindel, das überall lauerte.

»Gut möglich«, stimmte der Wundarzt ihr zu.

»Ich kann mir nicht vorstellen, dass sie eine Verbrecherin ist«, sagte Anna, sobald sie wieder mit Lazarus allein war. »Sie scheint so …« Sie suchte nach dem passenden Wort.

»Zart?«

Anna nickte.

»Ich habe schon zartere Diebe und Mörderinnen gesehen«, versetzte Lazarus mit einem Seufzen. »Das Äußere eines Menschen lässt nur selten auf sein Inneres schließen.« Er senkte den Blick, als Anna ihn fragend ansah. »Ich muss mich um die anderen Kranken kümmern«, setzte er hastig hinzu. »Bleib bei ihr und lass mich rufen, sobald sie aufwacht.« Mit diesen Worten eilte er davon.

Kapitel 15

Den ganzen Tag über saß Anna an Gertruds Bett, doch ihr Zustand besserte sich nicht. Vielmehr stieg ihr Fieber und sie wurde immer schwächer. Gegen Abend, als sie kurz das Bewusstsein wiedererlangte, bat sie um einen Priester, der ihr die Beichte abnahm.

»Was ist dir zugestoßen?«, fragte Anna, während sie mit Gertrud auf den Priester wartete. »Wer ist Magnus Ungelter? Warum soll ich nach ihm fragen?«

Gertruds Augen weiteten sich. »Hast du ihn ausfindig gemacht?«

Anna schüttelte den Kopf. »Ich hatte noch keine Zeit, mich darum zu kümmern. Dir ging es sehr schlecht.«

Gertrud griff nach ihrer Hand, doch die Kraft verließ sie schnell wieder und sie schloss die Augen, bevor sie Annas Fragen beantworten konnte.

»Ist das die Sterbende?« Der Priester trat ans Bett und blickte mit ernster Miene auf Gertrud hinab.

»Sie möchte die Beichte ablegen«, sagte Anna und machte Platz für ihn. Dann zog sie sich zurück, um den beiden Ruhe zu lassen. Obwohl es sie vor Wissbegier fast zerriss, wagte sie nicht, die beiden zu belauschen. Was Gertrud zu sagen hatte, war nur für Gottes Ohren und den Priester bestimmt.

Da Lazarus sie gebeten hatte, ihm Bescheid zu sagen, sobald Gertrud aufwachte, machte sie sich auf die Suche nach ihm. Sie fand ihn in der kleinen Kräuterküche des Spitals, in der er einen Trank ansetzte.

Er schrak zusammen, als sie den Raum betrat.

»Sie ist wach.« Anna wich seinem Blick aus, da sie die Situation zu sehr an eine andere erinnerte.

Lazarus rührte sich nicht. Als er sich schließlich räusperte, zeichneten sich zwei rote Flecken auf seinen Wangen ab. Der Tiegel in seiner Hand zerbrach fast, so fest umklammerte er ihn.

»Einer der Priester nimmt ihr die Beichte ab«, informierte Anna ihn.

»Warum hast du nicht mich geholt?«

Weil ich dich schützen will, dachte Anna. »Der Priester war in der Nähe«, log sie. Was immer Gertruds Geheimnis war, sie wollte nicht, dass Lazarus sein Gewissen damit belastete. Ihr war klar, wie anmaßend das in seinen Ohren klingen würde. Aber wenn er durch das Geheimnis in etwas Gefährliches hineingezogen würde, konnte sie sich womöglich nie vergeben. Sie trug schon einen Großteil der Schuld an der Strafe, die man ihm auferlegt hatte, für mehr Unglück wollte sie nicht verantwortlich sein.

»Wir müssen den Hauptmann informieren«, sagte Lazarus. Er stellte den Tiegel mit mehr Heftigkeit als nötig ab und drückte sich an Anna vorbei aus der Küche. So schnell, dass sie kaum Schritt halten konnte, eilte er in die Dürftigenstube und trug einem Burschen auf, zur Wache zu laufen. Dann steuerte er auf Gertruds Lager zu, wo der Priester gerade dabei war, der Kranken einen Rosenkranz in die Hand zu legen.

»Ego te absolvo«, hörte Anna ihn sagen. Gertruds Sünden waren vergeben. Sollte sie nicht überleben, konnte sie mit reinem Gewissen vor ihren Schöpfer treten.

»Was hat sie gesagt?«, platzte es aus Lazarus heraus, als der Priester sich erhob und auf ihn und Anna zukam.

Der Mann zog die Brauen hoch. »Du weißt doch ob der Unverletzlichkeit des Beichtgeheimnisses, Bruder Lazarus. Ich muss mich sehr wundern!«

Lazarus schüttelte den Kopf. »Nicht während der Beichte. Was hat sie vorher gesagt?«

Der Priester sah ihn verwundert an. »Nichts. Sie hat um Vergebung für ihre Sünden gebeten. Ihr solltet sie in Ruhe lassen. Sie hatte kaum noch Kraft zu sprechen. Lindert ihr Leiden und lasst sie dieses irdische Jammertal verlassen.« Er wandte sich zum Gehen.

Lazarus überlegte einen Augenblick, bevor er versonnen nickte. »Er hat recht. Es ist nicht an uns herauszufinden, was ihr zugestoßen ist. Der Barmherzige wird dafür sorgen, dass diejenigen, die dafür verantwortlich sind, ihrer gerechten Strafe zugeführt werden.«

»Aber ...«, protestierte Anna.

»Du solltest dich um deine anderen Pflichten kümmern.« Lazarus kehrte ihr den Rücken und eilte davon, als ob er fürchtete, sie würde ihn aufhalten.

Anna warf einen Blick auf Gertrud, die hatte die Augen geschlossen und lag mit friedlich auf der Brust verschränkten Händen da. Der Rosenkranz war um ihre Finger geschlungen. Da es vermutlich keinen Zweck hatte, sie erneut nach Magnus Ungelter zu fragen, beschloss Anna, das Spital zu verlassen und ihren Bruder Jakob aufzusuchen. Wenn Ungelter wirklich ein Ratsherr war, wie Gertrud behauptete, dann wusste Jakob sicher, wo sie ihn finden konnte. Gertrud wollte wissen, wie es ihm ging. Vielleicht konnte sie ihr diesen Wunsch noch erfüllen, ehe sie starb.

Als sie das Spital verließ, kamen ihr der Hauptmann der Wache und zwei seiner Soldaten entgegen, die sie jedoch keines Blickes würdigten. Wie am Vortag hatte sich der Nebel inzwischen aufgelöst, doch der Himmel war nicht mehr ganz so ungetrübt und blau. Aus Richtung Alb schoben sich dicke Wolken zusammen, die spätestens in der Nacht Regen bringen würden. Ein kühler Wind pfiff Anna entgegen, als sie sich aufmachte zur Münsterbaustelle. Vorbei an der Gräth – dem städtischen Waag- und Zollhaus – und dem Holzmarkt eilte sie nach Norden. Die Glocke des Rathauses schlug die halbe Stunde, als sie an dem imposanten, bunt bemalten Gebäude vorbeilief. Wenig später gesellte sich die Glocke der Frauenkirche hinzu, des gewaltigen Münsters, das schon von Weitem zu sehen war. Der Anblick des riesigen Bauwerks, an dem fleißig gearbeitet wurde, erfüllte Anna jedes Mal mit Ehrfurcht. Der weiße Kalkstein erstrahlte im trüben Licht der Sonne, die sich in den Werkzeugen der Steinmetze fing. Das Geräusch von Metall auf Stein war weithin zu vernehmen. Überall klopften, zimmerten und hämmerten Handwerker, während über ihren Köpfen Mörtelträger ihre Lasten über Laufschrägen in schwindelerregende Höhen schleppten. Obwohl der Wind nicht besonders stark war, schwankten die hölzernen Stangengerüste gefährlich. Im letzten halben Jahr schien der Bau keine besonderen Fortschritte gemacht zu haben, auch wenn die Kirche bereits geweiht worden war. Die Seitenschiffe standen erst bis zum neunten Joch unter Dach, das Mittelschiff war nur mit einem Notdach versehen. Das Nordostportal besaß zwar bunte Fenster, doch von dem ungeheuren Westturm waren erst die Vorhalle, das Erdgeschoss und das erste Obergeschoss abgeschlossen. Vor allem an diesem Teil der Kirche wurde gebaut, an einem riesigen Bogen zwischen Turmhalle und Mittelschiff.

Anna riss sich von dem beeindruckenden Anblick los und umrundete einen Galgenkran, in dessen Laufrad ein junger Bursche schwitzte. Als sie den Mailand erreichte, war es nicht mehr weit bis zu Jakobs Haus, wo sie von ihrer Schwägerin Ella empfangen wurde.

»Anna! Was tust du denn hier?«, begrüßte die Frau sie. Ihre gezupften Brauen zogen sich unter der hohen Haube zusammen. Sie war vermutlich nicht besonders begeistert von Annas Besuch nach allem, was im Frühjahr passiert war.

»Ich muss Jakob sprechen«, antwortete Anna.

»Warum? Bist du wieder in Schwierigkeiten?« Ella verbarg ihre Feindseligkeit nur schlecht.

»Keine Sorge. Ich muss ihn bloß was fragen.«

»Er ist beschäftigt«, versuchte ihre Schwägerin, sie abzuwimmeln. »Komm ein andermal wieder.«

»Ich muss ihn heute noch sprechen«, beharrte Anna.

Ella seufzte. »Dann komm rein.«

»Tante Anna!«, begrüßte Heinrich, Jakobs jüngster Sohn, sie. Er flog auf sie zu und schloss sie in die Arme. »Wieso hast du wieder diese hässlichen Sachen an?« Er sah zu ihr auf.

»Sei still!«, schalt ihn seine Mutter. »Du weißt doch, dass Tante Anna eine Begine ist.«

Der Junge schob die Unterlippe vor.

»Und jetzt geh und sieh nach der Amme und deiner Schwester!«, trug Ella ihm auf. Sie hatte erst vor Kurzem ein weiteres Kind geboren. »Du wirst in der Stube warten müssen, bis er Zeit hat«, sagte sie an Anna gewandt.

Anna nickte. Ewig konnte Jakob ihr nicht ausweichen.

Kapitel 16

GALLUS KAM SICH vor wie ein Dieb, als er den Beginenhof umschlich. Er hatte bis zum späten Nachmittag gewartet, in der Hoffnung, dass dann weniger Betrieb in dem großen Hof der Sammlung herrschen würde. Die Mädchen, die von den Beginen unterrichtet wurden, waren längst nach Hause gegangen und auch die mit Säcken beladenen Fuhrwerke waren verschwunden. Jetzt lag der Gebäudekomplex ruhig da, nur die Glocke einer kleinen Kapelle bimmelte. Gallus hoffte, dass sich die Beginen beim Gebet befanden, weshalb er es nach Verstummen des Glöckchens wagte, seinen Beobachtungsposten auf der gegenüberliegenden Straßenseite zu verlassen. Als wäre es das Selbstverständlichste auf der Welt, schlenderte er auf das Tor zu und tippte sich an die Kappe, um die Beschließerin zu grüßen.

»Was willst du?«, fragte sie, während sie seine bunte Kleidung misstrauisch beäugte.

»Ich bin hier, um mich nach Gertrud zu erkundigen.«

»Gertrud? Wir haben keine Schwester Gertrud.«

Gallus schüttelte den Kopf. »Die Frau, die ihr in der Herberge aufgenommen habt.«

»Bist du ein Verwandter?«

Gallus nickte. Der Herrgott würde ihn schon nicht gleich mit einem Blitz erschlagen wegen einer solch klitzekleinen Lüge.

»Sie ist nicht mehr hier«, sagte die Beschließerin und sah ihn mit ernstem Gesicht an. »Sie musste ins Spital gebracht werden.«

»Warum?«

»Sie war verletzt und hatte hohes Fieber.«

Verdammt! Gallus bemühte sich um eine bestürzte Miene. »Wird sie wieder gesund?« Er legte ein leichtes Zittern in die Stimme.

»Diese Frage kann nur Gott beantworten«, antwortete die Beschließerin und bekreuzigte sich.

»Hatte sie Besucher?«, wollte Gallus beinahe beiläufig wissen.

Die Beschließerin schüttelte den Kopf. »Glaubst du, ihr wurde *hier* etwas angetan? Das ist unmöglich! Niemand kommt in den Hof, ohne dass ich etwas davon weiß!«

»Nein, nein«, beruhigte Gallus sie und überlegte fieberhaft, was er der Begine auftischen konnte, damit sie ihm seine Fragen beantwortete, ohne misstrauisch zu werden. »Sie ist meine Schwägerin«, log er. »Manchmal steckt sie in Schwierigkeiten.« Er zuckte entschuldigend mit den Schultern. »Sie hat ein loses Mundwerk.«

»Sie hat mit niemandem geredet außer der Schwester, die sich um sie gekümmerte hat, und der Meisterin«, ließ die Beschließerin ihn wissen. »Schwester Anna ist noch im Spital.«

»Schwester Anna?« Gallus verkniff sich ein Stöhnen. Die hatte ihm gerade noch gefehlt! Sobald sie ihn sah, fiel sein Kartenhaus der Lügen in sich zusammen.

»Ja. Wenn du später wiederkommst, kannst du sie fragen.«

Gallus schluckte die Verwünschung, die ihm auf der Zunge lag, und neigte artig den Kopf. Womöglich war es gar kein Nachteil, dass ausgerechnet Schwester Anna die einzige war, die wusste, was er in Erfahrung bringen sollte. Sie schuldete ihm was. Immerhin wäre sie ohne ihn nicht mehr am Leben. Er beschloss, zurück zu seinem Beobachtungsposten zu gehen und sie abzupassen, bevor sie den Beginenhof erreichte. Lange konnte es nicht mehr dauern, in ein oder zwei Stunden ging die Sonne unter.

Er verzog sich in eine Nische zwischen zwei Häusern und hockte sich auf einen steinernen Vorsprung. Gleich nachdem sein Besucher gegangen war, hatte er angefangen, Erkundigungen über ihn einzuholen. Es war nicht schwer gewesen herauszufinden, dass ihn kein geringerer als der Ratsherr Magnus Ungelter aufgesucht hatte. Er saß seit einigen Jahren im Rat, schien jedoch erst vor Kurzem seinen Hauptwohnsitz nach Ulm verlegt zu haben. Diejenigen, die er befragt hatte, waren sich nicht sicher, wo er herkam. Einige mutmaßten aus Augsburg, andere aus Reutlingen, wieder andere aus Stuttgart. Nur in einer Sache waren sich alle einig: Er war stinkreich.

Gallus fragte sich, was es mit der Frau auf sich hatte. Ungelter war mit der Tochter eines einflussreichen Patriziers verheiratet, über die er nichts in Erfahrung hatte bringen können. Seine Gemahlin interessierte ihn zwar nicht, aber sie war wahrscheinlich der Grund, weswegen der Kerl ihn aufgesucht hatte. Vielleicht kannte diese Gertrud ihn aus der Stadt, in der er vorher gewohnt hatte, und wusste etwas, das ihm ein Dorn im Auge war. Oder es handelte sich um eine Geliebte. Vielleicht war sie aber auch nichts weiter als eine Verwandte, die dem Mann peinlich war. Als Ratsherr konnte man keine Leichen im Keller gebrauchen, sonst landete man schnell auf der Hinterbank oder verlor seinen Posten ganz.

Gallus verzog das Gesicht. Außer man hieß Johannes Schad. Diesem Mistkerl hatte selbst das, wofür er vor Gericht gestellt worden war, nichts anhaben können. Beinahe hatte Gallus den Eindruck, dass die anderen Ratsherren ihn für sein Vorgehen bewunderten. Er schüttelte die Gedanken an den zweiten Bürgermeister ab und riss eine halb verwelkte Blume aus einer Fuge zwischen den Steinen. Geistesabwesend rupfte er die Blütenblätter aus, während er immer wieder die Straße entlangsah, um die Ankunft von Schwester Anna nicht zu verpassen.

Kapitel 17

»Was willst du denn hier?«, stöhnte Annas Bruder Jakob, als er endlich aus seinem Kontor auftauchte. Seine Besucher hatten ihn vor ein paar Minuten verlassen, allesamt mit grimmigen Mienen.

Anna hatte einige von ihnen als Ratsmitglieder erkannt und sich so klein wie möglich gemacht. Sie wollte nicht, dass er ihretwegen wieder in Schwierigkeiten geriet.

Er bedeutete ihr mürrisch, sein Kontor zu betreten. »Was gibt es? Ich bin sehr beschäftigt.«

»Ist was passiert?«, fragte Anna besorgt.
»Hast du es nicht gehört?«
»Was?«
»Man hat einen abgetrennten Kinderkopf gefunden.«
»Davon weiß ich«, gestand Anna. »Auf der Ziegenweide.«
»Weißt du auch von dem zweiten Fund?«
Anna erschrak.
»Ein paar Fischer haben ein kopfloses Kind aus der Donau gefischt. Es hatte sich unter der Böschung verfangen. Sonst wäre es davongetrieben.«
»Gütiger Gott!« Anna spürte, wie sich die feinen Härchen auf ihren Unterarmen aufrichteten. »Ist es dasselbe Kind?«
Jakob zuckte mit den Schultern. »Das muss die Leichenschau erst noch ergeben.« Er fuhr sich mit den Handflächen übers Gesicht. »Also? Was willst du?«
Anna wusste nicht so recht, wo sie anfangen sollte. Auf keinen Fall wollte sie ihrem Bruder einen Grund geben, wieder etwas gegen das Spital zu unternehmen. Deshalb entschloss sie sich dazu, Gertrud vorerst unerwähnt zu lassen. »Kennst du einen Magnus Ungelter?«
»Warum interessierst du dich für den? Hast du dich doch entschieden, aus der Sammlung auszutreten?«
Anna verneinte. »Kennst du ihn oder nicht?«
Ihr Bruder brummte etwas Unverständliches und nickte. »Ich kann dir nur einen Rat geben. Halte dich von ihm fern.«
»Warum?«
Jakob schien einen Moment zu überlegen. »Er verkehrt in schlechten Kreisen.«
»Was meinst du damit?«

»Das, was ich gesagt habe.« Er zog einen Stapel Briefe heran und fing an, sie zu versiegeln.

»Wer ist er?«, hakte Anna nach. Sie würde das Haus nicht verlassen, ohne wenigstens in Erfahrung gebracht zu haben, wer dieser Magnus Ungelter war.

Jakob machte eine Weile schweigend mit seiner Arbeit weiter, ehe er mit einem Seufzen den Kopf hob. »Du gibst vermutlich keine Ruhe«, knurrte er.

Anna verkniff sich ein triumphierendes Lächeln. Sie hatte ihren Bruder schon als Kind dazu gebracht, ihr zu sagen, was sie wissen wollte.

»Er ist ein Ratsmitglied«, sagte er schließlich.

Anna runzelte die Stirn. »Und warum machst du dann so ein Geheimnis daraus?«

»Weil ich nicht will, dass du irgendwas mit ihm zu tun hast«, erwiderte Jakob. »Was willst du überhaupt von ihm?«

»Gar nichts.« Das war nicht einmal eine Lüge.

»Gar nichts, aha.« Er legte das Siegelwachs beiseite und fasste sie scharf ins Auge. »Ich kann meinen Rat nur wiederholen. Halte dich von ihm fern!«

»Weshalb?«

»Das habe ich dir schon gesagt.«

»Er verkehrt in schlechten Kreisen? In was für Kreisen?«

»Herrgott, Anna!«, brauste Jakob auf. Er schlug mit der Faust auf den Tisch. »Kannst du nicht einmal tun, was ich dir sage?«

Anna erschrak über den plötzlichen Ausbruch.

»Ich will nicht, dass du dich wieder in Gefahr begibst«, sagte ihr Bruder etwas ruhiger.

»Das müsste ich nicht, wenn du mir endlich erzählst, was ich wissen will.«

Jakob murmelte eine Verwünschung. »Er steckt in letzter Zeit öfter mit Johannes Schad zusammen.« Er spuckte den Namen aus wie etwas Fauliges.

Anna erbleichte.

»Verstehst du jetzt, warum ich nicht will, dass du dich mit ihm beschäftigst?« Jakob kam hinter seinem Schreibtisch hervor und trat vor Anna. Er sah mit einem Ausdruck der Reue auf sie hinab. »Du glaubst nicht, wie sehr ich wünschte, ich hätte ihn nie eingeladen, um dich kennenzulernen.«

Anna sah zu ihm auf.

»Es war meine Schuld, dass du in Gefahr geraten bist«, setzte er hinzu. »Hätte ich nicht …«

Anna hob die Hand, um ihn zum Schweigen zu bringen. »Es war nicht deine Schuld. Hätte ich Lazarus nicht dazu überredet, in die Gräth einzubrechen, wäre all das Furchtbare nie passiert.«

»Das stimmt nicht«, widersprach Jakob. »Dann würde da draußen immer noch ein Mörder sein Unwesen treiben.« Er griff nach Annas Händen und zog sie auf die Beine. »Ich kenne dich. Deine Neugier war schon immer dein größter Fehler. Schon als Kind.« Er seufzte.

Anna schnitt eine Grimasse. Sie erinnerte sich nur zu gut daran, wie sie beide immer wieder in Schwierigkeiten geraten waren, weil sie unbedingt hinter jede verschlossene Tür hatte schauen müssen. Es gab kaum etwas, das sie mehr anzog als ein Geheimnis.

»Geh zurück in die Sammlung«, riet Jakob ihr. »Und vergiss Magnus Ungelter. Er ist einer der neuen Ratsherren, die mit allen Mitteln nach mehr Macht streben. Dafür ist ihm jeder Verbündete recht. Und jetzt, wo Johannes der zweite Bürgermeister ist ...« Er fasste sie beim Kinn und zwang sie, ihn anzusehen. »Versprich mir, dass du dich von ihm fernhältst.«

Anna überlegte einen Augenblick, bevor sie nickte. Gertrud wollte wissen, wie es ihm ging. Nach allem, was sie erfahren hatte, musste sie sich offenbar keine Sorgen um sein Wohlergehen machen. Deshalb nickte sie.

»Sag es!«, forderte er.

»Ich verspreche, mich von ihm fernzuhalten«, sagte Anna. »Zufrieden?«

Ihr Bruder nickte zufrieden. »Willst du zum Essen bleiben?«

Anna warf einen Blick aus dem Fenster, vor dem es bereits dämmerte. Sie schüttelte den Kopf. »Ich sollte zurück in die Sammlung.«

»Es war schön, dich zu sehen«, brummte Jakob, brachte sie zur Tür und blickte ihr nach, bis sie die Treppen hinab verschwunden war.

Im Hof verabschiedete Anna sich von ihrer Schwägerin und ihren beiden Söhnen, die ihrer Mutter dabei halfen, die Hühner in den Stall zu treiben. Dann machte sie sich auf den Weg zurück zum Beginenhof. Als sie das Tor fast erreicht hatte, trat auf der gegenüberliegenden Straßenseite eine Gestalt aus einer Nische zwischen zwei Häusern und stellte sich ihr in den Weg.

Anns stieß einen spitzen Schrei aus.

»Keine Angst, ich bin es. Gallus.« Er hob beruhigend die Hände.

»Du?« Anna starrte ihn an, als wäre er ein Geist. »Was willst du denn hier?«

»Ist das eine Art, jemanden zu empfangen, der einem das Leben gerettet hat?«, schmollte er. »Deinetwegen hat man mich in den Turm gesteckt. Ich hätte mich einfach davonmachen können.«

Mit einem Schaudern erinnerte Anna sich an ihre missglückte Flucht durch den Wald. »Du hast dich davongemacht«, sagte sie.

»Aber ich bin zurückgekommen, um dir zu helfen.«

»Das stimmt«, gestand Anna.

»Dann musst du jetzt *mir* helfen!«

»Ich muss gar nichts«, widersprach sie und sah zum Tor des Beginenhofes.

»Hör mich doch erst mal an«, bedrängte Gallus sie. »Ich will nichts Unmögliches von dir.«

Anna atmete resigniert aus. »Also gut. Was willst du?«

»Es geht um die Frau, die ihr ins Spital gebracht habt, Gertrud.«

Anna blinzelte verwundert. »Was hast du denn mit Gertrud zu tun? Weißt du, wer sie ist? Woher sie kommt?«

Gallus überlegte einen Moment, ehe er den Kopf schüttelte. »Jemand hat sich nach ihr erkundigt. Er will wissen, wie es ihr geht.«

»Warum fragte er dann nicht selbst nach ihr?«

Er zuckte mit den Schultern. »Da bin ich überfragt. Beantwortest du mir jetzt meine Fragen oder nicht?«

In Anna regte sich Misstrauen. Gertrud war furchtbar misshandelt worden, jemand hatte versucht, sie umzubringen. Was, wenn sie etwas verriet, das Gertrud noch mehr in Gefahr brachte? Womöglich steckte der, der Gallus geschickt hatte, hinter allem. »Wer hat sich nach ihr erkundigt?«, fragte sie.

»Ein Mann.«

»Was für ein Mann?«

Gallus verdrehte die Augen. »Seinen Namen kenne ich nicht. Aber vielleicht ist sie seine Frau, die ihm weggelaufen ist.«

»Heißt der Mann Magnus Ungelter?«

»Keine Ahnung.«

»Gertrud ist im Spital«, ließ Anna ihn schließlich wissen. »Wenn er sie besuchen will, sollte er sich beeilen. Es geht ihr sehr schlecht.« Mit diesen Worten ließ sie Gallus stehen, ging über die Straße und betrat den Hof der Beginensammlung.

Kapitel 18

DER FOLGENDE MORGEN war regnerisch und trüb, aber wenigstens hüllte der Nebel nicht alles ein. Ein kalter Wind fegte von Osten durch die Stadt und trieb tote Blätter vor sich her. Lazarus setzte fröstelnd die Kapuze auf, verließ das Spital und machte sich auf den Weg zum Rathaus. Er war immer noch überrascht von der Bitte, die der Wundarzt ihm am gestrigen Abend überbracht hatte.

Nachdem der tote Körper eines Kindes aus der Donau gefischt worden war, hatte jemand vorgeschlagen, nicht nur Henker und Wundarzt zur Leichenschau hinzuzuziehen, sondern auch ihn als Siechenmeister des Spitals. Offenbar erwartete man von ihm Erkenntnisse darüber, ob das Kind vor seinem Tod krank gewesen war. Die Vorstellung, bei so etwas Schrecklichem anwesend sein zu müssen, erfüllte ihn mit Bedenken, da es ihm als Gottesmann verboten war, den Körper eines Menschen zu verletzen. Falls die Wachen und der Rat annahmen, dass er dabei zusah, wie der Wundarzt oder der Henker den Leichnam zerschnitten, würde er Protest vorbringen.

Mit einem Gefühl der Beklemmung eilte er durch den Regen und langte wenig später beim Rathaus an.

»Da seid Ihr ja endlich!«, begrüßte ihn der Hauptmann. »Wir dachten schon, Ihr hättet kalte Füße bekommen.«

Lazarus folgte ihm und einem weiteren Soldaten zu einem kleinen Haus neben dem Metzgerturm, in dem es nach feuchtem Stein und Verwesung stank. Dennoch war er froh, im Trockenen zu sein und schüttelte den Regen aus seinem Umhang.

»Hier entlang.« Der Hauptmann führte ihn eine schmale Stiege hinab in einen aus Stein gehauenen Keller, zu einer dicken Tür, hinter der sich ein langgestreckter Raum befand. Er wurde von mehreren Kerzenlampen erhellt und in der Mitte befand sich ein Tisch, auf dem etwas Zugedecktes lag.

»Lazarus«, begrüßte ihn der Wundarzt.

Der Henker, den Lazarus nur flüchtig kannte, nickte ihm zu. Er hantierte mit Werkzeugen, die auf einer Bank aufgereiht waren.

»Seid ihr bereit?«, fragte der Hauptmann.

Wundarzt und Henker nickten.

»Dann können wir anfangen.«

Der Henker zog das Tuch weg und Lazarus musste einen Ausruf unterdrücken. Darunter kam ein winziger Leichnam zum Vorschein, der aufgedunsen und verfärbt war. Der Anblick bereitete ihm Übelkeit, obwohl er aus dem Spital einiges gewöhnt war.

»Wie alt ist es, was denkt Ihr?«, wandte sich der Hauptmann an Lazarus.

Er trat widerstrebend näher und betrachtete den kleinen toten Körper. »Ein oder zwei Jahre. Höchstens.«

»Dann könnte es sich um Kindsmord handeln«, mutmaßte der Hauptmann.

»Ich habe noch nie von einer Kindsmörderin gehört, die ihrem Kind den Kopf abschneidet«, wandte der Henker ein.

»Vielleicht wollte sie, dass man es nicht sofort erkennt.«

Lazarus unterdrückte ein Schaudern. Der Leib des Kindes wies außer der klaffenden Wunde am Hals noch eine Anzahl von oberflächlichen Bissspuren und stumpfen Verletzungen auf, die ihm offensichtlich bei lebendigem Leib zugefügt worden waren.

»Wir sollten zuerst bestimmen, ob es sich um ein und dasselbe Kind handelt«, schlug der Wundarzt vor, ging zu der Bank und holte einen Korb, der dort stand. Darin befand sich der in Tücher eingewickelte Kopf, der auf der Ziegenweide gefunden worden war.

Der Anblick war noch grauenvoller als der des toten Körpers. Dort, wo die Augen sein sollten, klafften leere Höhlen, die Haut war grünlich und voller Flecken. Nur bei genauem Hinsehen erkannte man, dass es der Kopf eines Menschen war.

»Leg ihn hierhin!« Der Henker zeigte auf den Halsstumpf.

»Er passt nicht«, stellte der Wundarzt fest, nachdem er Hals und Kopf vorsichtig aneinander gehalten hatte.

»Was soll das heißen?« Der Hauptmann schob Lazarus zur Seite, um besser sehen zu können. »Willst du behaupten, es handelt sich um zwei verschiedene Leichname?«

»Wohl eher Teile davon«, verbesserte ihn der Wundarzt. »Dieser Kopf stammt von einem anderen Kind.«

Lazarus schlug ein Kreuz. »Gütiger Jesus«, murmelte er. Zwei Kinderleichen?

»Womit sind die Köpfe abgetrennt worden?«, wollte der Hauptmann wissen.

Der Henker vermaß die Wunden. »Ich würde sagen mit einem scharfen Messer und einer Säge.«

Lazarus empfand Grauen. Er hatte vermutet, dass Tiere für die Verstümmelungen verantwortlich waren. Die Vorstellung, dass sich jemand mit einer Säge an den Kindern zu schaffen gemacht hatte, war mehr als er ertragen konnte. Er spürte Übelkeit in sich aufsteigen.

»Kannst du sagen, ob die Kinder tot waren, als ihnen die Köpfe abgetrennt wurden?«, erkundigte sich der Hauptmann.

Der Henker bat den Wundarzt an seine Seite und zusammen beugten sie sich noch tiefer über die menschlichen Überreste.

»Hier sind kaum Blutungen zu erkennen«, murmelte der Wundarzt. »Das hier«, er zeigte auf etwas am Hals des kopflosen Körpers, »könnte ein Drosselmal sein.«

»Das heißt, es wurde vorher erdrosselt?«

»Ich schätze, ja.«

»Wie sicher bist du?«

Der Wundarzt zuckte mit den Schultern. »Ich kann nur schlussfolgern. Was wirklich passiert ist, kann uns allein der Mörder sagen.«

»Wäre es möglich, dass die Kinder eines natürlichen Todes gestorben sind?«, wandte sich der Hauptmann an Lazarus.

Mit einem Gefühl als laste ein Gebirge auf seinen Schultern trat Lazarus näher an den Tisch und zwang sich, den grauenhaft verstümmelten Körper und den Kopf genauer anzusehen. Dabei entdeckte er etwas auf der Brust des Leichnams, das ihn stutzig werden ließ. Obwohl sich alles in ihm dagegen sträubte, beugte er sich tiefer und schnupperte an der Haut. War das …? Er richtete sich wieder auf. Nein, das war unmöglich. Der Gestank des Todes war viel zu präsent. Seine Sinne mussten ihn täuschen. Er berührte den Kopf mit spitzen Fingern und nahm ihn ebenfalls in Augenschein. »Ich kann nichts erkennen, das euch weiterhelfen würde«, stellte er schließlich fest. »Die Verwesung ist zu weit fortgeschritten.«

»Was soll ich dem Rat sagen?«, fragte der Hauptmann.

»Dass es sich um zwei unterschiedliche Opfer handelt«, erwiderte der Henker. »In Ulm geht ein Kindermörder um.«

Kapitel 19

ALS ANNA EHINGER an diesem Morgen ihren Dienst im Spital antrat, war die Stimmung seltsam gedrückt. Von Lazarus war weit und breit nichts zu sehen, auch der Wundarzt war nicht in der Dürftigenstube. Eine unheimliche Stille erfüllte den sonst so geschäftigen Raum, in dem nicht mal das Jammern der Kranken zu hören war. Anna wusste nicht, woran es lag, aber die Stube kam ihr an diesem Tag fremd vor. Es rührte vielleicht daher, dass sie die halbe Nacht nicht geschlafen hatte, weil die Begegnung mit Gallus all die schlimmen Erinnerungen zurückgebracht hatte, gegen die sie erfolglos ankämpfte. Wer war der Mann, der ihn geschickt hatte? Was für ein Geheimnis hütete Gertrud? Wenn sie endlich aufwachen würde!

Anna erschrak, als sie an das Lager der Kranken trat und sah, wie bleich sie war. Ihre Brust hob und senkte sich nur noch schwach und sie ließ mit keiner Regung erkennen, ob sie wach war oder nicht. »Gertrud?« Anna setzte sich neben das Bett und fasste sie sanft bei der Schulter.

»Brauchst du Hilfe?«, fragte eine der Mägde, die als Hebmagd arbeitete. Sie blieb am Fußende des Bettes stehen und blickte auf Gertrud hinab.

»Ich komme allein zurecht«, erwiderte Anna.

Die Magd rührte sich nicht von der Stelle.

»Was ist?«, wollte Anna wissen.

»Ich glaube, ich habe sie schon mal gesehen«, war die Antwort. »Wer ist sie?«

»Sie heißt Gertrud, mehr weiß ich nicht. Wo hast du sie schon mal gesehen?«

»Ich kann mich irren, aber ich glaube, sie hat vor ein paar Jahren entbunden.«

»Hier im Spital?«, hakte Anna nach.

Die Magd schüttelte den Kopf. »Zu Hause.«

Annas Herzschlag beschleunigte sich. »Erinnerst du dich daran, wo sie gewohnt hat? Wer sie ist?«

»Nein. Ich bin mir ja nicht mal sicher, ob es sich wirklich um dieselbe Frau handelt.« Die Magd kniff die Augen zusammen. »Sie war jünger, schöner.« Nach einem letzten Blick auf Gertrud zuckte sie mit den Schultern und machte sich auf den Weg zum Ausgang.

Anna schluckte eine Verwünschung. »Wer bist du?«, murmelte sie.

Aber Gertrud blieb stumm.

So stumm, dass Anna nach einer Weile einen Finger unter ihre Nase hielt, um zu sehen, ob sie noch atmete.

Sie war tot.

Obwohl sie die Frau kaum gekannt hatte, verspürte Anna eine tiefe Trauer. Sie faltete ihr die Hände auf der Brust, legte zwei Münzen auf ihre Augen und kniete sich neben ihr Lager, um ein Gebet für sie zu sprechen. Sie war gerade fertig damit, als Lazarus die Dürftigenstube betrat.

Sie winkte ihn zu sich.

Einen Moment sah es so aus, als ob er sie ignorieren wolle, doch dann schlug er ihre Richtung ein. Sein Blick fiel auf Gertrud. »Der Herr sei ihrer Seele gnädig«, sagte er, griff nach ihrer Hand und suchte einen Aderschlag.

»Sie ist tot«, ließ Anna ihn wissen.

Lazarus nickte. Er wirkte geistesabwesend und niedergedrückt.

»Wo warst du?« Die Worte hatten Annas Mund verlassen, bevor sie darüber nachdenken konnte. »Entschuldige, das geht mich nichts an«, setzte sie zerknirscht hinzu.

Er lächelte traurig. »Ich war bei einer Leichenschau.«

»Oh.« Anna musterte ihn eingehender. »Die beiden Teile der Kinderleiche?«

Lazarus' Brauen schoben sich zusammen. »Woher weißt du, dass es zwei Kinder sind?«

»Mein Bruder hat es angedeutet.« Sie wusste, dass es sie nichts anging, aber ihre Wissbegierde war stärker. »Woran sind sie gestorben?«

»Das kann ich dir nicht sagen«, entgegnete er.

»Früher oder später erfahre ich es sowieso. So etwas lässt sich nicht lange verheimlichen, das weißt du selbst.«

Lazarus seufzte. »Damit hast du vermutlich recht«, gab er zu und sah Anna das erste Mal, seit er zurück war aus Rom, direkt in die Augen. »Sie sind ermordet worden.«

Anna schlug erschrocken die Hand vor den Mund. »Ermordet? Aber es waren Kinder!«

»Mehr weiß ich nicht.« Lazarus' Blick wanderte zurück zu Gertrud. »Sie muss aufgebahrt werden. Kannst du sie waschen?«

Anna nickte.

»Wir kennen nicht einmal ihren vollen Namen«, bemerkte Lazarus.

»Vielleicht kann ich ihn herausfinden.« Anna überlegte einen Augenblick, entschied sich jedoch dagegen, ihm von der merkwürdigen Begegnung mit Gallus zu berichten. Sobald Gertrud aufgebahrt war, würde sie zurück in die Beginensammlung gehen, um in der Herberge nach Anhaltspunkten zu suchen. Zwar hatte Gertrud bei ihrer Ankunft nicht viel Gepäck dabeigehabt, aber es wäre möglich, dass sich unter ihren Sachen etwas befand, das Aufschluss darüber gab, wer sie war und woher sie kam.

Lazarus schien mit sich zu ringen, ob er noch etwas sagen sollte, nickte dann allerdings knapp und ließ Anna mit der Toten alleine.

Nachdem sie den Leichnam gewaschen und in ein einfaches Gewand gekleidet hatte, machte sie sich auf zum Beginenhof, wo sie sich auf direktem Weg in die Kammer begab, in der Gertrud untergebracht worden war. Ihre wenigen Habseligkeiten steckten in einem kleinen Bündel, das neben dem Bett lag. Es war zerschlissen und schien aus einem Stofffetzen zusammengenäht worden zu sein, der aussah, als habe ihn jemand aus einem alten Sack gerissen. Behutsam leerte Anna den Inhalt auf den Tisch. Zu ihrer Verwunderung fand sie außer ein paar alten Brotkanten eine Korallenkette, einen abgeschnittenen Zopf und einen Ring mit einem Wappen. Er hatte einen schwarzen Grund, auf dem etwas prangte, das aussah, wie zwei aufeinandergestellte Silberkelche. Anna runzelte die Stirn. Sie kannte diese Art Wappen, ihre Familie besaß ein ganz ähnliches. Sie drehte das Schmuckstück zwischen den Fingern hin und her und überlegte, was der Fund bedeuten mochte. Hatte Gertrud die Sachen gestohlen? War sie deshalb verletzt worden? Weil sie eine Diebin war? Sie durchwühlte den Sack, doch außer den Dingen auf dem Tisch war er leer. Sie setzte sich auf einen Stuhl und starrte grübelnd auf das Wappen. Es kam ihr vage bekannt vor, aber sie suchte vergeblich nach einem Namen auf dem Schild. Nachdem sie den Ring noch eine Weile betrachtet hatte, fasste sie einen Entschluss. Jakob konnte ihr helfen herauszufinden, wer der Besitzer des Rings war.

Vielleicht gehörte er diesem Magnus Ungelter, nach dem Gertrud sich erkundigt hatte. Hastig sammelte sie die auf dem Tisch verstreuten Sachen ein, steckte den Ring in die Tasche und verließ den Beginenhof.

Wenig später stand sie erneut im Hof von Jakobs Anwesen.

»Anna!« Ihre Schwägerin Ella kam aus einem der Gärten auf sie zu. Sie trug eine Schürze, um ihr Kleid zu schützen, und schien Laub gerächt zu haben. Da der Himmel inzwischen aufgerissen war, leuchteten die Haufen in bunten Farben. »So oft haben wir dich schon lange nicht mehr zu Gesicht bekommen«, stellte Ella fest.

»Ist Jakob da?« wollte Anna wissen.

»Muss ich mir Sorgen machen?«, war die Gegenfrage.

Anna schüttelte den Kopf. »Ich muss ihn nur was fragen.«

»Er ist im Lager«, erwiderte Ella. »Gerade ist eine neue Fuhre Gewürze eingetroffen.« Sie machte Anstalten, Anna ins Haus zu begleiten, doch sie winkte ab.

»Ich finde allein zu ihm.«

Ella zuckte mit den Schultern. »Wie du willst.«

Auf dem Weg zum Haus verspürte Anna einen kurzen Anflug von Zweifel. War es wirklich klug, Jakob um Rat zu bitten? Wenn ihr Verdacht sich bestätigte ... Sie wischte die Zweifel beiseite, holte tief Luft und betrat die große Halle im Erdgeschoss des Wohnhauses. Von dort führte eine in Stein gehauene Treppe in einen riesigen Keller, in dem Jakob Wein, Gewürze und Stoffballen lagerte. Unten war Licht entzündet worden und gedämpfte Stimmen drangen an Annas Ohr. Nach kurzem Zögern setzte sie den Fuß auf die oberste Stufe und machte sich auf den Weg nach unten.

Mit jeder Stufe, die sie sich weiter in die Tiefe begab, nahm ihre Beklemmung zu. Das letzte Mal, als sie einen Keller betreten hatte, wäre sie fast ums Leben gekommen. Ein Gefühl, als ob sich eine eiserne Zwinge um ihre Brust schloss, nahm ihr die Luft. *Sei keine Gans!*, schalt sie sich. Jakob war ihr Bruder, dort unten drohte ihr keinerlei Gefahr. Dennoch wurde das Gefühl der Enge schlimmer, je weiter sie ging.

Kapitel 20

»Anna?« Ihr Bruder wandte sich verwundert um, nachdem einer der Knechte im Raum zur Tür gezeigt hatte.

Anna, der inzwischen der kalte Schweiß auf der Stirn stand, winkte ihm zu und bedeutete ihm, ihr nach oben zu folgen. Ehe er etwas sagen konnte, machte sie kehrt und floh in die von Sonnenlicht durchflutete Halle. Ihr Herz hämmerte wie verrückt und ihr Mund war staubtrocken. *Du bist in Sicherheit,* schärfte sie sich ein, doch ihr rasender Herzschlag beruhigte sich nur allmählich.

»Was gibt es denn jetzt schon wieder?«, erkundigte sich Jakob, als er die Treppe erklommen hatte. Er wirkte wenig begeistert von ihrem neuerlichen Auftauchen.

»Ich muss dir was zeigen.« Anna holte den Ring aus der Tasche und hielt ihn Jakob hin.

Seine Miene verdüsterte sich. »Wo hast du den her? Ich hatte dir gesagt, du sollst dich von ihm fernhalten! Du hast mir dein Versprechen gegeben!«

»Von wem?«

»Tu nicht so, als ob du das nicht wüsstest!«

»Ist das das Wappen der Familie Ungelter?«, fragte Anna.

»Willst du mich zum Narren halten?«

Anna schüttelte den Kopf. Dann erzählte sie ihm von Gertrud. »Der Ring war bei ihren Sachen.«

»Eine Reisende, von der niemand weiß, woher sie kommt oder wer sie ist, hatte diesen Ring bei sich?«, fragte Jakob ungläubig.

»Ja.«

»Wieso, um alles in der Welt?«

»Das will ich herausfinden.«

»Nein, nein, nein!« Er hob die Hand. »Du wirst gar nichts herausfinden! Hast du vergessen, was ich gesagt habe?« Er packte sie bei den Armen. »Dieser Magnus Ungelter steckt mit Johannes zusammen. Wenn du dich auch nur in seine Nähe begibst, findet dieser Mistkerl es früher oder später raus. Ich will nicht, dass du wieder seine Aufmerksamkeit erregst!«

»Aber ...«

»Kein Aber!« Jakob versuchte, ihr den Ring abzunehmen, allerdings versteckte Anna ihre Hand hinter dem Rücken. »Ich muss ihn ins Spital bringen. Er gehört Gertrud und sollte mit ihr aufgebahrt werden.«

»Sie hat ihn vermutlich gestohlen!«

»Das weißt du nicht.«

»Du aber genauso wenig! Hast du nicht gesagt, sie hat Spuren von alten Züchtigungen getragen? Sie ist wahrscheinlich eine Diebin, die aus irgendeinem Loch geflohen ist. Misch dich bloß nicht ein!«

»Und wenn sie keine Diebin ist?«

»Überlass das der Wache. Bring den Ring meinetwegen ins Spital, aber sag dem Magister Hospitalis Bescheid. Er soll die Wachen holen.« Er musterte sie streng. »Das sage ich jetzt als Spitalpfleger, nicht als dein Bruder. Verstanden?«

Anna wich seinem Blick aus.

»Verstanden?«, hakte er nach.

Sie nickte.

»Kann ich mich darauf verlassen?«

»Ja, doch.« Anna hoffte, dass er ihr nicht ansah, dass seine Worte die Neugier in ihr erst richtig entfacht hatten. Warum trug Gertrud den Ring der Familie Ungelter bei sich? War sie ein Mitglied oder hatte sie ihn, wie Jakob vermutete, gestohlen. Die Tatsache, dass sie sich nach Magnus Ungelter erkundigt hatte, sprach eher dafür, dass sie mit ihm verwandt war. Handelte es sich um seine Schwester? Eine Schwägerin? Anna verließ Jakobs Haus und ging zurück ins Spital. Dort tat sie, was Jakob ihr befohlen hatte. Danach sprach sie ein Gebet über Gertruds Leichnam, der inzwischen in der kleinen Kapelle neben dem Haus des Spitalmeisters aufgebahrt worden war. Bevor sie es sich anders überlegen konnte, machte sie sich auf den Weg zur Stube der Wöchnerinnen, um noch mal mit der Hebmagd zu sprechen, die gedacht hatte, Gertrud zu kennen.

»Ich weiß nicht, wer sie ist«, beteuerte diese erneut. »Ich bin mir wirklich nicht mehr sicher, ob es dieselbe Frau ist.«

»Das war die Patrizierin, von der du gesprochen hast?«, fragte Anna.

Die Hebmagd nickte. »Aber es ist zu lange her. Es könnte auch eine andere Frau gewesen sein. Wie gesagt, sie war viel jünger und schöner.«

»Wie lange ist es denn her?«

»Ein paar Jahre.«

Anna nagte nachdenklich auf ihrer Lippe herum. »Und an mehr kannst du dich wirklich nicht erinnern?«

Die Hebmagd schüttelte den Kopf. »Ich habe dir doch schon gesagt, dass ihr Gemahl alle aus dem Haus geschickt hat. Und ein paar Wochen später waren er, die Frau und das Kind verschwunden. An mehr erinnere ich mich nicht mehr.«

Annas Verdacht, dass es sich bei Gertrud um eine Schwester oder Schwägerin von Magnus Ungelter handelte, verstärkte sich. Allerdings gab es nur einen Weg, das herauszufinden, und der würde ihrem Bruder ganz und gar nicht gefallen. Ihr Blick fiel auf das Lager der Wöchnerin, die das Kind mit dem Wolfsrachen zur Welt gebracht hatte.

Die Hebmagd folgte ihrem Blick. »Sie ist fort«, beantwortete sie Annas unausgesprochene Frage.

»Aber sie hat doch erst entbunden.«

»Sie ist einfach verschwunden. Heute früh war sie nicht mehr da.«

»Und das Kind?«

»Wird ins Fundenhaus gebracht«, sagte die Hebmagd.

Das Fundenhaus lag außerhalb der Stadtmauern und war dem Heilig-Geist-Spital unterstellt. Allerdings oblag auch hier einem städtischen Pfleger die Leitung und Verwaltung, die für die Versorgung der zahllosen Findelkinder und Waisen zuständig waren.

Das arme Kind tat Anna schon jetzt leid. Mit seiner Missbildung würde es vermutlich nicht lange am Leben bleiben. Sie bedankte sich bei der Magd und ging zurück in den Hof, rechtzeitig, um die Ankunft der Stadtwache zu verfolgen. Aus der Ferne sah sie, wie der Magister Hospitalis wild gestikulierend auf sie einredete und sie dann in die Kapelle führte. Ob sie dem Verbrechen, dem Gertrud womöglich zum Opfer gefallen war, nachgehen würden? Der Ring ruhte immer noch in ihrer Tasche und schien ein Loch in den Stoff zu brennen. Da Jakob wusste, dass sie ihn hatte, beschloss sie, ihn dem Hauptmann zu übergeben. Falls sie ihn behielt, könnte sie des Diebstahls bezichtigt werden. Obwohl die Vorstellung, mit den Soldaten zu sprechen, alles andere als erbaulich war, nahm sie all ihren Mut zusammen und ging zur Kapelle. Dort wartete sie, bis die Wachen wieder auftauchten und der Spitalmeister in Richtung Wohngebäude davonrauschte.

»Ich muss Euch sprechen«, wandte sie sich an den Hauptmann.

Der musterte sie mit zusammengekniffenen Augen. »Hat die Frau noch was gesagt, bevor sie gestorben ist?«

Anna schüttelte den Kopf. »Ich habe ihre Sachen durchgesehen und das hier gefunden.« Sie zeigte ihm den Ring.

»Das ist das Wappen der Familie Ungelter«, stellte der Hauptmann erstaunt fest. »Woher hatte sie den Ring?«

Anna zuckte mit den Schultern.

»Was hatte sie sonst noch dabei?«, wollte der Hauptmann wissen.

»Ihre Sachen sind im Beginenhof.«

»Bring uns hin und zeig uns alles!« Der Hauptmann bedeutete ihr, sich in Bewegung zu setzen.

»Ich ...«, hob Anna an.

Er schnitt ihr mit einer herrischen Geste das Wort ab. »Ich will alles sehen, was sie dabeihatte!«

Kapitel 21

GALLUS SCHRAK ZUSAMMEN, als es an der Tür seiner Kammer klopfte. Es war spät, so spät, dass die Stadttore bereits geschlossen waren. Eigentlich durfte sich niemand mehr auf den Straßen und in den Gassen herumtreiben, wenn er nicht vom Nachtwächter erwischt werden wollte.

»Wer ist da?«

»Mach auf!«

Gallus erkannte die Stimme. Einen Augenblick war er versucht, den Mann einfach zu ignorieren, aber er war für seine Dienste bezahlt worden. Deshalb schob er den Riegel zurück und ließ seinen Auftraggeber ein.

»Und?«, kam dieser sofort zur Sache.

»Seid Ihr Magnus Ungelter?«

Der Mann starrte ihn mit einer Mischung aus Überraschung und Wut an. »Was soll das? Ich bezahle dich nicht dafür, *mir* hinterherzuschnüffeln! Was geht dich dieser Ungelter an?«

»Die Frau, nach der Ihr sucht, hat sich nach einem Magnus Ungelter erkundigt«, erklärte Gallus.

Die Miene des Mannes verdüsterte sich. »Hast du sie getroffen?«

Gallus schüttelte den Kopf. Er war den halben Tag um das Heilig-Geist-Spital herumgeschlichen. Was er schließlich erfahren hatte, würde seinen Besucher gewiss nicht erfreuen. »Sie ist tot«, sagte er.

Etwas, das er wie Erleichterung deutete, huschte über das Gesicht des Mannes. »Bist du sicher?«

»Wenn die Brüder mich nicht angelogen haben …« Gallus verzog das Gesicht.

»Wo ist ihr Leichnam?«

»Wieso?«

»Wo ist er?«

»Ich nehme an, man hat ihn im Spital aufgebahrt«, gab Gallus zurück.

»Du musst ihn verschwinden lassen!«

Gallus glaubte, nicht richtig gehört zu haben. Er starrte den Mann fassungslos an.

»Beseitige ihre Leiche!« Ein Lederbeutel tauchte wie aus dem Nichts auf. »Das gehört dir, wenn du tust, was ich sage.«

Gallus fiel die Kinnlade herunter, als er die vielen Goldmünzen sah. »Aber was ist, wenn man mich erwischt? Ich kann doch nicht einfach ins Spital einbrechen!«

»Lass dir was einfallen! Die Leiche darf morgen nicht mehr da sein, wenn die Wache …« Er brach den Satz ab.

»Was ist mit der Wache?«, fragte Gallus misstrauisch.

»Nichts. Es darf auf keinen Fall eine Leichenschau geben.«

Sein Verstand sagte Gallus, dass er den Mann zum Teufel schicken sollte. Aber die Gier, die unselige Gier, die ihn schon so oft in Schwierigkeiten gebracht hatte, war stärker als alle Bedenken. Wie schwer konnte es sein, ins Spital zu gelangen? Das Tor war geschlossen, die Brüder im Bett. Die Mauer im hinteren Bereich des Spitals war niedrig genug, dass er mit Hilfe einer Leiter darüberklettern konnte. Er warf seinem Besucher einen verstohlenen Blick zu. Hatte er etwas mit dem Tod der Frau zu tun? Der Gedanke war abwegig. Sie hatte Zuflucht in der Herberge der Beginensammlung gesucht und schien nicht aus Ulm zu stammen. Dennoch blieb die Frage, warum sich der Kerl so sehr für sie interessierte. Er beschloss, Erkundigungen einzuholen, sobald er getan hatte, was der Mann verlangte. Vielleicht erfuhr er etwas, das ihm zu noch mehr Geld verhalf.

»Ich komme morgen früh wieder«, riss ihn sein Besucher aus den Gedanken. »Dann will ich gute Nachrichten von dir hören.«

»Die bekommt Ihr, keine Sorge«, sagte Gallus mit mehr Zuversicht, als er empfand. Auch wenn er versuchte, sich einzureden, dass ein Eindringen ins Spital einem Kinderspiel gleichkam, regten sich Bedenken.

Nachdem sein Auftraggeber ihn verlassen hatte, zog er einen dunklen Umhang an, machte sich Mut und trat wenig später ins Freie. Die Nacht war kalt und feucht, doch dank eines fast vollen Mondes benötigte er kein

Licht, um den Weg zu finden. In die Schatten der Häuser geduckt, huschte er in Richtung Herdbrücke, wo er aus einem Garten eine Leiter stahl, die er schulterte. Am Fuß der Stadtmauer schlich er zu der Wiese hinter dem Spital und kauerte sich nieder. Außer dem Rauschen der Donau und dem Ruf eines Nachtvogels war nichts zu hören.

Während die Gedanken in seinem Kopf durcheinanderwirbelten, überlegte er, wie er die Leiche am besten loswerden konnte. Der einfachste Weg war, sie in die Donau zu werfen. Bis Tagesanbruch würde sie vermutlich weit weg getrieben sein und sein Auftraggeber zufrieden. Er versuchte, nicht daran zu denken, was passieren würde, wenn man ihn erwischte, und legte die Leiter an. Geschickt kletterte er über die Mauer, zog die Leiter hoch und ließ sie auf der anderen Seite nach unten. Sobald er weichen Boden unter den Füßen spürte, sah er sich vorsichtig um.

Alle Gebäude im Hof lagen dunkel vor ihm. Nicht ein Lichtschimmer war zu sehen und Gallus war froh, dass die Brüder keine Wachhunde hielten. Entlang der Mauer schlich er zu der kleinen Kapelle, deren Dach sich deutlich vom mondhellen Himmel abhob. Die Tür knarrte, als er sie aufzog. Mit angehaltenem Atem lauschte er in die Dunkelheit, doch es blieb still im Hof. Einen Augenblick rang er mit sich, ob er wirklich tun wollte, wozu er gekommen war. Was er vorhatte, war nicht nur eine furchtbare Sünde, es konnte ihn im schlimmsten Fall an den Galgen bringen. Noch war Zeit umzukehren und zurück in seine kleine Kammer zu gehen. All das Gold war zwar verlockend, nutzte ihm jedoch nichts mehr, wenn er tot war.

Er schielte zu dem Teil der Mauer, an dem die Leiter lehnte. *Scheiß drauf!*, dachte er nach einigen weiteren Augenblicken, schlüpfte ins Innere der Kapelle und wartete, bis sich seine Augen an die Dunkelheit gewöhnt hatten.

Es dauerte nicht lange, bis er den Teil des Raumes entdeckte, in dem die Tote aufgebahrt worden war. Ihr Leichentuch war ein heller Fleck, der ihm den Weg wies. Obwohl er allein in der Kapelle war, schlich er auf Zehenspitzen zu der Bahre und starrte einen Moment lang auf die leblose Gestalt. Dann fasste er sich ein Herz. Mit einem gemurmelten Gebet, in dem er um Vergebung bat, hob er den Leichnam auf und warf ihn sich über die Schulter.

Er war so leicht wie ein Kind.

So schnell er konnte, eilte er damit zur Leiter und lief auf der Mauerkrone entlang, bis er den Teil erreichte, der zur Stadtummauerung gehörte. Flink wie ein Wiesel kletterte er hinab, rannte zum Ufer der Donau und warf die Tote in die Fluten.

Kapitel 22

DIE AUFREGUNG IM SPITAL war groß, als Anna am nächsten Morgen ihren Dienst antrat. Auf dem größeren der beiden Höfe liefen Mägde, Knechte, Schwestern und Brüder wie aufgescheuchte Hühner durcheinander, während alle in Richtung Kapelle gestikulierten. Dort redete der Magister Hospitalis auf Annas Bruder und den Hauptmann der Wache ein, deren grimmigen Mienen zu entnehmen war, dass etwas Gravierendes passiert sein musste.

»Was ist denn los?«, erkundigte sich Anna bei einer der Mägde.

»Der Teufel war da«, erwiderte sie und bekreuzigte sich.

»Unsinn!«, mischte sich eine andere Magd ein. »Rede nicht so dummes Zeug!«

»Wie erklärst du dir sonst, dass eine Tote das Weite gesucht hat?«

Anna sah verwundert von einer zur anderen. »Was willst du damit sagen?«

»Die Frau, die Tote in der Kapelle, ist weg!«

»Der Teufel hat sie geholt!«

»Er ist in sie gefahren«, wusste ein Mann, der an seiner Kleidung als Bäckergesell zu erkennen war.

Anna schüttelte den Kopf. »Wer hat euch das erzählt?«

»Jeder weiß es«, war die Antwort. »Warum, denkst du, regen sich der Pfleger und der Spitalmeister so auf?«

Anna warf einen weiteren Blick auf ihren Bruder und die anderen Männer. An ihren hochroten Köpfen war zu erkennen, dass wirklich etwas Ungeheuerliches vorgefallen sein musste. Sie beschloss zu warten, bis Jakob sich zum Gehen wandte, um ihn zu fragen. Bis dahin blieb ihr nichts anderes übrig, als weiter das Geschwätz des Gesindes anzuhören.

»Die alte Hiltrud hat erzählt, dass so was schon mal passiert ist«, wusste die Magd, die zuerst gesprochen hatte. »Vor ein paar Jahren soll auf dem Gottesacker ein Grab gewesen sein, aus dem ein Wiedergänger entflohen ist.«

»Bist du sicher?«

»Aber ja! Wenn ich es doch sage!«

»Gertrud ist kein Wiedergänger!«, versuchte Anna, etwas Vernunft in die Unterhaltung zu bringen. Dem Aberglaube zufolge kehrten Verstorbene, die ein böses oder gotteslästerliches Leben geführt hatten, vor allem nachts zurück, um unter den Lebenden Unheil und Schrecken zu verbreiten. »Gertrud hat weder eine Untat begangen, noch hat sie ein schreckliches Ende gefunden. Sie ist ihrer Verletzung erlegen, nicht hingerichtet worden!«

»Woher willst du wissen, dass sie kein böses Leben geführt hat?«, entgegnete ein Knecht. »Hast du sie gekannt?«

Anna zögerte.

»Siehst du!«, triumphierte der Knecht. »Du hast keine Ahnung, wer sie war. Vielleicht war sie mit dem Teufel im Bunde.«

»Der Herr beschütze mich!«, murmelte die Magd und bekreuzigte sich. »Was, wenn sie wiederkommt, um sich an allen im Spital zu rächen?«

»Wofür?«, fragte Anna mit einem Stöhnen. »*Hier* ist ihr kein Unrecht zugefügt worden.«

»Sagst *du*.«

Anna verdrehte die Augen. Es hatte keinen Zweck, mit dem Gesinde zu diskutieren. Sie waren allesamt abergläubischer als die schlimmsten Heiden. Sie wandte ihre Aufmerksamkeit zurück auf Jakob, den Magister Hospitalis und die Wachen und wartete, bis der Spitalmeister mit zorniger Miene kehrt machte und in seinem Haus verschwand. Kurz darauf verschwanden auch die Wachen und Jakob machte sich kopfschüttelnd auf den Weg zum Tor.

Anna überlegte nicht lange. Ohne weiter auf das Gerede zu achten, raffte sie ihre Röcke und eilte ihm hinterher. Er war bereits ein gutes Stück vom Spital entfernt, als sie ihn einholte.

»Jakob!«

Er drehte sich um. Ihm war anzusehen, dass er nicht in der Stimmung war, mit ihr zu reden. »Ich habe keine Zeit«, brummte er.

»Ich weiß, was passiert ist«, sagte Anna, ungeachtet der düsteren Miene ihres Bruders. »Getruds Leichnam ist verschwunden.«

»Das geht dich nichts an!«, entgegnete Jakob barsch.

»Worüber hast du mit dem Spitalmeister gestritten?«

»Verdammt, Anna!«, brauste er auf. »Was hatte ich dir gesagt?«

Sie machte ein unschuldiges Gesicht.

»Du hast versprochen, dich rauszuhalten!«

»Das habe ich nicht.«

Er funkelte sie zornig an. »Du hast ...«

»Ich habe versprochen, mich von Magnus Ungelter fernzuhalten.«

Jakob stöhnte. »Du bist wirklich dickschädeliger als ein Maulesel!«

»Geben die Wachen dem Spitalmeister die Schuld?«, fragte sie.

»Wem denn sonst? Die Tote lag in *seiner* Kapelle! Wer außer ihm hätte so was Ungeheuerliches verhindern können? Zu behaupten, er könne nichts dafür ...«

Anna begriff. Der Spitalmeister versuchte, die Verantwortung auf Jakob abzuwälzen. »Ist jemand ins Spital eingebrochen?«

Jakob zuckte mit den Schultern.

»Hör zu, Jakob. Ich habe alles getan, was du gesagt hast. Ich habe den Ring dem Hauptmann gegeben. Aber ich glaube weder, dass Gertrud ihn gestohlen hat, noch, dass sie eine Wiedergängerin ist! Da steckt was anderes dahinter.«

»Was denn?«

»Es muss was mit diesem Magnus Ungelter zu tun haben.«

Jakob schüttelte ärgerlich den Kopf. »Glaubst du, *er* hat den Leichnam zum Leben erweckt?«

»Wer sagt denn, dass er zum Leben erwacht ist?«, hielt Anna entgegen. »Er könnte auch gestohlen worden sein.«

»Und warum?«

»Das weiß ich nicht. Ich weiß nur, dass Gertrud ein Geheimnis hatte, das sie vermutlich umgebracht hat. Jemand hat sie übel zugerichtet, vielleicht finden die Wachen raus, woher sie kam.«

»Ich sage dir, sie war eine Diebin«, brummte Jakob.

»Sollte nicht Gott über ihre Schuld oder Unschuld entscheiden?«, fragte Anna sanft.

Jakob errötete. »Du hast recht«, gab er zu. »Ich bin aufgebracht. Erst die toten Kinder und jetzt das. Dieser verdammte Spitalmeister versucht wieder, mir und dem

Rat Steine in den Weg zu werfen. Dem käme nichts mehr gelegen, als wenn sich rausstellen würde, dass du …« Er brach den Satz ab.

Anna begriff. »Er versucht, mir die Schuld in die Schuhe zu schieben?«

»Er hat großen Wert darauf gelegt, dass alle wissen, wo die Verstorbene zuerst Unterkunft genommen hat.«

»Er kann doch nicht ernsthaft annehmen, dass der Rat sich schon wieder auf so ein dummes Spiel einlässt.« Anna war empört. Erst im Frühjahr hatte der Magister Hospitalis alles darangesetzt, Jakob zu schaden, indem er Stimmung gegen die Beginen machte. Er hatte die Frauen sogar wegen einer fadenscheinigen Anschuldigung unter Hausarrest stellen lassen.

»Erfolg wird er damit sicher nicht haben. Aber er hat es erst mal geschafft, den Spieß umzudrehen. Jetzt muss ich mich nämlich für das Verschwinden der Toten rechtfertigen und nicht er!«

Kapitel 23

Nachdem Jakob sich von Anna verabschiedet hatte, blieb sie eine Weile unschlüssig stehen und überlegte, was sie als nächstes unternehmen sollte. *Gar nichts,* riet ihr die Vernunft. Doch der Drang, mehr über Gertrud und ihr unheimliches Verschwinden in Erfahrung zu bringen, war gewaltig. »Die Neugier ist eine Sünde«, murmelte sie, aber ihre Wissbegier war stärker. Da es nicht mehr lange dauerte bis zum nächsten Stundengebet, beschloss sie, erst später ins Spital zurückzukehren, wenn die Kranken wieder in ihren Betten lagen. Die Zeit bis dahin konnte sie mit einem Ausflug in die Stadt nutzen, um herauszufinden, wer dieser Magnus Ungelter war.

»Du hast versprochen, dich von ihm fernzuhalten!«, klangen die Worte ihres Bruders in ihrem Kopf nach.

Auch für den Bruch des Versprechens würde sie um Vergebung bitten. Allerdings war es in ihren Augen die Pflicht eines jeden Christenmenschen, Unrecht zu verhindern. Auch wenn alle Welt dachte, Gertrud sei eine böse Seele gewesen, glaubte Anna keinen Moment daran. Wenn sie herausfand, was für ein Geheimnis Gertrud gehütet hatte, konnte sie ihr Verschwinden vielleicht aufklären. Außerdem durfte sie nicht zulassen, dass Jakobs Feinde im Rat und im Spital sie wieder zu ihrem Spielball machten. Das letzte Mal war alles glimpflich ausgegangen, weil die Beginen allesamt Töchter aus wohlhabenden Patrizierfamilien waren. Doch je mehr Macht die Zünfte gewannen, desto größer war die Gefahr.

Sie wischte die letzten Zweifel beiseite und machte sich auf den Weg zum Rathaus. Dort, in der »Oberen Stube«, versammelten sich die Patrizier und wenn sie Glück hatte, fand an diesem Tag ein Treffen statt. Tatsächlich musste sie nicht lange warten, bis die ersten herausgeputzten Männer auftauchten und im Rathaus verschwanden. Die meisten von ihnen kamen zu Fuß, einige kletterten aus vornehmen Kutschen, die sich wegen des Marktes am Rand des Platzes drängten. Zu Annas Verdruss war nirgends das Wappen der Ungelters zu sehen, weshalb sie schließlich ihren Mut zusammennahm und sich einem der Kutscher näherte.

Der stand mit zwei anderen Bediensteten zusammen und bedachte sie mit einem erstaunten Blick, als sie vor ihm stehenblieb. »Eine Begine«, stellte er überflüssigerweise fest. »Was tust du denn hier?«

Anna ignorierte die anzüglichen Blicke der Männer und kam ohne Umschweife zur Sache. »Kennt einer von Euch den Ratsherrn Magnus Ungelter?«

»Was willst du von dem?«

»Ich soll ihm eine Nachricht überbringen«, log Anna.

»Er ist nicht hier«, sagte einer der Kutscher. »Aber vielleicht kommt er noch. Was geht's mich an.« Er kehrte ihr den Rücken und nahm das Gespräch, bei dem Anna ihn unterbrochen hatte, wieder auf.

Da sie nicht noch mehr Aufmerksamkeit erregen wollte, suchte sie sich einen Platz zwischen den Kutschen und behielt den Eingang des Rathauses im Blick. Als sie ihren Bruder erspähte, zog sie den Kopf ein und hoffte, dass er sie nicht sehen konnte. Nachdem er einen anderen Mann begrüßt hatte, verschwand er mit ihm im Gebäude und wenig später tauchten weitere Ratsherren auf.

»He! Begine!«, hörte sie einen der Kutscher rufen. Sie drehte sich zu ihm um.

»Das ist Magnus Ungelter.« Er zeigte auf einen untersetzten Mann mittleren Alters, der in einem Samtwams und roten Hosen steckte. Auf seinem Kopf saß ein Hut, der mit mehreren Falkenfedern geschmückt war. Aus der Entfernung wirkte er stattlich, wenn auch etwas zu wohlgenährt. An seinem Arm hing eine bildschöne junge Frau, von der er sich mit einem Lächeln verabschiedete. Während die Frau mit einem Korb in Richtung Markt verschwand, betrat Magnus Ungelter das Rathaus.

Anna zögerte nicht lange. Da es sich bei der Frau offensichtlich um seine Gemahlin handelte, folgte sie ihr zu dem Teil des Platzes vor dem Rathaus, auf dem an diesem Tag die Buden errichtet worden waren. Je weiter sie sich vom Rathaus entfernte, desto dichter wurde das Gewimmel aus Bauern, Händlern und Kauflustigen. Knechte mit Traggestellen auf dem Rücken zwängten sich durch das Gewühl und überall priesen die Händler lautstark ihre Waren an. Anna folgte der Frau vorbei an Fischern, Weinbauern, Krämern und Fleischern und wich einem Burschen aus, der Schweine zwischen den Beinen der Menschen hindurchtrieb. Das Grunzen der Tiere vermischte sich mit dem Brüllen von Eseln und Ochsen. Anna wurde in Richtung Brunnen geschoben, wo die Haube der Frau immer wieder aus der Menge hervorblitzte. Wie vermutet, steuerte die Dame auf die Stände der Tuch-, Gewürz-, und Pelzhändler zu, die stabil zusammengezimmert und mit bunten Schildern geschmückt waren. Auf dem Weg dorthin passierte Anna Verkaufstische mit Eiern, Speckkuchen, Schafsfüßen, Käse, Honig, Leder, Wein und Wolle und schwamm immer weiter auf ihr Ziel zu.

Auf Höhe eines Bäckerstandes wäre sie beinahe mit einer Gruppe Marktaufseher zusammengestoßen. Diese waren gerade dabei, die Gewichte des benachbarten Getreidehändlers zu überprüfen und die Brotlaibe mit Brotmaßen zu messen. Wer betrog, musste ein Bußgeld zahlen oder wurde abgeführt.

Überall schnappte Anna Wortfetzen auf, aus denen hervorging, dass es an diesem Tag nur ein Thema für die Ulmer gab: die zerstückelten Kinderleichen.

»Ich sage euch, ein Menschenfresser geht um!«

»Wer sagt, dass es bloß einer ist?«

»Ich lasse meine Kinder jedenfalls nicht mehr aus den Augen!«

Ein Lachen. »Glaubst du im Ernst, du könntest sie vor etwas derart Bösem beschützen? Das kann allein Gott.«

»Er hat es wohl nur auf kleine Kinder abgesehen.«

»Oder er treibt bloß bei Vollmond sein Unwesen.«

»Die Sünde, die Sünde!«, keifte eine Alte.

Anna beeilte sich weiterzugehen, da ihr das Gerede von Menschenfressern nicht gefiel. Sie kannte die Ulmer und wusste, wie abergläubisch sie waren. Was, wenn tatsächlich ein verwirrter Geist umging, der dachte, durch das Töten von kleinen Kindern Heil zu bringen? Und was würde geschehen, wenn sich das Gerücht einer Wiedergängerin verbreitete? Sie verkniff sich ein Stöhnen, da sie sich vorstellen konnte, wie schnell die Stimmung in der Stadt überkochen würde. Jakobs Sorgen schienen berechtigt. Ein Grund mehr, endlich in Erfahrung zu bringen, wer dieser Magnus Ungelter war.

Sie schob sich energisch durch eine Ansammlung von Frauen, die sich über angeblichen Mottenfraß beschwerten, und war froh, als Ungelters Gemahlin bei einem

Gewürzhändler anhielt. Sie reichte dem Mann ihren Korb über den Tresen und zählte auf, was sie alles brauchte.

Anna hielt Abstand und betrachtete die Frau unter gesenkten Lidern hervor. Sie war schön, hatte helle Haut und weißblondes Haar, das unter einer kecken Haube verborgen war. An den Seiten kräuselten sich sorgfältig gelegte Locken. Ihr Mund war klein und rot, die Augen erschienen aus der Entfernung wasserblau oder grau. Alles an ihr verriet, dass sie aus reichem Hause stammte. Was konnte Gertrud mit dieser Familie zu tun haben? Anna erinnerte sich daran, was der Wundarzt gesagt hatte. Gertrud hatte nicht nur innere Blutungen gehabt, jemand hatte obendrein versucht, ihr den Schädel einzuschlagen. Auch zwischen ihren Beinen gab es Verletzungen, ganz zu schweigen von den Hunde- und Rattenbissen. War sie doch eine Diebin gewesen, die sich für eine Reisende ausgegeben hatte? War die Hilfsbereitschaft der Beginen schamlos ausgenutzt worden? Was, wenn Gertrud im Haus von Magnus Ungelter angestellt gewesen und so an den Ring gekommen war?

Ihr Verdacht verhärtete sich, als die Frau ihren Korb nahm und sich umdrehte, um ihren Einkauf fortzusetzen. An ihrer Hand blitzte ein Ring auf, der dem ähnlich war, den Gertrud bei sich gehabt hatte. Anna überlegte nicht lange und folgte ihr zu den weiteren Ständen, bis sie alle Erledigungen getätigt zu haben schien. Vorbei an Gräth und Holzmarkt machte sie sich auf nach Norden, wo sie sich in Richtung Mailand wandte.

Anna war wenig überrascht. Die meisten reichen Ulmer waren in derselben Straße ansässig wir ihr Vater und ihr Bruder, allerdings lag Ungelters Haus zu ihrer Erleichterung weit genug weg von Jakobs Anwesen. Sie verfolgte, wie die Frau durch ein Doppeltor in einen Hof verschwand und verharrte eine Weile unschlüssig auf der Stelle. Viel hatte sie nicht in Erfahrung gebracht. Aber wenigstens wusste sie jetzt, wo Magnus Ungelter wohnte. Sie beschloss, zurück ins Spital zu gehen, bevor jemand nach ihr suchte und unangenehme Fragen stellte.

Kapitel 24

LAZARUS WUSSTE NICHT, was er von der ganzen Angelegenheit halten sollte. Die Aufregung im Spital war immer noch groß und vor ein paar Minuten hatte der Magister Hospitalis einen Burschen zu ihm geschickt, um ihm auszurichten, dass er ihn sprechen wollte. Er konnte sich vorstellen, worum es ging, und das gefiel ihm ganz und gar nicht. Er hatte gehofft, nach seiner Rückkehr in Ruhe seinen Dienst an den Kranken tun zu können, doch der Barmherzige schien andere Pläne zu haben. Mit einem Seufzen übergab er einer der Mägde einen Becher mit einer Arznei und bat sie, diese einer Fiebernden einzuflößen. Dann machte er sich mit einem ungutem Gefühl auf zum Haus des Spitalmeisters.

Dort musste er warten, bis er in einen Raum gerufen wurde, der trotz des Armutsgelübdes getäfelt war. Kostbare Heiligenbilder hingen an den Wänden und in der Ecke stand ein Altar mit einem goldenen Kruzifix.

»Du wolltest mich sprechen?«

Der Spitalmeister saß an einem großen Tisch, auf dem sich Briefe und Bücher stapelten. Er faltete die Hände auf der Platte und sah Lazarus durchdringend an. »Was weißt du über die Frau?«

»Über die Verstorbene?«

»Über die, deren Leichnam verschwunden ist«, war die eisige Antwort.

»Nicht viel«, seufzte Lazarus. »Sie war nicht bei Bewusstsein, als sie hierhergebracht wurde.«

»Was hat dir die Begine über sie erzählt?«

Lazarus' schlechtes Gefühl verstärkte sich. Suchte der Magister Hospitalis nach einem Grund, ihn bei den Oberen des Ordens wieder in Misskredit zu bringen? »Sie kannte nur ihren Namen.«

»Sonst nichts? Woher kam sie? Was wollte sie in Ulm? Warum hatte sie diesen Ring bei sich?« Er legte die Hände in den Schoß. »Die Wachen haben Fragen gestellt, die ich nicht beantworten konnte. Wenn das Spital ins Gerede kommt ...«

»Die Frau war wohl schon schwach und krank, als sie in der Herberge der Beginen ankam«, erwiderte Lazarus. Er hatte nicht vor, sich die Schuld in die Schuhe schieben zu lassen. Hätte er die Aufnahme ablehnen sollen? Das war ganz und gar nicht im Sinne des Ordens.

»Du bist der Siechenmeister«, bemerkte der Magister Hospitalis. »Du solltest wissen, wer sich in der Dürftigenstube aufhält.«

»Sie hat Hilfe benötigt!«, protestierte Lazarus.

Der Spitalmeister schürzte die Lippen. »Hat irgendjemand ein besonderes Interesse an ihr gezeigt?«

Lazarus schüttelte den Kopf.

»Ich habe von der Dämonenaustreibung gehört«, wechselte der Magister Hospitalis das Thema.

Lazarus schwieg.

»Auch so etwas kann den guten Ruf des Spitals gefährden.«

»Ich habe mich an die Regeln gehalten«, rechtfertigte Lazarus sich.

»Das bezweifle ich nicht.«

»Worauf willst du dann hinaus?«

»Die Mutter des Kindes ist verschwunden. Ich habe veranlasst, dass es ins Funden- und Waisenhaus gebracht wird.«

»Was hat das Kind mit der Toten zu tun?«

»Nichts. Aber es sind beides Vorfälle, die – wenn sie im falschen Licht dargestellt werden – den Rat dazu veranlassen könnten, uns noch mehr in unsere Angelegenheiten hineinzureden.«

Lazarus seufzte leise. Ging das wieder los? Er wusste, dass es dem Magister Hospitalis nicht gefiel, wie der Rat seine Aufgaben weitgehend auf den geistlichen und seelsorgerischen Bereich begrenzt hatte. Da er durch den Rat ernannt wurde, anstatt wie früher vom Spitalkonvent gewählt zu werden, war er immer zur Rechtfertigung genötigt. Seit Jahren verhandelten die Ulmer mit dem Orden in Rom und es war nur eine Frage der Zeit, bis sich der Spitalmeister von Bürgermeister und Rat vereidigen lassen musste. Der Streit um die Verwaltung des Weinkellers schwelte immer noch zwischen Annas Bruder und dem Magister Hospitalis.

»Ich glaube nicht, dass der Rat dem Spital die Schuld an den Vorkommnissen geben kann«, versuchte Lazarus, ihn zu beruhigen.

»Dein Wort in Gottes Ohr. Dennoch sollten wir versuchen herauszufinden, wer diese Frau war.«

Lazarus traute seinen Ohren nicht. »Verlangst du von mir …?«

»Ich will, dass du dich umhörst, damit ich das nächste Mal die Fragen der Wachen beantworten kann«, fiel ihm der Spitalmeister ins Wort. »Ich werde nicht dulden, dass diese Dahergelaufene alles zunichtemacht!«

Alles zunichte? Übertrieb er da nicht ein wenig? Da Lazarus nichts anderes übrig blieb, nickte er. »Wie du wünschst.«

»Außerdem wirst du versuchen herauszufinden, ob und wie ein Eindringling ins Spital gelangt ist. Ich lasse mich nicht zum Narren halten! Dieser Leichnam ist ganz gewiss nicht von selbst aus der Kapelle spaziert!«

In diesem Punkt gab Lazarus ihm recht. Auch er glaubte nicht, dass sie von allein aus der Kapelle verschwunden war. Egal welche Schuld sie auf sich geladen hatte, sie hatte vor ihrem Tod die Beichte abgelegt.

»Ich erwarte, dass du mir berichtest, sobald du etwas in Erfahrung gebracht hast«, sagte der Spitalmeister. Er bedeutete ihm mit einem Nicken, dass das Gespräch beendet war.

Lazarus verließ den Raum und überlegte, wo er mit seinen Nachforschungen anfangen sollte. Die Einzige, die näheren Kontakt zu der Verstorbenen gehabt hatte, war Anna. Auch wenn ihm die Vorstellung nicht gefiel, würde er sie befragen müssen. Zuerst würde er sich allerdings mit dem Torwächter unterhalten, um sicherzugehen, dass das Tor die ganze Nacht über geschlossen gewesen war.

Du weichst ihr aus, dachte er mit Verdruss und verscheuchte einen kleinen Hund, der sich offenbar ins Spital verirrt hatte. In Gedanken versunken, überquerte er den Hof und warf einen Blick an den bleigrauen Himmel. Zwar war es eine Erleichterung, dass sich der zähe Nebel der letzten Tage gelichtet hatte, doch Lazarus fürchtete, dass der erste Schnee nicht mehr lange auf sich warten lassen würde. Dann wurden die Betten voller, der Platz enger und wie jedes Jahr würden mehr Menschen sterben als in der wärmeren Jahreszeit. Während er auf das Haus des Torwächters zuging, schweiften seine Gedanken zu der Leichenschau und den furchtbar verstümmelten Kinderleichen ab. Was für ein Unmensch erdrosselte Neugeborene, um ihnen danach den Kopf abzutrennen? Er hatte die Gerüchte gehört, die längst im Umlauf waren, glaubte jedoch keinen Moment an einen Menschenfresser. Allerdings war ihm bewusst, dass das Geschäft mit Leichenteilen ein reges war. Ein schrecklicher Verdacht keimte in ihm auf. War Gertrud die Schuldige? Konnte es ein Zufall sein, dass ihr Auftauchen mit dem Fund der toten Kinder zusammenhing? Vielleicht hatte sie dem Henker sein Zubrot streitig machen wollen. Immerhin verdiente er sich mit dem Verkauf von Schelmbein, Armsünderschmalz und Menschenhäuten einen nicht unbeträchtlichen Batzen Geld. Die Erinnerung an die Leichenschau ließ ihn schaudern und plötzlich fiel ihm die Entdeckung, die er gemacht hatte, wieder ein. Der seltsame Fleck auf der Brust des Kindes. Hatten seine Sinne ihn getrogen? Denn sonst war der Frevel womöglich noch viel ungeheuerlicher, als alle annahmen.

Kapitel 25

»WIR SOLLTEN EINEN kühlen Kopf bewahren!« Johannes Schad, der mit dem ersten Bürgermeister auf einem Podest am Kopfende des Ratssaales saß, hob die Hände, um die versammelten Herren zur Ruhe zu bringen. Hinter ihm war das Wappen der Stadt aufgezogen, an den getäfelten Wänden prangten die Schilde der einflussreichsten Familien. Darunter saßen die zumeist protzig gekleideten Ratsmitglieder, die aufgebracht aufeinander einredeten. Trotz der herbstlichen Witterung war es heiß und stickig im Raum, da in einem Kamin ein gewaltiges Feuer prasselte.

»Seid endlich mal still!«, dröhnte Johannes.

Das Geplapper ging weiter.

Sein Blick schweifte über die Versammelten und blieb bei Magnus Ungelter haften. Er hatte von dem Verschwinden der Toten aus dem Spital gehört und zweifelte keinen Augenblick daran, dass Ungelter dahintersteckte. Inzwischen vermutete Johannes, dass er ihm nicht die ganze Wahrheit anvertraut hatte, da das, was Ungelter behauptete, kaum einen solch ungeheuerlichen Diebstahl rechtfertigte. Wenn diese Gertrud nur eine ehemalige Liebschaft war, eine Magd, die er verführt und dann weggeworfen hatte wie fauliges Obst, warum ließ er dann ihren Leichnam entwenden? Was bezweckte er damit? War er selbst ins Spital eingebrochen oder hatte er die Drecksarbeit einem anderen überlassen?

Johannes beschloss, ihm nach der Sitzung auf den Zahn zu fühlen. »Ruhe!« Er griff nach dem kleinen Holzhammer, der vor ihm auf dem Tisch lag, und ließ ihn mehrmals niedersausen. Als endlich Ruhe einkehrte, räusperte er sich.

»Ich kann verstehen, dass ihr alle aufgebracht seid«, hob sein Nebenmann, der erste Bürgermeister, an. »Aber wir sind der Rat. Wenn wir nicht versuchen, das Verbrechen mit Vernunft aufzuklären, bricht Panik in der Stadt aus.«

»Verständlicherweise«, murmelte ein alter Zunftmeister. »Die Weiber haben Angst um ihre Kinder.«

»Wie ist es möglich, dass niemand die Kinder vermisst?«, meldete sich ein weiterer Ratsherr zu Wort.

»Vielleicht wollten die Mütter sie loswerden.«

»Handelt es sich am Ende gar um Zwillinge?«

»Wer sagt, dass nicht bald die Leiche der Frau auftaucht?«

Es wurde wieder lauter im Saal.

»Wir müssen uns der Tatsache stellen, dass jemand in dieser Stadt Kinder tötet«, sagte der erste Bürgermeister.

Einige der Anwesenden warfen Johannes verstohlene Blicke zu, die er ignorierte. Die Anklage gegen ihn war fallengelassen worden, sein Vater saß im Narrenhäuslein. Wenn seine Gegner eine Chance witterten, hatten sie sich vertan. Vielmehr würde *er* dafür sorgen, dass dem Täter das Handwerk gelegt wurde.

»Die Leute reden von einem Menschenfresser«, wusste ein Fernhändler.

»Das ist natürlich blanker Unsinn.«

»Ist es das?«

»Woher willst du das wissen?«

»Bitte, meine Herren!« Der erste Bürgermeister schlug ebenfalls mit dem Hammer auf den Tisch.

»Wir müssen den Leuten den Eindruck vermitteln, dass wir alles im Griff haben«, ergriff Johannes das Wort. »Wir haben die Wache angewiesen, mehr Nachtwächter auf die Straße zu schicken und besonders in den ärmeren Vierteln die Augen offen zu halten.«

»Warum nur in den ärmeren Vierteln? Falls doch ein Menschenfresser umgeht …«

»Ach, sei still!«

»War überhaupt einer von euch bei der Leichenschau dabei?«, erkundigte sich ein besonnen wirkender Mann mittleren Alters. »Wäre es nicht interessant zu hören, was der Henker zu sagen hat?«

»Da hat er recht!«, pflichteten ihm einige Männer bei.

»Der Hauptmann der Wache war auch anwesend«, ließ sich Jakob Ehinger vernehmen.

Johannes spürte den altbekannten Zorn in sich aufsteigen. Jedes Mal, wenn dieser Kerl sein Maul aufmachte, hätte er ihm am liebsten seinen Dolch in den Hals gestopft.

»Lass ihn holen!«

Johannes tauschte einen Blick mit dem ersten Bürgermeister, der kaum wahrnehmbar nickte. Dann trug er einem Ratsknecht auf, zur Wachstube zu laufen und den Hauptmann zu ihnen zu bringen. Zwar hatte dieser schon im kleinen Kreis von den Ergebnissen der Leichenschau berichtet, doch das schien den Ratsmitglieder nicht zu genügen.

Als der Hauptmann wenig später den Saal betrat, ging ein Raunen durch die Reihen. Ohne mit der Wimper zu zucken, ging er nach vorn, verneigte sich und sagte: »Ihr habt mich rufen lassen.«

»Wiederholt, was Ihr uns über die Leichenschau berichtet habt«, bat der erste Bürgermeister.

Der Hauptmann nickte. »Die Untersuchung der Leichenteile hat ergeben, dass es sich um zwei unterschiedliche Opfer handelt«, trug er mit ruhiger Stimme vor. »An einer der Leichen waren Drosselmale zu erkennen, der Siechenmeister schließt einen natürlichen Tod aus.«

Das Raunen wurde lauter.

»Beiden Kindern wurde der Kopf abgetrennt, von einem fehlt der Körper, von dem anderen der Kopf. Allem Anschein nach wurden eine Säge und ein Messer benutzt.« Er verstummte.

»Ist das alles?«

»Ja.«

»Habt Ihr die anderen Leichenteile entdeckt?«

Der Hauptmann verneinte.

»Ihr könnt gehen. Informiert uns, sobald sich etwas

Neues ergibt.« Mit diesen Worten entließ ihn der erste Bürgermeister.

Der Rest der Sitzung brachte nichts Neues, weshalb der erste Bürgermeister sie kurz nach dem Bericht des Hauptmannes auflöste. Johannes bedeutete Magnus Ungelter mit einer Geste, auf ihn zu warten. Als die anderen die Treppe hinab verschwunden waren, fasste er ihn beim Arm und zog ihn in eine Nische am anderen Ende des Ganges. »Hattet Ihr etwas mit dem Verschwinden der Frau zu tun?«, kam er ohne Umschweife zur Sache.

Ungelter blickte zu Boden.

»Ja oder nein?«, drängte Johannes.

»Was blieb mir denn sonst übrig?«, verteidigte sich Ungelter.

»Und was ist mit ihrem Tod?«

Ungelter schüttelte den Kopf.

»Aber Ihr hattet einen Helfer bei der Beseitigung des Leichnams?«

»Ja.«

»Dann solltet Ihr zusehen, dass Ihr Euch dieses Helfers schleunigst entledigt.«

»Wie meint Ihr das?«

»Lose Enden sollte man abschneiden, bevor man darüber stolpert«, erwiderte Johannes.

Kapitel 26

Als Anna zurück ins Spital kam, erwartete sie eine Überraschung. Sobald sie die Dürftigenstube betreten hatte, winkte Lazarus sie zu sich. Etwas an seinem Gesichtsausdruck beunruhigte sie.

»Was ist los?«, fragte sie, als sie zu ihm trat.

»Nicht hier.« Er zeigte auf einen kleinen Nebeneingang, durch den man in einen der Gärten gelangte.

Anna folgte ihm mit einem unguten Gefühl im Bauch. Hatte er herausgefunden, warum sie nicht im Spital gewesen war? Wollte er ihr Vorhaltungen machen? Sie wappnete sich für Anschuldigungen, die nicht kamen.

»Ich muss mit dir über Gertrud sprechen«, sagte er.

Sie blinzelte erstaunt.

»Der Spitalmeister hat mich damit beauftragt, herauszufinden, wer sie war.«

»Wieso?«

»Weil er fürchtet, dass das, was passiert ist, ein schlechtes Licht auf ihn und den Orden werfen könnte. Die Wachen haben Fragen gestellt, die er nicht beantworten konnte. Das soll ich ändern.«

Anna schüttelte den Kopf. »Wie sollst du das denn anstellen?«

»Indem ich herausfinde, ob jemand ins Spital eingedrungen ist und dich befrage.«

Anna runzelte die Stirn. »Ich habe schon alles gesagt, was ich weiß.«

»Vielleicht hast du was vergessen.«

»Das habe ich ganz sicher nicht!«, brauste sie auf.

»Anna.« Er streckte die Hand aus, um sie am Arm zu fassen, ließ sie jedoch hastig wieder sinken. »*Ich* glaube dir. Aber womöglich hast du unwissentlich etwas übersehen, das wichtig sein könnte.«

Anna schüttelte den Kopf. »Ich habe den Wachen alles gezeigt, was Gertrud dabei hatte. Sie hat mir nichts gesagt. Ich weiß nicht, wer sie ist und warum sie diesen Ring und die Korallenkette hatte.«

»Korallenkette?«

»Sie hatte ein Halsband aus Korallen, aber das hat die Wache. Ich *kann* dir nichts anderes sagen.«

Lazarus sah an ihr vorbei und bearbeitete seine Unterlippe mit den Zähnen. Es war so still in dem kleinen Gärtchen, dass Anna meinte, ihr Herz schlagen zu hören. Seine Nähe war eine Qual. Es kostete sie unvorstellbare Willenskraft, nicht nach seiner Hand zu greifen, um ihn näher zu sich zu ziehen. *Dein Verlangen ist sündig. Tu Buße!*

»Wer war sie?«, murmelte er.

»Ich glaube nicht, dass sie eine Diebin war«, sagte Anna. »Sie hat auf mich so …«, sie suchte nach dem richtigen Wort, »*verloren* gewirkt.«

»Aber woher kamen die Verletzungen? Du hast selbst gesehen, wie zerschunden sie war. Sie muss gezüchtigt worden sein.«

»Sie muss auf jeden Fall viel Leid erlebt haben.« Anna dachte an die Blutergüsse und Abschürfungen an ihren Beinen. »Vielleicht war sie Zeugin eines Verbrechens. Das würde erklären, warum man versucht hat, sie zu töten.«

Lazarus brummte etwas Unverständliches und wandte sich von ihr ab, um zur Mauer zu gehen, die nicht weit entfernt vor ihnen aufragte.

»Was suchst du?« Anna folgte ihm.

»Wer auch immer ihren Leichnam gestohlen hat, muss irgendwie ins Spital eingedrungen sein«, erwiderte er. »Das Tor war die ganze Nacht geschlossen, dort kommt niemand rein. Aber über die Mauer …« Er bückte sich, schob totes Laub zur Seite und begann, den Boden entlang der Mauer abzusuchen. Es dauerte nicht lange, bis er fündig wurde. »Sieh da!« Er kniete sich auf den Boden.

»Was hast du entdeckt?«

»Das sind Eindrücke einer Leiter.« Lazarus erhob sich und klopfte sich den Schmutz aus dem Habit. »Er oder sie sind über die Mauer gekommen.«

»Das macht doch alles keinen Sinn!«

»Alles macht Sinn, wenn man weiß, welche Fragen man stellen muss«, berichtete Lazarus sie. Als er einen Schritt zurückmachte, stieß er mit ihr zusammen und brachte sie zum Straucheln.

Anna stieß einen Schrei aus.

Um einen Sturz zu verhindern, fasste er sie bei der Taille.

Die Berührung war wie ein Blitzschlag, obwohl er sie so schnell wieder losließ, als habe er sich verbrannt.

»Es … Es tut mir leid«, stammelte er.

Anna schluckte mühsam und rang um Fassung, während Lazarus sich hastig abwandte, um zu der kleinen Tür zu laufen, die auf die Wiese hinter dem Spital führte.

Wider besseres Wissen folgte Anna ihm.

»Hier!« Er zeigte erneut auf den Boden. »Weitere Eindrücke einer Leiter.«

»Warum sollte jemand einbrechen, um einen Leichnam zu stehlen?«

»*Das* gilt es herauszufinden.« Lazarus schien sich wieder gefangen zu haben. »Wo sind ihre Kleider?«, fragte er.

»Ihre Kleider?«

»Du hast sie doch gewaschen, bevor sie aufgebahrt worden ist. Wo sind die Kleider, die sie getragen hat, als sie hier eingeliefert wurde?«

Anna begriff. »Die liegen in einer der Wäschekammern. Sie waren so dreckig.«

Lazarus stürmte an ihr vorbei zurück zu der kleinen Tür und verschwand im Spitalhof.

»Warte doch!«, schimpfte Anna und eilte ihm hinterher. Sie fand ihn in der Wäschekammer, wo er bis zu den Ellenbogen in einem Zuber mit schmutziger Wäsche steckte.

»Hilf mir!«, bat er. »Welche Sachen gehören ihr?« Er wühlte sich weiter durch den Berg aus Kleidern, bis er fand, wonach er suchte.

»Das sind sie!« Anna half ihm, Gertruds Untergewand und das zerschlissene Kleid, in dem sie im Beginenhof angekommen war, hervorzuziehen.

»Ist das alles?«, wollte er wissen.

»Ich weiß nicht, was mit ihren Schuhen passiert ist«, erwiderte Anna.

»Die hat sicher längst ein anderer Bedürftiger an den Füßen«, mutmaßte Lazarus. »Aber vielleicht verraten uns diese Sachen etwas über sie.« Er strich das Kleid glatt und betrachtete es nachdenklich. Es war aus grober Wolle und mehrfach geflickt. »Nichts«, stellte er enttäuscht fest. »Keine Verzierungen, keine Stickereien.«

»Es sieht aus wie eins von tausenden.« Anna strich mit dem Finger über den Stoff. »Sieh!« Sie zeigte auf mehrere der ausgebesserten Stellen. »Dort waren ihre Verletzungen. Sie muss das Kleid angehabt haben, als man sie verprügelt hat.«

»Hm.« Lazarus betrachtete die Flicken näher.

»Das spricht gegen eine Leibstrafe.«

»Wenn sie keine Verbrecherin war, warum hat sie dann so ein Geheimnis aus ihrem Aufenthalt in Ulm gemacht?«

»Ich glaube, diese Frage kann dir Magnus Ungelter beantworten«, entgegnete Anna.

Lazarus schüttelte den Kopf. »Ich glaube nicht, dass der Spitalmeister es gerne sehen würde, wenn ich ein Ratsmitglied belästige.«

Anna lachte. »Ich glaube, das Gegenteil ist der Fall. Er hasst den Rat.«

»Aber ich kann doch nicht einfach bei diesem Ungelter anklopfen und ihn nach einer Frau fragen, von der wir nur den Vornamen kennen!«

»Aus irgendeinem Grund hat sie sich nach ihm erkundigt und ich glaube, wir erfahren erst, wer sie war und was sie in Ulm wollte, wenn wir wissen, warum sie seinen Ring bei sich hatte.«

»Wir?« Lazarus sah sie scharf an.

Anna errötete.

»Überlass mir die Angelegenheit! Du hast schon genug getan.« Bevor Anna protestieren konnte, nahm er Gertruds Kleider unter den Arm und schob sich an ihr vorbei aus der Kammer.

Kapitel 27

DER SPIELMANN GALLUS war an diesem Tag in Hochstimmung. Das viele Geld, das er durch die Beseitigung des Leichnams verdient hatte, brannte ihm ein Loch in die Tasche, weshalb er fest entschlossen war, wenigstens einen Teil davon gewinnbringend einzusetzen. Er betrat die Taverne in der Nähe der Blau mit einer heiteren Melodie auf den Lippen, suchte sich einen Platz und bestellte einen Krug Wein. Dann wartete er, bis sich die Schankstube füllte, ehe er sich auf die Suche nach Spielern machte, die bereit waren, um hohe Einsätze zu würfeln. Die Huren, die sich am Tresen herumtrieben und ihm immer wieder zuzwinkerten, ignorierte er, da er erst mal Wichtigeres zu tun hatte.

Den ganzen Tag über hatte er sich das Gehirn zermartert, was für einen Grund sein Auftraggeber haben mochte, die Leiche loszuwerden. Es musste etwas dahinterstecken, das ihm mehr Geld wert war, als er Gallus bereits bezahlt hatte. *Sei kein Narr!*, meldete sich sein Verstand zu Wort. Hatte er nicht erst vor einigen Monaten die Erfahrung gemacht, was passieren konnte, wenn man an den Falschen geriet? Da der Kerl offenbar ein Bekannter von Johannes Schad war, sollte Gallus besser Vorsicht walten lassen. Seine Taschen waren voll und es gab andere Wege, sie noch voller zu machen. Er wog die gezinkten Würfel in der Hand und hielt Ausschau nach einem Burschen, der sich übertölpeln ließ.

»So allein?« Eine der Huren wagte sich näher und beugte sich über den Tisch, um ihm einen Blick auf ihre üppige

Auslage zu gewähren. »Du siehst aus, als ob du dich langweilst.«

Gallus hob die Hand, um sie zu verscheuchen, doch etwas hielt ihn davon ab. Sie war nicht so heruntergekommen wie die Frauen, die sich üblicherweise in solchen Wirtshäusern herumtrieben, sah eher aus wie eine Magd aus anständigem Haus. Ihre Zähne waren weiß und lückenlos und sie verströmte einen leichten Rosenduft. Alles an ihr war einladend.

»Ich habe ein Zimmer«, säuselte sie, schob sich neben ihn auf die Bank und legte die Hand auf sein Bein.

Gallus biss sich fast auf die Zunge, als ihre Finger sich in Richtung Hosenlatz bewegten.

»Würfeln kannst du später noch«, gurrte sie.

»Aber ...«

»Sch!« Sie umkreiste seine Männlichkeit. »Komm schon.«

»Wohin?«, krächzte Gallus, dessen Widerstand sich in Windeseile in Luft auflöste. Ihre Berührung sandte ein Prickeln von seinen Lenden bis in die Zehenspitzen.

»Na, zu mir, du Dummerchen.« Sie lachte, zog die Hand zurück und erhob sich. Dann wartete sie, bis Gallus seinen Wein bezahlt hatte. Vor der Tür der Taverne angekommen, fasste sie ihn bei der Hand und zog ihn eine Gasse entlang in Richtung Fischerviertel, bis sie schließlich bei einem windschiefen Haus ankamen, an dessen Fassade sich wilder Wein rankte.

Gallus wusste nicht, ob es der Wein war, der ihn benebelt machte, oder die Vorfreude darauf, was gleich passieren würde. Es war ihm auch egal. Er hatte nicht vorgehabt, an diesem Abend Geld fürs Liebesspiel zu verschwenden, doch diese Hure war so betörend und saftig wie ein reifer Pfirsich.

Sie ließ seine Hand los, entzündete eine Lampe und erklomm eine Treppe ins Obergeschoss. Dort führte sie Gallus in eine kleine aber saubere Kammer, in der sich ein großes Bett befand. Der Duft nach Rosen war hier stärker. »Ich bin gleich wieder bei dir«, flüsterte sie so dicht an seinem Ohr, dass ihr Atem ihn kitzelte. »Lauf nicht weg.«

Gallus dachte nicht mal im Traum daran. Sein Verlangen nach ihrem weichen Körper war inzwischen überwältigend und sein bestes Stück sprengte fast seine Schamkapsel. Mit zitternden Fingern nestelte er an seinem Hosenlatz herum, kam jedoch nicht dazu, die Schnürung zu öffnen, da er eine Tür schlagen hörte. Einen Augenblick später erschien eine Gestalt auf der Schwelle zu dem Nebenraum, in dem die Hure verschwunden war.

»Wer bist du denn?«, knurrte Gallus. »Ich bezahle nur für eine.«

Die Gestalt lachte – tief und männlich.

Gallus erstarrte. Was sollte das? Hatte die Hure ihn in eine Falle gelockt? Wollte man ihn bestehlen? »Wer bist du?«, fragte er und griff nach dem Messer, das für gewöhnlich in seinem Gürtel steckte. Er erschrak, als er feststellte, dass es nicht mehr da war.

»Suchst du das?« Der Kerl hielt sein Messer in die Höhe.

Gallus erkannte die Stimme. »Ihr? Was soll das?«

Anstatt einer Antwort machte der Mann einen Schritt auf Gallus zu, zückte einen langen Dolch und rammte ihn Gallus in die Seite, ehe er reagieren konnte. Ein zweiter Stich folgte.

Gallus brach mit einem erstickten Laut zusammen. Wie durch einen Nebelschleier nahm er wahr, dass der Mann ihn vom Boden aufhob, über die Schulter warf und nach unten trug. Nachdem er einige Augenblicke in die Dunkelheit gelauscht hatte, trat er ins Freie, schleppte Gallus ein paar Häuserecken weiter und warf ihn wie einen Sack Abfall in die Gosse.

Gallus spürte den Aufprall kaum, da ihn eine seltsame Taubheit überkam. Blinzelnd versuchte er auszumachen, wo er sich befand, doch es schien unmöglich zu sein, etwas zu erkennen. »Hilfe!«, flüsterte er.

Aber niemand hörte ihn.

Kapitel 28

AM NÄCHSTEN MORGEN war Lazarus früher als gewöhnlich auf den Beinen, da er erneut versuchen wollte, Magnus Ungelter aufzusuchen. Gestern hatte er sich unverrichteter Dinge auf den Rückweg vom Haus des Ratsherrn ins Spital machen müssen, da Ungelter angeblich nicht zu sprechen war. Lazarus vermutete, dass die Chancen, ihn anzutreffen, um diese Uhrzeit besser standen, sicher lag er entweder noch im Bett oder saß beim Frühstück. Auch wenn es unhöflich war, jemandem so früh ins Haus zu platzen, konnte er keine Rücksicht darauf nehmen. Aus irgendeinem Grund hatte Gertrud nach diesem Mann gefragt und er würde herausfinden warum. So wahr ihm Gott helfe! Die Bedenken, die er gestern Anna gegenüber geäußert hatte, waren zwar nicht verschwunden, doch er hoffte, dass sie recht hatte. Der Spitalmeister hasste den Rat, es würde ihn gewiss nicht stören, wenn Lazarus eines der Mitglieder befragte.

»Ihr wollt zum Herrn?« Die Magd, die ihm auf sein Klopfen hin die Tür öffnete, sah ihn fassungslos an. »Um diese Zeit?«

Lazarus nickte.

»Aber er ist noch in der Stube.«

»Dann geh und sag ihm, dass ich ihn gerne sprechen würde.«

Sie zögerte.

»Es ist wichtig, sonst würde ich ihn nicht zu so früher Stunde behelligen.« Lazarus schenkte ihr sein freundlichstes Lächeln.

Sie biss sich auf die Lippe und schien mit sich zu ringen, was sie tun sollte. Schließlich bat sie ihn einzutreten und in einer Gewölbehalle zu warten. »Ich bin gleich wieder da.« Sie verschwand eine breite Holztreppe hinauf.

Lazarus sah sich um. Magnus Ungelter war ein reicher Mann, daran gab es keinen Zweifel. Das Haus, in dem er wohnte, befand sich im Mailand, ganz in der Nähe des Hauses von Annas Bruder. Es war aus Stein gebaut, hatte vier Stockwerke und war von einem Hof und mehreren Nebengebäuden umgeben. In der Halle stapelten sich zahlreiche Kisten und Säcke, außerdem stand ein Karren vor einem großen, zweiflügeligen Tor, durch das man vermutlich den Hof erreichte. Wie viele der Patrizier im Rat war er Kaufmann.

»Ich soll Euch zu ihm bringen«, riss ihn die Stimme der Magd aus der Betrachtung. Sie führte ihn ins erste Geschoss, wo mehrere Türen von einem Korridor abgingen. Ungelter erwartete ihn in einer geräumigen Stube, in der ein Kaminofen eine angenehme Wärme verbreitete.

Eine junge Frau saß ihm gegenüber an einem Tisch, auf dem sich eine für diese Uhrzeit üppige Mahlzeit befand.

»Lass uns allein!«, befahl Ungelter der Frau, bei der es sich allem Anschein nach um seine Gemahlin handelte.

Sie erhob sich wortlos, nickte Lazarus zum Gruß zu und verließ die Stube.

Die Magd tat es ihr gleich und schloss die Tür hinter sich.

»Was verschafft mir einen solch frommen Besuch am frühen Morgen?«, brummte Ungelter. Er musterte Lazarus mit zusammengeschobenen Brauen.

»Ich bin hier, um Euch zu bitten, mir ein paar Fragen zu beantworten«, erklärte er. »Es geht um die Frau, die im Spital verstorben ist.«

Die Falte zwischen Ungelters Brauen wurde tiefer. »Die, die meinen Ring bei sich hatte?«

Lazarus nickte.

»Die Wachen waren schon hier, um mir deswegen Fragen zu stellen. Was habt Ihr damit zu tun? Ihr seid ein Ordensbruder, oder?«

»Das stimmt«, gestand Lazarus. »Dennoch würde ich Euch bitten, meine Fragen zu beantworten. Der Magister Hospitalis hat ...«

»Mir ist gleichgültig, was Euer Magister hat oder will! Ich habe es dem Hauptmann schon gesagt: Ich kenne diese Frau nicht. Ich habe keine Ahnung, wo sie den Ring her hat, vermutlich hat sie ihn gestohlen.«
»War sie irgendwann bei Euch angestellt?«
Ungelter schnaubte. »Woher soll ich das wissen? Diese jungen Dinger kommen und gehen.«
»Sie war nicht mehr jung.«
»Umso schlimmer.« Er verzog das Gesicht.
Lazarus spürte Abneigung gegen den Mann in sich aufsteigen.
»Könnt Ihr Euch vorstellen, was …?«
»Ich kann mir so einiges vorstellen, aber nicht, warum ich einem Pfaffen Rede und Antwort stehen sollte!« Ungelter kam auf die Beine. »Ich war höflich und habe mir angehört, was Ihr wollt. Jetzt bitte ich Euch zu gehen. Diese Angelegenheit regt meine Gemahlin auf und ich möchte nicht, dass sie sich aufregt.« Er zeigte auf die Tür.
Lazarus blieb nichts anderes übrig, als dem ausgestreckten Finger zu folgen und das Haus zu verlassen. Draußen angekommen, fragte er sich, warum er den Eindruck hatte, dass Ungelter log. Er hatte in seinen Augen zu sehr beteuert, die Frau nicht zu kennen, hatte keine Fragen über sie gestellt. Warum nicht? Hatten die Wachen ihm diese Informationen schon gegeben? Mit einem Seufzen machte Lazarus sich auf den Weg zurück nach Süden, musste jedoch einen Umweg über den Holzmarkt machen, da sich in der Nähe der Münsterkirche die Fuhrwerke stauten. In Gedanken versunken ging er Richtung Marktplatz und schlug schließlich den Weg zum Spital ein.
Dort wurde er bereits aufgeregt erwartet.

»Bruder Lazarus!«, begrüßte ihn der alte Mönch, der in seiner Abwesenheit die Aufsicht über die Kranken gehabt hatte. »Dem Himmel sei Dank!«

»Was ist passiert?«

»Ein Mann ist übel zugerichtet worden!« Der Alte gestikulierte Richtung Siechenstube. »Ich habe versucht, ihm eine Arznei einzuflößen, aber er reagiert nicht.«

»Wo ist der Wundarzt?«

»Auf dem Weg.« Der alte Mönch eilte so schnell er konnte über den Hof und brachte Lazarus zu einem Lager, in dem ein Mann lag, den er erst auf den zweiten Blick erkannte.

»Gallus«, murmelte er.

»Kennst du ihn?«

Lazarus lachte freudlos. »Kennen wäre zu viel gesagt.« Er versuchte, nicht daran zu denken, unter welchen Umständen ihm Gallus über den Weg gelaufen war. »Was ist ihm zugestoßen?«

Der alte Mönch zuckte mit den Schultern. »Man hat ihn in einer Gasse im Fischerviertel gefunden und hierher gebracht. Meiner Ansicht nach hat jemand versucht, ihn abzustechen.« Er hob die blutigen Kleider auf, die am Boden lagen und zeigte Lazarus zwei Schlitze darin. »Ich habe ihn, so gut es geht, verbunden. Aber die Wunden sind tief.«

Lazarus sah auf den reglosen Körper hinab. In was war der Spielmann jetzt schon wieder verwickelt? Er schien das Unglück anzuziehen wie ein Haufen Mist Fliegen.

»Ist das Gallus?« Ohne dass Lazarus es bemerkt hatte, war Anna zu ihnen getreten.

Lazarus nickte.

»Gütiger Gott!« Anna bekreuzigte sich. »Was ist passiert?«

Lazarus wiederholte, was der Alte ihm gesagt hatte. »Vermutlich ein betrunkener Streit nach einem Gelage in einem Wirtshaus.«

»Woher willst du das wissen?« Anna beugte sich über Gallus und legte ihm die Hand auf die Stirn.

»Was ist hier los?«, polterte der Wundarzt, der in diesem Moment die Siechenstube betrat. Er wirkte verschlafen, seine Augen waren klein und gerötet. »Wer hat sich jetzt schon wieder den Schädel einschlagen lassen?«

»Nicht den Schädel«, sagte Lazarus. »Er ist überfallen worden.«

Der Wundarzt stellte seine Tasche ab, bedeutete dem Burschen, der ihn begleitete, ein Kohlebecken zu holen und schlug die Decke zurück, unter der Gallus zitterte. Dann entfernte er die blutigen Verbände. »Eieiei«, murmelte er, als er die Wunden sah. Sie schienen tief zu sein und hatten vermutlich Gallus' Organe verletzt. Nachdem der Arzt die Wundränder untersucht hatte, legte er ein Brenneisen ins Feuer und richtete sich auf. »Ich würde mir keine großen Hoffnungen machen«, brummte er. »Er hat viel zu viel Blut verloren. Ihr solltet die Wache holen. Ich fürchte, er hält nicht lange durch.«

»Die Wache hat ihn gefunden«, erklärte der alte Mönch. »Sie haben ihn hergebracht.«

»Dann solltet ihr schon mal anfangen, für ihn zu beten.«

Kapitel 29

ANNA BETRACHTETE GALLUS mit einer Mischung aus Mitleid und einem anderen Gefühl, das sie nicht benennen konnte. Voller Bitterkeit erinnerte sie sich an die Flucht mit ihm, an die Kaltherzigkeit, mit der er sie zurückgelassen hatte. Allerdings hatte er kehrtgemacht und sich in Gefahr gebracht, um ihr letztendlich doch zu helfen. Was war ihm zugestoßen? Er war ein Bruder Leichtfuß, jemand, der es mit den Gesetzen alles andere als genau nahm. Hatte er versucht, jemanden um Geld zu erleichtern? War eine seiner Betrügereien aufgeflogen? Oder war er einfach nur das Opfer eines Überfalls geworden?

Die Wunden waren tief und würden ihn vermutlich das Leben kosten. Sie schienen ihm mit einer scharfen Klinge zugefügt worden zu sein. Seltsamerweise steckte sein eigenes Messer noch in der Scheide an seinem Gürtel, was gegen einen Streit sprach.

Er gab ein leises Stöhnen von sich, als der Wundarzt das Brenneisen auf seine Haut drückte. Seine Augenlieder flatterten, doch er blieb ohne Bewusstsein. Anna sandte ein stilles Gebet für ihn zum Himmel.

»Jemand sollte bei ihm bleiben«, riet der Wundarzt, nachdem er das Brenneisen beiseitegelegt und die Wunden wieder verbunden hatte. »Falls er noch mal erwacht.«

»Kannst du ihm einen Trank zur Stärkung zubereiten?«, bat Lazarus Anna.

Sie nickte. Auch wenn sie Lazarus gerne gefragt hätte, wie sich seine Nachforschungen zu Gertrud gestalteten, war jetzt nicht der richtige Augenblick dafür. Während der Wundarzt und sein Gehilfe weitergingen zu einem Mann, dessen Backe von einem eitrigen Zahn geschwollen war, ging Anna in die kleine Kräuterküche und tat, worum Lazarus sie gebeten hatte. Als sie zu Gallus' Lager zurückkehrte, versuchte sie, ihm die Arznei einzuflößen. Das meiste davon rann an seinem Kinn hinab.

Lazarus erhob sich.

»Warte«, bat Anna.

Er zögerte.

»Hast du was herausgefunden?«

Einen Augenblick sah es so aus, als ob er ihre Frage nicht beantworten wolle, doch dann antwortete er mit einem Seufzen: »Ich war bei Magnus Ungelter.«

»Und?«

»Er behauptet, sie nicht zu kennen und nicht zu wissen, wo sie den Ring her hatte.«

»Glaubst du ihm?«

Lazarus wiegte den Kopf hin und her. »Ich bin mir nicht sicher. Er scheint kein sehr netter Mensch zu sein, aber das bedeutet nicht, dass er lügt.«

»Also gibt es nichts Neues.« Anna war enttäuscht. Sie hatte gehofft, Lazarus würde der Lüftung von Gertruds Geheimnis wenigstens etwas näherkommen. Der Gedanke an diese geschundene Frau ließ sie nicht los. Sie hatte Furchtbares durchgemacht und irgendjemand hatte ihren Leichnam aus der Kapelle gestohlen. Warum? Es musste einen Grund geben, etwas so Furchtbares, so Frevelhaftes, zu tun!

Bevor Lazarus etwas erwidern konnte, erschien ein Stadtwächter in der Siechenstube und steuerte zielstrebig auf ihn zu.

»Er ist noch nicht wieder bei Bewusstsein«, sagte Lazarus, als der Mann Gallus' Bett erreicht hatte.

»Deswegen bin ich nicht hier«, war die Antwort.

»Was gibt es dann?«

»Ihr sollt zur Wachstube kommen.«

»Weshalb?«

Der Soldat warf Anna einen Seitenblick zu. »Der Rat hat eine weitere Leichenschau angeordnet, bei der man Eure Hilfe und die des Wundarztes benötigt.«

Lazarus erbleichte. »Die toten Kinder?«

Der Stadtwächter nickte.

»Hat man …« Lazarus wandte sich von Anna und dem Bett ab. »Hat man den Rest gefunden?«

»Ja.«

Anna unterdrückte ein Schaudern.

»Wo?«

»In einem Gebüsch und in einem Mühlrad.«

»Barmherziger!«, murmelte Anna.

»Ich bin bald zurück«, versprach Lazarus, warf Gallus einen letzten Blick zu und folgte dem Soldaten zum Ausgang.

Anna sah hastig zurück zu Gallus, um sich von der Vorstellung abzulenken, was Lazarus erwartete. Sie wollte sich gar nicht ausmalen, wie schrecklich der Anblick sein musste. Was war nur mit den armen Kindern geschehen?

Gallus stöhnte. Stimmen, die aus weiter Ferne zu ihm durchzudringen schienen, hatten ihn aus der Dunkelheit zurückgeholt, dann war der Schmerz wiedergekommen. Sein Körper fühlte sich an, als habe ihn ein Ochse zertrampelt, sein gesamter Bauch brannte wie Feuer. Ein dumpfes Pochen trug den Schmerz überallhin und mit jedem Atemzug schien sich das glühende Gefühl weiter auszubreiten. Gleichzeitig war ihm so kalt, dass er im ersten Augenblick gedacht hatte, er stecke in einem Eisblock fest. Er schaffte es nicht, die Augen zu öffnen, denn selbst die kleinste Bewegung schien unmöglich. Während sein Gehirn langsam begann, die Geräusche zu begreifen, die ihn umgaben, versuchte er erfolglos, sich zu erinnern. Was war mit ihm passiert? Wo war er? Wieso fühlte es sich an, als wäre er in einem fremden Körper gefangen?

Er spürte eine Hand auf seiner Stirn und hörte jemanden ein Gebet murmeln. Der Schmerz, das Beten, der Gestank nach verbranntem Fleisch – das alles konnte nur eines bedeuten: Er war im Spital. Etwas Furchtbares musste ihm zugestoßen sein.

»Gallus?« Die Stimme kam aus weiter Ferne. »Kannst du mich hören?«

Er wollte nicken, aber ihm fehlte die Kraft.

»Ich bin es. Anna.«

Anna? Sein Verstand hatte Schwierigkeiten, den Namen zuzuordnen. Es dauerte eine scheinbare Ewigkeit, bis ihm die Begine einfiel. Also war er wirklich im Spital.

»Trink das.«

Etwas Kaltes wurde an seine Lippen gesetzt, dann spürte er Flüssigkeit auf der Zunge. Obwohl sein Mund staubtrocken war, gelang es ihm, nur wenig zu trinken, da das Schlucken unvorstellbar schwer war. Jedes Mal, wenn seine Zunge den Gaumen berührte, schien es unmöglich zu sein, diesen Kraftakt ein weiteres Mal zu vollziehen.

»Gallus? Was ist passiert?«

Er versuchte erneut, die Augen zu öffnen, gab es jedoch nach kurzer Zeit auf. Die wenigen Schlucke hatten ihn so erschöpft, dass er spürte, wie die Dunkelheit ihn schon wieder umhüllte. Nach einer letzten verzweifelten Anstrengung gab er endgültig auf und ließ sich von dem beinahe angenehmen Gefühl der Schwere davontragen.

Kapitel 30

ALS LAZARUS UND der Wundarzt das kleine Haus neben dem Metzgerturm erreichten, wurden sie bereits vom Hauptmann der Wache und dem Henker erwartet. Außerdem waren mehrere Ratsmitglieder anwesend, darunter Johannes Schad.

Als dieser Lazarus erblickte, verriet nur ein Zucken um seinen Mund, dass er ihn erkannte, sonst ließ er sich durch nichts anmerken, wie sehr er ihn verabscheute.

Die Leichenteile lagen auf demselben langen Tisch, allerdings waren sie dieses Mal nicht zugedeckt, sodass die gesamte Grausamkeit des Anblicks sofort zu erkennen war. Der schwere süßliche Gestank der Verwesung hing im Raum und einige der Ratsherren hielten sich Tücher vor Mund und Nase.

»Der Kopf hing in einem Mühlrad fest, den Körper haben Hunde aus einem Gebüsch gezerrt«, informierte der Hauptmann Lazarus und den Wundarzt. »Ihr sollt uns sagen, ob es sich um Teile der Toten handelt, die ihr bereits untersucht habt.«

Wundarzt und Henker tauschten einen Blick.

»Und warum bin ich hier?«, erkundigte sich Lazarus.

»Falls es sich nicht um dieselben Leichen handelt, brauchen wir Euch vielleicht.«

Lazarus warf einen Blick auf den kopflosen Körper, an dem sich etwas verfangen zu haben schien. »Was ist das?«, fragte er und trat näher an den Tisch heran.

»Ein Halsband«, stellte der Henker fest. Er befreite es und übergab es dem Hauptmann zur näheren Untersuchung.

»Das ist nichts Besonderes«, beschied der. »Solche Halsbänder gibt es zu Tausenden. Sie sollen Kinder vor Schaden bewahren.«

»Dieses hat seinen Zweck wohl nicht erfüllt«, brummte der Henker, der nach dem Körper griff, um ihn vorsichtig umzudrehen. »Wo sind die anderen Teile?«, fragte er.

»Im Keller aufgebahrt«, antwortete der Hauptmann.

Lazarus verzog das Gesicht. Offensichtlich war eine Beisetzung der armen Kinder nicht so wichtig erschienen.

»Geh und hol sie!«, trug der Henker seinem Gesellen auf, der daraufhin mit einem Wächter den Raum verließ.

Kurz darauf kehrte er mit zwei groben Leintüchern zurück, in welche die Leichenteile eingewickelt worden waren.

»Was ist das?«, wunderte sich der Wundarzt, als er sich über den kopflosen Körper auf dem Tisch beugte.

»Sieht aus wie Erde«, stellte Lazarus fest.

»Glaubt Ihr, die Leichname wurden aus einem Grab geraubt?« Der Hauptmann runzelte die Stirn. »Geht ein Grabräuber um? Erst die Kinder, dann die Frau aus dem Spital?«

»Ein Menschenfresser geht jedenfalls nicht um«, bemerkte der Henker, der den Kopf und den Körper, die zuerst gefunden worden waren, neben die anderen Teile auf den Tisch legte. »Sie passen zusammen.«

»Sicher?«

»Da gibt es keinen Zweifel.«

Anders als zuerst vermutet, schien eines der Kinder etwas älter gewesen zu sein, aber unterernährt. Lazarus und der Wundarzt untersuchten die Stellen, an denen die Körper zertrennt worden waren, ebenfalls. Dabei fiel Lazarus auf der Brust des zweiten Kindes dasselbe auf, das er bei dem ersten Leichnam gesehen hatte. Verwundert beugte er sich über den Leib und schnüffelte.

»Denkt Ihr, Ihr könnt den Mörder am Geruch erkennen?«, fragte Johannes Schad höhnisch.

Lazarus hörte ihn kaum. Seine Entdeckung war zu seltsam, zu erschreckend, um sie mit den anderen zu teilen. Es konnte eine völlig harmlose Erklärung dahinterstecken. Er richtete sich wieder auf.

»Auch hier sind Drosselmale zu sehen«, mischte sich der Wundarzt ein. Er deutete auf den Kopf, der im Mühlrad steckengeblieben war.

»Dann sind beide Kinder umgebracht worden, ehe man sie zerstückelt hat?«

»Ja.«

»Könnt ihr uns irgendetwas sagen, das bei der Suche nach dem Mörder helfen könnte?«, wollte der Hauptmann wissen.

»Dazu sind die Körper zu sehr entstellt«, entgegnete der Henker. »Wenn Euch das Halsband nicht weiterhilft …«

Lazarus wich in den Hintergrund zurück und nagte auf seiner Unterlippe herum, während ihm ein Gedanke durch den Kopf ging. Auch Gertrud hatte eine Kette bei sich gehabt. Gab es einen Zusammenhang? Falls die Kinder aus einem Grab geraubt worden waren, warum? Wer stahl Leichen? Die Antwort war so furchtbar, dass er sich bekreuzigte. »Wir könnten es mit Teufelsanbetern zu tun haben«, sagte er leise.

Der Hauptmann und die Ratsherren wandten sich ihm zu.

»Das würde den Raub der Leichen erklären.«

»Erklärt es auch, warum die Kinder erdrosselt worden sind?«

Lazarus nickte. »Ein satanisches Ritual.«

»Der Herr steh uns bei!« Einer der Ratsherren umklammerte das Kruzifix an seinem Hals und fing an, leise zu beten.

»Es ist Sache der Kirche, sich um derlei Dinge zu kümmern«, bemerkte ein anderer. In seiner Stimme schwang Furcht mit.

»Den Mörder zu fassen, ist Sache der Wache«, widersprach Johannes Schad. »Es kann nicht angehen, dass in Ulm ein Wahnsinniger oder Besessener sein Unwesen treibt, der straflos Menschen tötet und Leichen stiehlt!« Er fuhr sich mit der Hand übers Kinn. »Dieser Verdacht darf unter keinen Umständen den Raum verlassen«, warnte er. »Wenn die Ulmer auch nur den geringsten Anlass haben zu glauben, dass sich Teufelsanbeter in der Stadt befinden ...« Er brauchte nicht weitersprechen, da alle wussten, was das bedeutete: Panik, Aufruhr, Chaos.

»Vielleicht hat jemand die Toten ausgegraben, um Schelmbein zu verkaufen«, sagte der Henker. In seiner Stimme schwang Ärger mit, weil ihm damit Konkurrenz erwuchs.

»Sie sind aber ermordet worden«, wandte der Hauptmann ein. »Jedenfalls habt ihr das behauptet.«

»Schon, aber das könnte ja der Grund für den Mord gewesen sein.«

»Wieso das Risiko auf sich nehmen? Es gibt genügend Tote auf den diversen Gottesäckern der Stadt. Außerdem sind die Körper, so viel ich sehen kann, intakt.«

Der Henker schien zu überlegen, brummte etwas und hatte offenbar keine Antwort auf dieses Argument.

Auch Lazarus glaubte nicht, dass jemand ihm seinen Zuverdienst streitig machen wollte. Das, was er auf der Brust der Kinder entdeckt hatte, sprach für ein Ritual.

»Was sollen wir jetzt mit den Leichen tun?«, wandte sich der Hauptmann an die Ratsmitglieder.

»Bestatten. In aller Stille«, war die Antwort des zweiten Bürgermeisters. »Je eher sie unter der Erde sind, desto eher vergessen die Ulmer diesen Vorfall.«

»Glaubt Ihr nicht, dass sich dieser zweite Fund längst herumgesprochen hat?«

»Natürlich. Aber wenn wir kein Öl ins Feuer gießen und alle wissen lassen, dass es sich um dieselben Kinder handelt, werden sie sich schon wieder beruhigen.«

»Euer Wort in Gottes Ohr«, seufzte der Hauptmann.

Dass sich die Stimmung nicht so schnell beruhigen würde, wurde klar, als Lazarus und der Wundarzt das Gebäude verließen, um zurück zum Spital zu gehen. Trotz aller Geheimhaltung musste es sich herumgesprochen haben, dass eine weitere Leichenschau stattfand, da sie von mehreren Dutzend Mensch erwartet wurden.

»Was habt ihr da drin rausgefunden?«

»Stimmt es, dass schon wieder ein Kopf gefunden worden ist?«

»Was wisst ihr Neues?«

»Wer war es?«

»Ruhe!« Der Hauptmann, der ebenfalls ins Freie getreten war, hob eine Hand. »Geht zurück an die Arbeit!«, herrschte er die Leute an. »Hier gibt es nichts für euch zu sehen!«

»Wir wollen nichts sehen, wir wollen wissen, ob ein Menschenfresser sein Unwesen treibt!«, kreischte eine ältere Frau.

»Tut endlich was dagegen!«

»Es gibt keinen Menschenfresser in Ulm!«, donnerte der Hauptmann.

»Wer sonst würde Kinder zerstückeln?«

»Geht nach Hause!« Der Hauptmann machte Anstalten, sich einen Weg durch die Menschen zu bahnen, aber sie dachten nicht daran, vor ihm zurückzuweichen. »Die Wachen sind verstärkt worden«, versuchte er, sie zu beruhigen. »Wenn ihr uns unsere Arbeit tun lasst, ist auch der Täter bald gefasst!«

Lazarus bedeutete dem Wundarzt, ihm in eine schmale Gasse zu folgen, die es ihnen erlaubte, die Ansammlung zu umgehen. Sollte sich der Hauptmann mit den Leuten auseinandersetzen.

»Was denkst du?«, fragte der Wundarzt. »Werden sie den Mörder fassen?«

Lazarus seufzte. »Vielleicht ist es nicht nur einer«, erwiderte er.

»Wenn er oder sie mit dem Teufel im Bunde sind ...«

»Gott wird den Rechtschaffenen zur Seite stehen«, gab Lazarus zurück und hoffte, dass sein Vertrauen nicht enttäuscht wurde. Die Vorstellung, dass sich Menschen in Ulm befanden, die sich den schwarzen Künsten widmeten, machte ihm mehr Angst, als er sich eingestehen wollte.

Kapitel 31

JOHANNES SCHAD UND die anderen Ratsmitglieder warteten, bis die Wachen die aufgeregten Ulmer verscheucht hatten, ehe sie sich ins Freie wagten. Während den anderen anzusehen war, dass der Verdacht, den der Pfaffe ausgesprochen hatte, sie in Angst und Schrecken versetzte, blieb Johannes gelassen. Selbst wenn ein wirrer Geist durch Ulms Gassen streifte und Kinder raubte, glaubte er nicht einen Moment daran, dass er sich in Gefahr befand. Seine Seele gehörte bereits dem Teufel. Was scherte ihn ein wenig schwarze Magie? Alles, was ihn interessierte, war, wie er die Morde nutzen konnte, um seinen Einfluss im Rat zu festigen. Zu viele der Mitglieder beäugten ihn immer noch mit Misstrauen. Sollte es ihm gelingen, den Schuldigen ausfindig zu machen, würden sie ihn womöglich mit anderen Augen betrachten.

»Wir sollten die Wache weiter verstärken«, sagte einer der Ratsherren. »Allerheiligen steht vor der Tür. Was, wenn ausgerechnet in dieser Nacht weitere Gräber geschändet werden?«

»Hast du nicht zugehört?«, raunzte ihn ein anderer Patrizier an. »Die Kinder sind ermordet, nicht aus einem Grab gehoben worden!«

»Die Frau im Spital aber nicht«, hielt der, der zuerst gesprochen hatte, entgegen. »Vielleicht wollen sie eine schwarze Messe mit ihrem Leichnam feiern und brauchen noch mehr Tote dafür.«

»Es ist auf jeden Fall äußerst merkwürdig, dass jemand eine Verstorbene aus einer Kapelle in einem Spital stiehlt, finde ich«, mischte sich ein dritter ein. »Die Vermutung, dass etwas Größeres geplant ist, liegt tatsächlich auf der Hand.«

Johannes verkniff sich einen Kommentar. Wenn diese Narren wüssten ... Er nahm an, dass Magnus Ungelter dafür gesorgt hatte, dass sein Helfer nicht plötzlich eine ehrliche Ader in sich entdeckte, beschloss jedoch, ihn zu sich zu bestellen, um sicherzugehen. Vermutlich war Ungelter froh über die ganze Aufregung, weil dadurch keinerlei Verdacht auf ihn fallen konnte. Allerdings galt es herauszufinden, ob er etwas über die geraubten Kinder wusste. Es erschien zwar unwahrscheinlich, aber jede Möglichkeit musste in Betracht gezogen werden. Immerhin wollte Johannes als Retter in der Stunde der Not auftreten und dafür würde er alle ihm zur Verfügung stehenden Mittel nutzen.

Ohne weiter auf das Gerede der anderen zu achten, machte er sich auf den Heimweg und schickte einen Burschen los, der eine halbe Stunde später Magnus Ungelter zu ihm brachte. Er empfing ihn in seinem Kontor.

»Was gibt es so Wichtiges?«, erkundigte sich Ungelter. In seiner Stimme schwang Ungeduld mit.

»Habt Ihr von dem neuen grausigen Fund gehört?«

»Die Kinder?«

Johannes nickte.

»Das kann man kaum überhören. Die ganze Stadt redet davon. Wolltet Ihr mich deshalb sprechen? Hätte das nicht warten können bis zur nächsten Ratssitzung?«

Johannes musterte ihn einige Augenblicke schweigend und fragte sich – nicht das erste Mal –, ob Ungelter ihm die ganze Wahrheit über die Frau gesagt hatte. Gewiss, die Geschichte, die er ihm aufgetischt hatte, war glaubhaft gewesen. Aber je mehr er darüber nachdachte, desto seltsamer erschienen ihm manche der Behauptungen des Mannes.

»Ihr wisst nicht zufällig etwas über diese Kinder?«, fragte er.

Ungelter traten fast die Augen aus dem Kopf. »Wollt Ihr mich der Mitwisserschaft bei diesen Morden bezichtigen?« Sein Gesicht lief rot an. »Was erlaubt Ihr Euch? Nur, weil ich Euch um Hilfe gebeten habe, heißt das noch lange nicht …«

»Blast Euch nicht so auf!«, unterbrach Johannes ihn barsch. »Ich will ja bloß wissen, ob Ihr etwas über diese Kinder gehört habt? Vielleicht von Eurem Helfer?«

Ungelter presste die Lippen aufeinander.

»Bevor Ihr ihn abgestochen habt wie eine Sau«, setzte Johannes beinahe genüsslich hinzu. Er hatte natürlich von dem Überfall auf den Stadtpfeifer gehört und eins und eins zusammengezählt.

»Für diese Behauptung habt Ihr keine Beweise!«, knurrte Ungelter.

»Warum so feindselig?«, gab sich Johannes etwas versöhnlicher. »Ich bin Euer Freund. Habt Ihr das etwa vergessen?«

Ungelter schnitt eine Grimasse.

»Seid Ihr nicht zu mir gekommen, um mich um Hilfe zu bitten?«

»Ich habe sie nicht umgebracht!«, brauste Ungelter auf.

»Die Kinder?«

»Gertrud. Ich wollte nur verhindern, dass sie jemand erkennt!«

»Ich glaube Euch«, beschwichtigte Johannes ihn. »Ihr habt von einem Eurer Männer erfahren, dass sie in der Herberge der Beginen um Unterkunft gebeten hat. Nicht wahr?«

»Das habe ich Euch doch gesagt!«

»Wäre es möglich, dass dieser Mann sie verwundet hat?« Johannes hatte Erkundigungen eingeholt. Die Frau war übel zugerichtet gewesen.

»Vermutlich ist sie Wegelagerern in die Hände gefallen«, wich Ungelter aus.

Johannes vermutete, dass er log, doch das war ihm egal. Je mehr sich Ungelter in seinem Netz aus Lügen verstrickte, desto nützlicher wurde er für ihn. Er war reich und mächtig und hatte Einfluss auf die jüngeren Ratsmitglieder. Einen solchen Mann als Verbündeten zu haben, schadete auf keinen Fall. Schließlich wollte Johannes seine Macht weiter ausbauen, um sich endlich an diesem verdammten Jakob Ehinger zu rächen. Die Begine und den Siechenmeister würde er auch irgendwann zu Fall bringen, aber vorerst waren sie zu unwichtig, um seine gesamte Energie auf sie zu verwenden.

»Falls Ihr vorhabt, zur Wache zu gehen …«, hob Ungelter mit einem drohenden Unterton an.

»Warum sollte ich so etwas tun?«, fragte Johannes ölig. Das Unbehagen des anderen bereitete ihm eine diebische Freude.

»Wegen dieses Spielmanns.«

»Aber Ihr habt selbst gesagt, dass es keinerlei Beweise gibt, dass Ihr etwas damit zu tun hattet«, entgegnete Johannes. »Allerdings sollte der Kerl besser nicht mehr aufwachen.«

»Das wird er nicht«, knurrte Ungelter. Er erhob sich, schien einen Moment mit sich zu ringen, ob er noch etwas hinzusetzen sollte, dann verabschiedete er sich mit einem Nicken.

Lange Zeit nachdem er die Eingangstür hatte schlagen hören, saß Johannes Schad immer noch in seinem Kontor und starrte grübelnd vor sich hin. Er hatte den untrüglichen Eindruck, dass Magnus Ungelter noch viel mehr vor ihm verbarg, als er angenommen hatte.

Kapitel 32

Ulm, Anfang November, 1412

IN DEN NÄCHSTEN TAGEN kehrte der Nebel zurück. Dicht und wabernd stieg er von der Donau auf und hüllte die Stadt über Allerheiligen in ein Leichentuch aus undurchdringlicher Feuchtigkeit. Die stundenlangen Messen waren eine Tortur für die Ulmer, die sich frierend und zähneklappernd im Münster versammelten. Auch im Spital wurde es zusehends ungemütlicher, obwohl in einigen Stuben Kohlebecken entzündet wurden, um wenigstens etwas Wärme zu spenden. Müde von den scheinbar endlosen Gebeten ließ Anna sich am Tag nach Allerseelen auf einen Schemel neben Gallus' Lager sinken, um sich um ihn zu kümmern. Obwohl er viel Blut verloren hatte und die Wunden tief waren, hatte sich sein Zustand wie durch ein Wunder nicht weiter verschlechtert. Doch er war nach wie vor nur selten bei Bewusstsein. In den wenigen lichten Momenten murmelte er unverständliches Zeug und warf sich in den Kissen hin und her.

Lazarus hatte sie in letzter Zeit kaum zu Gesicht bekommen, da er ihr immer wieder auswich, wenn sie ihm Fragen zu den toten Kindern oder zu dem Raub von Gertruds Leichnam stellen wollte. Sie wusste nicht, ob er inzwischen mehr in Erfahrung gebracht hatte und ermahnte sich immer wieder, dass sie ihre Neugier zügeln musste. Allerdings ließen ihr der Alltag im Spital, die Pflege der Kranken und das Wachen am Lager der Verstorbenen zu viel Zeit, um sich den Kopf über die Vorkommnisse zu zerbrechen. Je länger sie darüber nachdachte, desto merkwürdiger erschien ihr alles, auch die Gerüchte, dass Teufelsanbeter in Ulm ihr Unwesen trieben.

Gallus gab einen Laut von sich und öffnete die Augen. Anna beugte sich über ihn. »Wie fühlst du dich?«, fragte sie.

Er sah sie verwirrt an, blinzelte und schloss die Augen wieder.

»Gallus?« Sie legte ihm die Hand auf die stoppelige Wange. »Hörst du mich?«

Er schien wieder eingeschlafen zu sein, da er anfing, leise zu schnarchen.

Wer hat dich so zugerichtet? Anna erhob sich, deckte ihn bis zum Kinn zu und ließ ihn schlafen. Die Verbände waren frisch, etwas Arznei hatte sie ihm auch eingeflößt, mehr konnte sie im Moment nicht für ihn tun. Obwohl sie gerne noch länger in der Nähe des Kohlebeckens geblieben wäre, beschloss sie, den Auftrag, den die Meisterin ihr erteilt hatte, nicht länger vor sich herzuschieben. Mit einem Seufzen verließ sie die Siechenstube und schlang fröstelnd die Arme um sich, als ihr draußen ein kalter Wind ins Gesicht schlug.

Der Turm der Spitalkirche war kaum auszumachen, so dicht war der Nebel. Die Feuchtigkeit legte sich in feinen Tropfen auf Annas Gesicht, als sie sich aufmachte zum Tor, um zur Beginensammlung zurückzugehen. Dort wartete ein Sack voller altem Kinderspielzeug auf sie, das den Beginen gespendet worden war.

»Die Sachen sollten ins Fundenhaus gebracht werden«, hatte die Meisterin sie am Morgen wissen lassen.

Die anderen Schwestern schienen zu beschäftigt zu sein, weshalb Anna eingewilligt hatte, sich im Lauf des Tages darum zu kümmern. Zwar hatte sie gehofft, dass sich der Nebel lichten würde, allerdings war der Weg zum Waisen- und Fundenhaus nicht schwer zu finden. Es lag direkt vor der Stadtmauer, in der Nähe der Donau.

Den Namen der edlen Stifterin hatte die Meisterin ihr mitgeteilt, damit sie den Pfleger des Fundenhauses darüber in Kenntnis setzen konnte. Als Dank würden die Kinder für ihn beten, für deren Seelenheil und Gesundheit. Warum die alte Dame die Sachen nicht direkt ins Fundenhaus hatte bringen lassen, war Anna nicht ganz klar, aber es stand ihr nicht zu, derlei Dinge zu hinterfragen. Nachdem sie das Spielzeug auf einen kleinen Handkarren geladen hatte, brach sie auf nach Osten, wo sie wenig später eines der Stadttore erreichte. Die Torwächter würdigten sie kaum eines Blickes, als sie ihren Karren mühsam über den unebenen Untergrund zog. Vor dem Tor schien der Nebel weniger dicht zu sein als in der Stadt, wenigstens konnte sie die Bäume am Wegesrand ausmachen. Die Feuchtigkeit schluckte alle Geräusche, sodass ihre Umgebung gespenstisch wirkte. Irgendwo krächzten ein paar Krähen, die Anna jedoch nicht sah.

Obwohl sie ihre Wintertracht anhatte, kroch die Kälte an ihren Beinen empor und sorgte für eine Gänsehaut. Schon nach wenigen hundert Schritten sehnte sie sich zurück in die Siechenstube. Mit gesenktem Kopf trottete sie weiter, bis die Umrisse des Fundenhauses vor ihr auftauchten. Es bestand aus mehreren Gebäuden, einer Kapelle und einem Hof, in dem zu dieser Tageszeit niemand zu sehen war. Das Tor stand offen, von einem

Beschließer war weit und breit nichts zu sehen. Aus einer erleuchteten Stube ertönten helle Kinderstimmen.

Anna stellte den Karren ab und begab sich zum größten der Gebäude, in dem sich die Stube befand. Vorsichtig öffnete sie die Tür und lugte in einen großen Raum mit kahlen weißen Wänden. Es schien sich um die Schulstube zu handeln, da Pulte in Reih und Glied standen. Kinder in einfacher schwarzer Tracht standen in einer Reihe vor einer Gruppe von wohlhabenden Bürgern, die aus großen Körben Brot verteilten. Der Gesang lobpries den Herrn, ein Ordensbruder, den Anna für den Lehrer hielt, wedelte mit den Händen in der Luft herum. Einige der jungen Gesichter glühten, andere wirkten abgestumpft und gelangweilt.

Anna wusste, dass das Fundenhaus eine ganze Reihe von Aufgaben erfüllte. Es sorgte nicht nur für Waisen und Findelkinder, sondern nahm auch kranke, arme, behinderte, verlassene oder unehelich geborene Kinder auf. Ebenso sorgte es für Sprösslinge von Eltern, die im Loch saßen, für schwer Erziehbare sowie jugendliche Verbrecher. Ein Eimer voller Ruten deutete darauf hin, dass die Erziehung nicht auf Milde und Freundlichkeit beruhte.

Als einer der Brüder einen Blick in Annas Richtung warf, machte sie sich bemerkbar. Er runzelte die Stirn, versicherte sich, dass die Stifter ihn nicht sahen, und kam zur Tür.

»Ich bringe Spielsachen«, flüsterte Anna.

Der Mönch schloss die Tür hinter sich.

»Ich habe sie im Hof abgestellt.«

»Der Herr sei mit dir«, sagte der Bruder und beschrieb ein Kreuz in der Luft. Als Anna ihm den Namen der edlen Spenderin nannte, meinte er: »Wir werden für sie beten. Möchtest du dich noch etwas aufwärmen, bevor du zurück in die Stadt gehst?«

Die Verlockung war groß, aber Anna wollte nicht länger als nötig außerhalb der Stadtmauern zubringen. Je eher sie zurückkehrte, desto besser. Sie schüttelte den Kopf.

»Dann geh mit Gott.« Der Bruder neigte den Kopf und kehrte ihr den Rücken.

Mit leisem Bedauern verließ Anna das Gebäude, ging zu ihrem Karren und legte den Sack hinein. Fröstelnd begab sie sich zum Tor und befand sich wenig später wieder auf der Straße nach Ulm. Sie war noch nicht weit gekommen, als sie ein Knurren und ein Rascheln im Nebel vernahm. Erschrocken erstarrte sie in der Bewegung und umklammerte die Griffe des Handkarrens.

»Wer ist da?«, rief sie ängstlich.

Niemand antwortete.

Stattdessen erklang erneut ein Knurren.

Geh weiter! Ihr Verstand drängte sie dazu, die Beine in die Hand zu nehmen und so schnell wie möglich das Weite zu suchen. Aber als sie im Nebel etwas ausmachte, das aussah wie ein Hund, der ein Kind beim Nacken gepackt hatte, schlug sie alle Vorsicht in den Wind. Obwohl ihr Herz bis zum Hals schlug, stellte sie den Karren ab, bückte sich nach einem Ast und hielt ihn wie eine Waffe vor sich. »Heda!«

Das Knurren verstummte.

»Verschwinde!« Anna hob einen Stein auf und schleuderte ihn in Richtung des Hundes. Sie schien ihn getroffen zu haben, da ein Jaulen ertönte. Sie warf einen zweiten und dritten Stein, bis der Köter schließlich winselnd davonstob. Der Schemen des Kindes war kaum mehr auszumachen, da der Nebel sich zu verdichten schien. Wenngleich der Hund in der Nähe lauerte, nahm Anna all ihren Mut zusammen und ging weiter. Schon nach wenigen Schritten zeichnete sich deutlich eine kleine leblose Gestalt am Boden ab.

»Gütiger Jesus!«, murmelte Anna, schlug die restliche Vorsicht in den Wind und eilte zu dem Kind.

Als sie es erreichte, begriff sie zuerst nicht, was sie sah. Dann stieß sie einen gellenden Schrei aus, ließ den Ast fallen und schlug die Hand vor den Mund. Vor ihr lag der Säugling mit dem Wolfsrachen. Er war vollkommen nackt, in seiner Brust klaffte ein riesiges Loch.

Kapitel 33

ANNA WURDEN DIE KNIE WEICH. »Heilige Muttergottes«, flüsterte sie und wich vor dem grauenhaften Anblick zurück. Das Kind war eindeutig tot.

Ohne nachzudenken, machte sie auf dem Absatz kehrt, rannte zurück zur Straße und floh vor dem, was nicht wahr sein durfte. Der Handkarren blieb verlassen zurück. So schnell sie die Füße trugen, eilte sie in die Stadt und langte eine halbe Stunde später atemlos im Spital an.

»Lazarus!«, keuchte sie, als sie in die Dürftigenstube stolperte. »Du musst mir helfen!«

»Anna!« Er starrte sie erschrocken an. »Was ist los? Du bist weiß wie die Wand!«

»Ein totes Kind!«, presste sie hervor. »Ich habe ein totes Kind gefunden!«

Diese Worte erregten die Aufmerksamkeit aller anderen in der Stube. Bevor jemand Fragen stellen konnte, packte Lazarus sie beim Arm und zog sie ins Freie. »Was redest du da?«

Anna rang um Atem. »Ich war im Fundenhaus«, stieß sie abgehackt hervor. »Auf dem Weg ...« Sie schlug die Hände vors Gesicht.

»Beruhige dich erst mal. Wo hast du das Kind gesehen? Und warum warst du überhaupt im Fundenhaus?«

Anna erzählte es ihm. Das Grauen in Worte zu fassen, fiel ihr unsagbar schwer.

»Du glaubst, es ist das Kind, das wir von dem Dämon befreit haben?«, fragte Lazarus.

»Ja.« Anna sah mit furchtgeweiteten Augen zu ihm auf. »Was, wenn der Dämon immer noch in ihm gewohnt hat?«

»Das ist unmöglich. Ich habe das Wasser geweiht und das Kind gesegnet. Der Dämon muss gewichen sein.«

»Wir müssen die Wache holen!«

Lazarus hielt sie fest, als sie Anstalten machte, zum Tor zu laufen. »Vielleicht hast du dich getäuscht. Es ist neblig, da kann man sich schon mal Dinge einbilden.«

»Ich hab mir nichts eingebildet!«

»Trotzdem wäre es besser, wenn du mir erst zeigen würdest, wo das Kind liegt.«

Anna spürte Ärger in sich aufsteigen. »Glaubst du, ich hätte mir alles nur ausgedacht?«

Lazarus schüttelte den Kopf. »Ich glaube nur, dass die Sinne jedem bei diesem Wetter einen Streich spielen können«, versuchte er, sie zu beschwichtigen.

»Meine Sinne haben mir keinen Streich gespielt!«

»Dann zeig mir das Kind. Danach können wir die Wache holen.«

Anna verkniff sich eine Erwiderung, wartete, bis Lazarus sich einen warmen Umhang geholt hatte, und machte sich mit ihm auf den Weg zum Fundenhaus. Der Nebel war inzwischen noch dichter geworden, sodass nicht einmal mehr die Bäume direkt neben der Straße deutlich zu erkennen waren. Obwohl Anna wusste, dass ein totes Kind ihnen nicht gefährlich werden konnte, umklammerte sie ihr Kruzifix und sprach in Gedanken ein Schutzgebet. Sollte es dem Dämon wirklich gelungen sein zu entweichen … Sie wollte sich nicht vorstellen, was das bedeuten würde. Der Weg kam ihr länger vor als beim ersten Mal, doch schließlich tauchte der verlassene Handkarren vor ihnen auf.

»Da!« Sie zeigte in den Nebel. »Dort liegt das Kind.«

Lazarus schob sie hinter sich und ging zögerlich durch das Gras.

Anna folgte ihm. Je weiter sie sich von der Straße entfernten, desto heftiger hämmerte ihr Herz.

»Wo denn? Ich kann nichts sehen?« Lazarus verlangsamte die Schritte.

»Noch ein bisschen weiter.« Sie zeigte nach vorn. Oder war es weiter rechts gewesen? Im Nebel sah alles gleich aus. Sie wandte den Kopf, doch von ihrem Handkarren waren nicht einmal mehr die Umrisse zu erkennen.

»Hier ist nichts«, stellte Lazarus fest, nachdem er die nähere Umgebung abgesucht hatte. »Bist du sicher, dass es hier war?«

Anna sah sich um. »Ich glaube schon.« Allmählich schlichen sich Zweifel ein.

Lazarus bedachte sie mit einem Blick, dem zu entnehmen war, was er dachte.

»Ich hab es mir nicht eingebildet!«, beteuerte Anna noch mal. »Sieh nur!« Sie zeigte auf eine Stelle, an der das Gras niedergedrückt war.

»Hm.« Lazarus ging in die Hocke, um es sich genauer anzusehen. »Sieht aus, als ob etwas hier entlang geschleift worden wäre.« Er kam wieder auf die Beine. »Aber hier ist weit und breit keine Spur von einem toten Kind.«

»Vielleicht ist der Dämon wieder in es gefahren und …«

Lazarus unterbrach sie mit einer ungeduldigen Geste. »Hier ist nirgendwo ein Dämon!«

»Aber ich bin sicher …« Anna verstummte, da sie etwas im Nebel entdeckt hatte. Ohne auf Lazarus' fragenden Blick zu achten, ging sie auf ein Gebüsch zu, vor dem sich etwas Dunkles abzeichnete.

»Warte!« Er eilte ihr hinterher.

Anna blieb vor einem leblosen Körper stehen.

»Das ist kein Kind«, stellte Lazarus fest, sobald er bei ihr war.

Anna starrte auf das blutige Fell, die toten Augen.

»Das ist ein Hund.« Lazarus berührte das Tier vorsichtig mit der Schuhspitze.

Es rührte sich nicht.

»Er ist tot.«

Anna fuhr sich mit den Händen über die Augen. Das konnte nicht sein! Sie hatte das Kind deutlich gesehen! Wo war es? Als sie Lazarus Blick begegnete, war darin deutlich zu lesen, was er dachte.

»Ich habe es gesehen! Ich schwöre!«

»Das solltest du lieber nicht tun«, warnte er. »Ich weiß nicht, was du gesehen hast, aber deine Augen müssen dir einen Streich gespielt haben. Das ist eindeutig ein Hund.«

»Nein! Das ...« Anna schüttelte den Kopf. Sie war sich so sicher! »Wir müssen weitersuchen! Vielleicht habe ich mich in der Stelle getäuscht.«

Lazarus schüttelte den Kopf und hielt sie davon ab, im Nebel zu verschwinden. »Lass uns zurück ins Spital gehen.«

Anna holte ärgerlich Luft. Obwohl sie wusste, dass ihre Augen sie nicht getäuscht hatten, hatte es keinen Sinn, weiter zu protestieren. Lazarus würde ihr nicht glauben. Ihr blieb nichts anderes übrig, als sich zu fügen und später wiederzukommen, um allein weiterzusuchen. Das Kind konnte unmöglich verschwunden sein! Mit einem dumpfen Gefühl im Bauch folgte sie Lazarus zurück zu ihrem Handkarren und machte sich auf den Rückweg in die Stadt. Dort trennte sie sich von ihm, brachte den Karren in den Beginenhof und ging dann ebenfalls zurück ins Spital.

Dort wurde sie in der Stube der Wöchnerinnen gebraucht, wo eine junge Frau in den Wehen lag. Mit einem Schaudern erinnerte sich Anna an die letzte Geburt und dieser Gedanke führte unweigerlich zu dem toten Kind.

»Was ist mit dir?«, fragte die Hebamme. »Du siehst aus, als ob es dir nicht gut geht.«

Einen Moment lang war Anna versucht, sich ihr anzuvertrauen. Aber würde die Frau ihr glauben? Vermutlich dachte sie wie Lazarus, dass Anna sich alles nur eingebildet hatte. »Ich bin nur müde«, log Anna. »Dieser Nebel ...«

»Ich wäre auch froh, wenn wir die Sonne mal wieder sehen würden«, seufzte die Hebamme, während sie den Bauch der Gebärenden abtastete.

Die Frau gab ein Stöhnen von sich.

Während sie Gebete für die Wöchnerin sprach und ihr einen beruhigenden Trank einflößte, schweiften Annas Gedanken zu dem grausigen Fund ab und sie fragte sich, ob der Hund den Leichnam weggeschleppt hatte. Warum war ihr das nicht schon vorher eingefallen? Lazarus und sie hätten die Böschung absuchen sollen, dann hätten sie das Kind gewiss entdeckt. Auch wenn sie wusste, dass es leichtsinnig und töricht war, beschloss sie, die Stadt unter einem Vorwand noch mal zu verlassen und zum Fundenhaus zurückzugehen. Vielleicht glaubte man ihr dort. Sollte das Kind vermisst werden, halfen ihr die Brüder sicher bei ihrer Suche.

Kapitel 34

JOHANNES SCHAD WAR, anders als die meisten Ulmer, froh über den dichten Nebel. Nach einer Ratssitzung im kleinen Kreis trat er aus dem Rathaus, wo er sich mit den anderen Patriziern in der »Oberen Stube« getroffen hatte. Magnus Ungelter war auch anwesend gewesen, allerdings hatte er es auffällig eilig gehabt, vor Johannes den Raum zu verlassen. Die ganze Zeit über hatte er angespannt gewirkt und Johannes fragte sich, ob diese Anspannung nur auf die tote Frau zurückzuführen war. Wenn er nur endlich herausfinden könnte, wer sie war! Er blickte Ungelter nach, bis der Nebel ihn verschluckte und beschloss, ihm zu folgen. Unter Umständen erfuhr er etwas Interessantes.

Bei der Sitzung war es um die verstümmelten Kinderleichen gegangen, um die Furcht, die in der Stadt grassierte, und die wilden Gerüchte, die im Umlauf waren. Wenn der Täter nicht bald gefasst wurde, drohte die Stimmung zu kippen. Die größte Furcht der Ratsherren war, dass weitere Leichen auftauchten, für die man ihnen die Schuld geben könnte.

»Man wird sagen, wir hätten nicht genug unternommen«, hatte einer der reichen Fernhändler gejammert.

»Wie ist es möglich, dass es nicht mal einen Verdächtigen gibt?«

»Solange niemand weiß, wer die Kinder sind …«

»Warum werden sie nicht vermisst?«, hatte ein anderer Händler eingewandt. »Wäre mein Kind verschwunden, würde ich zur Wache gehen.«

Johannes vermutete, dass es sich um die Bälger von Fahrenden handelte und dass derjenige, der sie getötet hatte, längst über alle Berge war. Womöglich hatte bereits eine andere Stadt dasselbe Problem, doch das war ihm gleichgültig. Es zeichnete sich immer mehr ab, dass diese Vorfälle ungelöst bleiben würden, weshalb er beschlossen hatte, sich wieder auf Ungelter zu konzentrieren. Seine Nase sagte ihm, dass es lohnender war, den Kerl auszuspähen, als nach einem gesichtslosen Mörder zu suchen. Außerdem hielt er es für weitaus ungefährlicher für den Fall, dass der Mörder noch in Ulm war.

Der Nebel verschaffte ihm Schutz, als er sich an Ungelters Fersen heftete und ihm zu seinem Haus folgte. Dort verschwand der Mann im Hauptgebäude, aber Johannes beschloss, abzuwarten, ob er wieder auftauchen würde. Das Tor zum Hof stand offen und trotz des Nebelschleiers konnte er die Schemen mehrerer Frauen ausmachen. Sie unterhielten sich.

Dank der schlechten Sicht konnte er es wagen, sich ihnen zu nähern, ohne fürchten zu müssen, entdeckt zu werden.

»Sie hält sich wohl für eine Prinzessin!«, empörte sich eine der Mägde.

»Ich frage mich, wie der Herr es mit ihr aushält.«

Eine der Frauen lachte. »Sie wird andere Vorzüge haben.«

»Pfui, Maria!«

»Was denn sonst? Ich an ihrer Stelle würde mich beeilen, dem Herrn ein Kind zu schenken. Wer weiß, ob er sie sonst nicht zum Teufel jagt.«

Johannes verzog das Gesicht. Interessant war das Geschwätz wahrlich nicht. Es musste um Ungelters

Gemahlin gehen, die bei den Mägden offensichtlich keinen guten Stand hatte. Er verharrte noch einige Zeit auf der Stelle, aber als die Frauen sich in eines der Nebengebäude begaben, zog er sich zurück. Hier gab es nichts mehr zu erfahren. Er überlegte, ob er warten sollte, falls Ungelter das Haus nochmal verließ, und entschied sich dafür. Weit genug weg vom Tor, um nicht sofort gesehen zu werden, verbarg er sich hinter einem abgestellten Karren, durch dessen Speichen er einen guten Blick auf das Haus hatte.

Fast zwei Stunden harrte er aus, ehe es ihm zu dumm wurde. Seine Zehen waren so steif, dass er sie kaum mehr spürte, und die Kälte war inzwischen bis auf seine Knochen vorgedrungen. Die Feuchtigkeit lag in kleinen Tropfen auf seinen Kleidern, machte sie schwer und nass. Mit einer Verwünschung auf den Lippen trat er hinter dem Karren hervor, warf einen letzten Blick auf Ungelters Anwesen und schlug den Heimweg ein. Mit eingezogenem Kopf ging er den Mailand entlang, bis die Giebel seines eigenen Hauses aus dem Nebel auftauchten. Weit und breit war keine Menschenseele zu sehen, die Stadt schien wie ausgestorben. Er vermutete, dass jeder, der nicht unbedingt im Freien sein musste, sich in seiner Stube versteckte.

Er wollte gerade auf sein Hoftor zusteuern, als er ein Geräusch hinter sich vernahm. Misstrauisch wandte er sich um und entdeckte eine Gestalt, die ihn aus dem Nebel heraus zu beobachten schien. »Heda!«, rief er. »Wer seid Ihr?«

Die Gestalt rührte sich nicht.

Johannes zückte seinen Dolch, da er vermutete, dass es sich um einen Gauner handelte, der die schlechte

Sicht für einen Überfall nutzen wollte. »Verschwinde!« Das Geräusch einer Klinge, die gezogen wurde, drang an sein Ohr. Sein Verstand sagte ihm, dass er so schnell wie möglich ins Haus gehen sollte, doch die Wut verdrängte alle Vernunft. Wenn dieser dreckige Dieb dachte, er könne den zweiten Bürgermeister bestehlen, hatte er sich geirrt! Er machte einen drohenden Schritt auf die Gestalt zu. »Hau ab!« Ein weiterer Schritt brachte den Kerl dazu, sich in den Nebel zurückzuziehen und zu verschwinden.

»Das will ich dir auch geraten haben, du Made!«, knurrte Johannes, lauschte einige Augenblicke ins Nichts und steckte schließlich seinen Dolch zurück in den Gürtel. Mit grimmiger Miene wandte er sich wieder seinem Hoftor zu, schloss es auf und betrat sein Anwesen. Er war noch nicht ganz im Hof verschwunden, da versetzte jemand dem Tor einen Tritt. Durch die Wucht wurde Johannes nach vorn geschleudert, strauchelte und verlor den Halt. Mit Mühe gelang es ihm, den Sturz mit seinem Ellbogen abzufangen, während sich ein Mann mit einem Kapuzenumhang auf ihn stürzte.

Eine Klinge blitzte auf.

»Was zum Henker …?« Johannes warf sich zur Seite, wodurch sich das Messer seines Angreifers in den aufgeweichten Boden bohrte. Im Bruchteil eines Augenblicks rappelte er sich auf, befreite seinen Dolch und stach nach dem Rücken des Mannes.

Stoff riss, ein Schrei gellte durch den Hof.

»Herr?« Irgendwo klapperten Eimer. »Herr?« Der Schemen eines Knechtes löste sich aus dem Nebel.

»Hier drüben! Hilf mir!« Er bekam den Umhang des Angreifers zu packen und zog daran.

Der Kerl trat nach seiner Hand, hielt sich die Seite und fuchtelte mit der Waffe in der Luft herum.

»Beeil dich!«, brüllte Johannes.

Doch sein Knecht kam zu spät, um ihm zu helfen.

Mit einem Ruck befreite der Angreifer seinen Umhang, raffte ihn in einer Hand, die blutverschmiert war, und gab Fersengeld. So schnell, dass Johannes ihm nicht folgen konnte, rannte er vom Hof und verschwand im Nebel.

»Verdammt!«, fluchte Johannes. »Das darf nicht wahr sein!«

»Was ist passiert, Herr?«, keuchte sein Knecht, als er ihn erreichte.

»Jemand hat versucht, mich zu überfallen«, knurrte Johannes. »Und ich glaube, ich weiß, wer es war.«

Kapitel 35

MAGNUS UNGELTER DRÜCKTE den blutenden Arm an seine Seite und lief so schnell es der Schmerz zuließ. Sein Plan war gescheitert, das Vorhaben, diesen vermaleideiten Johannes Schad zu beseitigen, fehlgeschlagen. Er hätte besser darüber nachdenken sollen, mehr Zeit auf eine sorgfältige Planung verwenden müssen. Aber als er Schad vor seinem Haus entdeckt hatte, war seine Wut mit ihm durchgegangen. Es war ein Fehler gewesen, ihn um Hilfe zu bitten. Ganz gleich, was einige im Rat über Schad sagten, er hätte das Risiko, sich ihm anzuvertrauen, nie eingehen dürfen. Zwar hatte er Schad nicht die Wahrheit erzählt, dennoch wusste er viel zu viel. Die Furcht vor Gertrud hatte seinen Verstand vernebelt, mit ihrer Ankunft in Ulm drohte alles, was er erreicht hatte, vernichtet zu werden. Hätte sein Knecht sie nur getötet! Unerfreulicherweise war sie diesem Dummkopf entkommen, obwohl er behauptete, sie abgestochen zu haben.

Er stöhnte, als er sich bewusst wurde, wie viele Fehler er seit ihrem Auftauchen begangen hatte. Wäre er nicht kopflos wie ein aufgescheuchtes Huhn zu Schad gelaufen, hätte er niemals diesen Spielmann aufgesucht. Vielleicht wäre es seinem Knecht gelungen, Getrud aus dem Beginenhof zu locken, bis zu dem er sie verfolgt hatte. Dann hätte er sich selbst um das kümmern können, wozu er in der Vergangenheit zu feige gewesen war. Er stöhnte. Wem machte er etwas vor? Sein Knecht hätte es gewiss niemals bewerkstelligt, sie ohne Aufsehen zu ihm zu bringen. Hätte sie den Mann erkannt, hätte sie mit absoluter Sicherheit Zeter und Mordio geschrien und dann wären früher oder später Wachen vor seinem Haus aufgetaucht. Um sicherzugehen, dass der Mann sich nicht verplapperte, hatte er den Knecht zurück nach Reutlingen geschickt, damit er sich um die Abwicklung der letzten Geschäfte dort kümmern konnte. Zwar war seit Ungelters Rückkehr nach Ulm bereits mehr als ein Jahr vergangen, aber einige Dinge warteten in Reutlingen immer noch auf Klärung.

Er verlangsamte die Schritte und sah sich um, da er fürchtete, Johannes Schad könnte ihm folgen. Zu seiner Erleichterung war jedoch weit und breit nichts als Nebel zu sehen, wenigstens schien ihn nicht alles Glück verlassen zu haben. Dankbar für diese Witterungsverhältnisse, eilte er zu seinem Haus und verzog sich in seine Schlafkammer, um das Ausmaß seiner Verletzung zu begutachten. Mit zusammengebissenen Zähnen zog er Umhang, Schecke und Hemd aus und ging zu der Waschschüssel in der Ecke der Kammer. Nachdem er einen Lappen nass gemacht hatte, wusch er vorsichtig das Blut ab und atmete erleichtert auf. Es war kaum mehr als ein Kratzer. Der Schnitt war zwar lang aber nicht tief, nichts, wofür er einen Wundarzt bräuchte. Hastig drückte er eine Kompresse auf die Wunde, holte einen Verband aus einer Truhe und wickelte ihn um seinen Oberkörper. Dann zog er sich frische Kleider an, die alten waren ruiniert.

Während er sein Hemd schnürte, jagten sich die Gedanken in seinem Kopf. Durch seine Ungeschicklichkeit war Johannes Schad gewarnt, Ungelter hoffte darauf, dass er ihn nicht erkannt hatte. Dennoch würde es nicht leicht sein, einen zweiten Versuch zu unternehmen, an ein Aufgeben war aber nicht zu denken. Schad wusste zu viel. Durch den überhasteten Diebstahl von Gertruds Leichnam hatte dieser Mistkerl ihn in der Hand, wusste, dass *er* Gertrud hatte verschwinden lassen. Offensichtlich war ihm auch klar, dass Ungelter den Spielmann überfallen hatte. Sollte es Schad in den Sinn kommen, ihn bei der Wache anzuzeigen, war alles, was er getan hatte, umsonst gewesen. All die Mühen, die List und Tücke, mit denen er sein Ziel erreicht hatte, würde ihm nichts mehr nützen, wenn er vor dem Henker kniete.

Er stöhnte erneut. Was konnte er nur tun? Warum war Gertrud aufgetaucht? War das die Strafe für seine Verbrechen? Wieso hatte sie nicht bleiben können, wo …? Er brach den Gedanken ab, da er zu viele unangenehme Erinnerungen mit sich brachte. Erinnerungen, die Gefühle in ihm weckten, die er längst begraben glaubte. Und dann war da noch die Sache mit den toten Kindern. Auch wenn er sich einredete, dass von dieser Seite keine Gefahr drohte, war er sich nicht sicher.

Warum werden sie nicht vermisst?, hatte einer der anderen Ratsherren gefragt.

Und genau diese Frage ließ Magnus Ungelter nicht mehr los. Sie hatte sich in sein Gehirn gefressen und marterte ihn die ganze Zeit.

Kapitel 36

»Es war sicher nur der Nebel, der hat dir einen Streich gespielt.« Die Hebamme tätschelte Anna die Hand und verließ mit ihr die Stube der Wöchnerinnen.

Trotz aller Bedenken hatte Anna ihr und einer der Hebmägde erzählt, was sie gesehen hatte, nachdem die Sprache auf die toten Kinder gekommen war. Obwohl sie geahnt hatte, wie die Reaktion sein würde, schalt sie sich eine Gans, weil sie jetzt sicher sein konnte, dass bald alle Mägde im Spital hinter vorgehaltener Hand über sie tuscheln würden. Die Hebamme war eine zuverlässige Frau, doch derlei Dinge sickerten immer durch.

»Jeder von uns hat Angst«, setzte die Hebamme hinzu. »Es ist einfach zu grauenvoll, was den armen Kindern angetan worden ist. Wer so was tut, muss zutiefst böse sein.« Sie bekreuzigte sich. »Die Leute erzählen sich, es seien Teufelsanbeter.«

Anna schwieg. Sie wusste nicht, was sie glauben sollte. Der Anblick des toten Kindes hatte sich in ihre Seele gebrannt und sie fragte sich, ob an dem Gerede etwas Wahres dran war. Jemand, der so etwas tat, konnte nicht an denselben Gott glauben wie sie.

»Mach dir keine Gedanken«, sagte die Hebamme. »Jeder von uns hat sich schon mal geirrt. Gott wird dafür sorgen, dass die Wache den Mörder fasst. Dann können alle wieder ruhig schlafen.« Mit diesen Worten ließ sie Anna stehen, um sich auf die Suche nach einer Amme zu machen.

Anna wünschte, sie könnte ihre Zuversicht teilen. So viele schlimme Dinge waren in den letzten Tagen passiert, es war beinahe, als ob ein Fluch auf der Stadt läge: die toten Kinder, der Raub von Gertruds Leichnam, der Überfall auf Gallus. Was war nur los? Mit einem Seufzen machte sie sich auf zur Siechenstube, um nach Gallus zu sehen, doch er schlief immer noch tief. Da sie Angst hatte, ihr Mut könne sie verlassen, fasste sie einen Entschluss. Anstatt noch mehr Zeit verstreichen zu lassen, musste sie der Sache auf den Grund gehen. Mit einem dumpfen Gefühl im Bauch, erhob sie sich von Gallus' Lager, verließ das Gebäude und ging zum Spitaltor. Zu ihrer Erleichterung begegnete ihr niemand außer einem Fuhrknecht und dem Beschließer, der sie kaum eines Blickes würdigte. Obwohl sie wusste, dass die Meisterin ihr wieder eine Buße auferlegen würde, wenn sie von ihrem Vorhaben erfuhr, schlug sie die Bedenken in den Wind und steuerte auf das Stadttor zu, das zum Fundenhaus führte.

Es war töricht, leichtsinnig und würde ihr nicht nur die Schelte der Meisterin einbringen. Anna konnte sich vorstellen, was Lazarus sagen würde, wenn er von ihrem Ausflug erfuhr, aber sie konnte einfach nicht glauben, dass sie sich alles nur eingebildet hatte. Wo war der Leichnam geblieben? Die Vorstellung, sie könnte im Nebel ein Kind mit einem Hund verwechselt haben, war vollkommen abwegig. Sie war doch nicht verrückt! Sie wusste, dass Lazarus' Zweifel sie am meisten ärgerten. Er kannte sie und sollte wissen, dass sie sich so etwas nicht einfach ausdachte!

Vermutlich beging sie diese Eselei nur, weil sie ihn beeindrucken wollte, auch wenn er kein Interesse mehr an ihr hatte. Der Gedanke machte ihr das Herz schwer, doch sie ließ nicht zu, dass die Enttäuschung über seine Kälte ihr Tränen in die Augen triebe. Sie musste ihn vergessen.

»Dein Verlangen ist sündig. Tu Buße!«

Seine Worte hallten immer noch in ihren Gedanken nach. Sie biss sich auf die Lippe, warf die Kapuze ihres Mantels über den Kopf und trottete mit einer Mischung aus Furcht und Aufregung die Straße entlang. Zu ihrer Erleichterung begegnete sie nur einem jungen Schafhirten, der sie zwar neugierig musterte, aber hastig den Blick abwandte, als sie ihn ansah. Obwohl der Weg zum Fundenhaus nicht weit war, kam er Anna im Nebel länger vor als am Morgen. Wenn sie vor Einbruch der Dunkelheit zurück in der Stadt sein wollte, musste sie sich beeilen, da die Tage immer kürzer wurden.

Sollte es sich bei dem Kind, das sie gesehen hatte, wirklich um den Säugling aus dem Spital handeln, musste man ihn im Fundenhaus vermissen. Falls sie sich geirrt hatte, würde sie sich frohen Herzens eine Närrin schelten lassen, solange es ihm gut ging. *Es ist deine Christenpflicht, dich darum zu kümmern,* sagte sie sich und setzte den Weg fort.

Je weiter sie sich von der Stadt entfernte, desto dichter wurde der Nebel, sodass sie froh war über die Steine am Wegesrand, die wenigstens etwas Orientierung boten. So dicht wie die Feuchtigkeit an diesem Tag in der Luft hing, war es unwahrscheinlich, dass die Sonne den Kampf gegen den Nebel in den nächsten Tagen gewinnen würde. Das bedeutete, dass den Ulmern wieder wochenlange Trostlosigkeit bevorstand, bis endlich der erste Schnee fiel.

Als sich schließlich die Umrisse des Fundenhauses am Horizont abzeichneten, sandte Anna ein Dankgebet zum Himmel. Die Fenster der Gebäude waren bereits erleuchtet. Sollten ihre Erkundigungen zu viel Zeit in Anspruch nehmen, konnte sie gewiss bei den Brüdern um eine Unterkunft für die Nacht bitten – ein Gedanke, der ihr die Furcht ein wenig nahm. Dann würde die Meisterin zwar ohne jeden Zweifel erfahren, was sie getan hatte, aber Anna nahm an, dass ihre Erklärung die Strafe, die ihr drohte, mildern würde.

Ein Geräusch ließ sie innehalten und in die dunstige Umgebung lauschen. War es das Knacken eines Zweiges? Folgte ihr jemand? Sie sah sich um, entdeckte den Grenzstein, bei dem sie am Morgen ihren Handkarren abgestellt hatte, und biss sich auf die Lippe. Jetzt, wo sie allein im Nebel stand, kam ihr der Plan plötzlich dumm vor. Vielleicht sollte sie umkehren.

Es knackte erneut, dann raschelte es im toten Laub. Kurz darauf huschte etwas durch das Gestrüpp davon.

Ein Tier. Anna ließ die Luft, die sie angehalten hatte, erleichtert aus der Lunge entweichen und wagte sich vom Weg in das platte Gras. Die Eindrücke, die ihre und Lazarus' Schuhe am Morgen hinterlassen hatten, waren noch schwach zu erkennen, außerdem vermeinte Anna, die Spur eines Hundes oder eines anderen Tieres zu entdecken. Ein Wolf würde sich bei Tage sicher nicht in die Nähe einer Behausung wagen, versuchte sie, sich einzureden.

Während sie sich der Stelle näherte, an der das Kind gelegen hatte, sah sie sich immer wieder um. Zwar hoffte sie, dass es sich bei dem Gerede von den Teufelsanbetern nur um die von Angst befeuerten Vermutungen der Ulmer handelte, doch das Gefühl der Beklemmung beschlich sie mehr und mehr. Warum hatte jemand dem

Säugling etwas in die Brust gestoßen, das so ein gewaltiges Loch hinterlassen hatte? War versucht worden, ihm das Herz aus dem Leib zu reißen? Der Gedanke war so grauenhaft, dass sie sich an ihrem Kruzifix festklammerte und einige Augenblicke reglos verharrte. *Such weiter!* Obwohl ihre Zähne aufeinanderschlugen und ihre Knie sich weich anfühlten, zwang sie sich weiterzugehen, bis sie schließlich dort ankam, wo sie den Säugling entdeckt hatte.

Wie bei ihrer Suche mit Lazarus deutete nichts mehr darauf hin, dass ihr grausiger Fund kein Hirngespinst war. Allerdings war auch von dem toten Hund nichts mehr zu sehen, was Anna mit Misstrauen erfüllte. Sie raffte ihre Röcke, durchstreifte die Büsche und drehte sogar Steine um, in der Hoffnung, darunter einen Hinweis zu finden. Außer die Spur des Tieres, die in Richtung Fundenhaus führte, und einem kleinen Blutfleck im Gras, der von dem Hund stammen musste, entdeckte sie nichts. Auch wenn ihr Verstand ihr riet, kehrtzumachen und schleunigst zu verschwinden, folgte sie der Spur, die darauf hinwies, dass der Hund etwas durchs Gras geschleift hatte. Annas Entsetzen wuchs, als sie nach einigen Schritten etwas entdeckte, das aussah wie ein Fetzen eines Leichentuches.

Mit hämmerndem Herzen bückte sie sich danach, hob es auf und ließ es mit einem spitzen Schrei wieder fallen. Es war kein Leichentuch, sondern ein Stück blutbefleckte, schmutzstarrende Sackleinwand.

Kapitel 37

»Heilige Muttergottes!«, hauchte Anna und wich von dem Stück Stoff zurück. Ihre Hände zitterten und trotz der Kälte spürte sie, wie ihr der Schweiß aus allen Poren trat. Das war der Beweis! Jemand musste das Kind getötet und in diesen Sack gesteckt haben, um es irgendwo abzulegen. Sie wich vor dem Fetzen zurück und prallte mit etwas Weichem zusammen.

Ihr gellender Schrei scheuchte einen Schwarm Krähen auf, der in der Nähe Würmer im Boden suchte.

»Bei allen Heiligen! Was tust du hier?«

Anna wirbelte herum.

Ein alter Mönch in der Tracht der Brüder des Heilig-Geist-Ordens sah sie verwundert aus geröteten Augen an. Er stand auf einen Stock gestützt und schenkte ihr ein zahnloses Lächeln. »Du bist eine Begine«, stellte er überflüssigerweise fest.

Anna wurden vor Erleichterung die Glieder schwach. Sie wusste nicht, was sie erwartet hatte, aber ein Teil von ihr hatte damit gerechnet, dass Männer mit teuflischen Fratzen aus dem Nebel auftauchen und sie für eines ihrer furchtbaren Rituale verschleppen würden.

»Ich ... Ich wollte ...«, stammelte sie. Sie zeigte auf den blutigen Fetzen.

»Was ist das?« Der Mönch ging an ihr vorbei, bückte sich mit mehr Geschicklichkeit, als Anna ihm zugetraut hätte, und hob die Sackleinwand vom Boden auf. Ein Schatten huschte über sein Gesicht.

»Das ist Blut«, sagte Anna.

Der Bruder betrachtete das Stück Stoff nachdenklich.

»Hier lag ein totes Kind!«, platzte es aus Anna heraus, ehe sie nachdenken und sich davon abhalten konnte.

Der Mönch blinzelte verwundert. »Ein totes Kind? Hier?« Er schüttelte den Kopf. »Das kann nicht sein.«

»Ich bin mir sicher!« Anna erzählte ihm, was sie am Morgen entdeckt hatte.

»Ein Loch in der Brust, sagst du?« Der Bruder kratzte sich am kahlen Schädel. »Und ein toter Hund?«

Anna nickte. »Jemand muss das Kind in diesem Sack getragen haben«, mutmaßte sie. »Vielleicht ist er zerrissen, ohne dass es bemerkt wurde.« Sie spürte, wie sich ihre Wangen erhitzten. Der Mönch sah aus, als ob er ihr glauben würde.

»Und du hast Bruder Lazarus davon berichtet?«

»Ich habe ihn hergeführt«, bestätigte Anna. »Aber er hat mir nicht geglaubt. Deshalb bin ich zurückgekommen.«

»Weiß er, dass du hier bist?«, fragte der Mönch tadelnd.

Anna senkte den Blick.

»Und deine Meisterin?«

Die Hitze in Annas Wangen verstärkte sich.

»Du weißt doch, dass die Neugier eine Sünde ist«, schalt der alte Mönch. »Warum muss die Jugend ihre Nase immer in Dinge stecken, die sie nichts angehen?«

»Aber vielleicht war es derselbe Mörder, der die anderen Kinder umgebracht hat!«, rechtfertige Anna sich. »*Drei* Kinder sind tot!«

»Und du dachtest, du könntest dem Mörder das Handwerk legen?«

»Nein!« Anna suchte nach den richtigen Worten, um dem Mönch zu erklären, was sie vorgehabt hatte. Allerdings wusste sie es selbst nicht genau. »Ich hätte zur Wache gehen sollen«, sagte sie zerknirscht. »Jetzt, wo ich das da gefunden habe ...« Sie zeigte auf den Fetzen.

»Denkst du, sie würden dir glauben?«

Sie nickte.

Der Bruder schüttelte den Kopf. »Mein liebes Kind, es ist gut, dass der Herr dafür gesorgt hat, dass sich unsere Wege kreuzen.« Er lächelte. »Du hättest dich nur zum Narren gemacht. Das ist nichts weiter als Schweineblut.«

»Schweineblut?« Anna runzelte die Stirn. »Woher ...?«

»... ich das weiß?« Er seufzte. »Das passiert immer wieder. Diese streunenden Köter machen sich ständig bei der Vorratskammer zu schaffen. Das muss einer der Säcke sein, in denen der Metzger die Schweinehälften fürs Fundenhaus gebracht hat.«

»Oh.« Anna wusste nicht, was sie sagen sollte. »Aber das Kind! Ich habe es gesehen!«

»Das musst du dir eingebildet haben.«

»Das habe ich nicht!«, protestierte Anna. Warum wollte ihr jeder einreden, dass sie sich geirrt hatte? »Vielleicht ist es noch irgendwo in der Nähe. Wenn du mir suchen hilfst, Bruder ...«

Der Mönch seufzte. »Clemens.« Er steckte den Fetzen in die Tasche und umklammerte seinen Stock. »Wir werden nichts finden, glaub mir.«

»Ich habe mir das nicht ausgedacht!«, beteuerte Anna mit noch mehr Inbrunst. »Das Kind kann doch nicht einfach verschwunden sein!« Sie kehrte Bruder Clemens den Rücken und ging zurück zur Spur des Hundes, der sie hatte folgen wollen, als er aufgetaucht war. »Vielleicht hat der Hund das Kind irgendwo gefunden und hierher gebracht.«

»Geh nach Hause«, riet ihr Bruder Clemens. »Es wird bald dunkel.«

Anna hörte ihn kaum. Sie würde nicht einfach unverrichteter Dinge wieder umkehren, jetzt, wo sie den blutigen Sack gefunden hatte. Zwar behauptete Clemens, dass es sich um Schweineblut handelte, aber Anna wollte es einfach nicht glauben. Es waren zu viele Zufälle. Sie sah auf den Boden und ging in die Richtung, aus der die Spur kam. Erst schien sie zum Fundenhaus zu führen, machte dann aber einen Knick und endete bei einer etwas abgelegenen Ansammlung von Holzgebäuden, die von einer Mauer und hohen Bäumen umgeben waren. »Was ist das?«, fragte sie, als sie die Mauer erreicht hatten.

»Das war mal die Behausung eines Bauern«, erwiderte er. »Er ist vor ein paar Jahren kinderlos gestorben.«

»Und was ist jetzt da drin?« Anna fasste nach einem offenen Vorhängeschloss, das am Tor hing. Es wirkte neu.

Bruder Clemens zuckte mit den Schultern. »Nichts. Du solltest wirklich zurück zu deiner Sammlung gehen.« Er fasste sie beim Arm und wollte sie in die entgegengesetzte Richtung ziehen.

Aber Anna befreite sich und öffnete das Tor. Jetzt, wo sie so weit gekommen war und einen Begleiter hatte, würde sie ganz gewiss nicht tatenlos kehrtmachen. Auch wenn Bruder Clemens keine große Hilfe war, machte ihr seine Anwesenheit Mut. Sie *musste* einfach in Erfahrung bringen, was mit dem armen Kind passiert war.

Das Tor knarrte, als Anna es aufstieß, um den mit Unkraut überwucherten Hof dahinter zu betreten. Das Gras war an einigen Stellen beinahe hüfthoch, in einer

Ecke moderten die Überreste eines Misthaufens vor sich hin. Das Dach des Hauptgebäudes war eingefallen, die anderen, kleineren Gebäude wirkten nicht ganz so heruntergekommen.

»Wir sollten nicht hier sein«, mahnte Bruder Clemens noch einmal mit Nachdruck. »Es ist nicht recht.«

Anna achtete nicht auf ihn, da sie neben dem Misthaufen etwas entdeckt hatte, das sie näher in Augenschein nehmen wollte. Aus der Ferne sah es aus wie winzige Blumenbeete, doch als sie sich näherte, erkannte sie mit heißem Schrecken, dass es sich um Gräber handelte. »Gütiger Jesus!«, flüsterte sie.

Einige der Gräber schienen frisch zu sein, auf anderen wuchsen bereits Pflanzen. Zwei Stellen waren aufgewühlt, neben einem Erdhaufen steckte ein Spaten im Boden. »Was ist das?«, murmelte sie, näherte sich der Stelle und kniete sich neben den Spaten. Ohne nachzudenken, grub sie die Hände in die frische Erde und schob sie beiseite, bis ein Stück Sackleinwand zum Vorschein kam. Ihr Herz geriet ins Stocken. Mit zitternden Fingern zog sie an dem Stoff und stieß einen Schrei aus, als darunter ein winziger Fuß auftauchte. »Der Herr steh uns bei!«, keuchte sie. »Ich habe doch gesagt, ich habe mir nichts eingebildet.«

»Es wäre besser für dich gewesen, wenn du zurück in deine Sammlung gegangen wärst«, ertönte Clemens' Stimme hinter ihr.

Bevor sie den Kopf heben konnte, um zu ihm aufzusehen, traf sie ein Hieb am Hinterkopf und raubte ihr die Besinnung.

Kapitel 38

Obwohl Lazarus damit beschäftigt war, dem Magister Hospitalis zu lauschen, waren seine Gedanken nicht bei der Versammlung der Mönche. Es ging um Verwaltungsfragen, Alltägliches, Dinge, die ihn im Augenblick herzlich wenig interessierten.

»Wir können einfach nichts dagegen unternehmen, dass der Rat immer mehr Macht über das Spital gewinnt«, stellte einer der Brüder ärgerlich fest. »Wenn die Konflikte zwischen dem Papst und dem Kaiser nicht bald aufhören, sehe ich schwarz für unseren Orden.«

»Wie kannst du nur so etwas sagen?«, empörte sich der Spitalmeister. »Der Orden ist seit langer Zeit in Ulm ansässig! Wir leiten dieses Spital!«

»Das bedeutet nicht, dass es so bleiben muss«, seufzte der Bruder. »Ich fürchte, auch unser Konvent wird nicht mehr ewig bestehen.«

»Wir müssen auf Gott vertrauen!« Der Magister Hospitalis plusterte sich auf und zeigte auf das einfache Kruzifix an der Wand des Saales, in dem sie versammelt waren.

»Der Rat will sich nur unsere Besitztümer unter den Nagel reißen«, murrte ein weiterer Mönch.

»Und die Hinterlassenschaften der Pfründner!«, empörte sich ein anderer.

Lazarus fürchtete, dass die Brüder recht hatten. Die Besitzungen, die das Heilig-Geist-Spital im Laufe der Zeit angehäuft hatte, waren beträchtlich. Höfe, Güter in zahlreichen Ortschaften in der Umgebung von Ulm,

Jahrzeitstiftungen, die Spitalmühle in der Nähe des Glöcklertors … Die Liste war ellenlang. So schien es vielerorts zu sein, bei seinem Aufenthalt in Rom hatte er die Klagen der Mönche gehört. Dem Orden schien der Spitaldienst immer weniger wichtig zu sein, in zahlreichen Städten ging es nur noch um die Verpfründung.

»Dagegen werden wir kämpfen!«, ließ sich der Magister Hospitalis vernehmen. »Der Herr ist unser Hirte, er wird uns in dieser Zeit nicht verlassen!«

»Dafür sollten wir beten!«, rief jemand.

Lazarus wartete ungeduldig, bis die Gebete gesprochen und die Versammlung beendet war, die sich zu seinem Verdruss viel zu lange hinzog. Seine Gedanken schweiften immer wieder zu Anna und der Wiese beim Fundenhaus ab, zu der ungeheuerlichen Behauptung, die sie so beharrlich beteuert hatte. Was, wenn sie sich nicht geirrt hatte? War es möglich, dass der Kindsmörder auch den Knaben mit dem Wolfsrachen getötet hatte? Und falls dem so war, wieso hatten die Brüder im Fundenhaus nicht die Wache benachrichtigt? Sicher musste ihnen aufgefallen sein, dass eines der Kinder verschwunden war. *Wirklich?* Er wusste, wie eng es im Fundenhaus zuging, wie viele Waisen und Findlinge sich dort drängten. Vielleicht hatte einer der jugendlichen Missetäter das Kind auf dem Gewissen. Es gab unzählige Möglichkeiten, die ihm die Ruhe raubten, je länger er darüber nachdachte. Der Hund, den sie entdeckt hatten, war erschlagen worden. Wer tat so etwas? Und weshalb?

»Lazarus!«, riss ihn der Magister Hospitalis aus der Grübelei.

Er hatte kaum bemerkt, dass die meisten Mönche den Raum verlassen hatten.

»Wie sieht es mit deinen Nachforschungen zu dem verschwundenen Leichnam aus?«, erkundigte sich der Spitalmeister.

Lazarus schüttelte den Kopf. »Ich habe noch nichts in Erfahrung gebracht«, gestand er.

»Das ist nicht gut.«

Lazarus überlegte einen Moment, dann entschloss er sich dazu, dem Magister Hospitalis von der Entdeckung zu berichten. Es war in der Nähe des Fundenhauses, also ging es den Orden etwas an. Sollte Annas Behauptung nicht auf einem Hirngespinst basieren, konnte es noch mehr Ärger für das Spital bedeuten. Er erzählte von ihrer Aufregung und der anschließenden erfolglosen Suche im Nebel.

»Die Begine?« Die Augen des Spitalmeisters verengten sich. »Die Schwester des Pflegers?«

Lazarus biss sich auf die Zunge. Er hätte den Mund halten sollen. Vermutlich dachte der Magister Hospitalis darüber nach, wie er diesen Vorfall gegen Jakob Ehinger verwenden konnte. Er nickte. »Aber ich habe nichts gefunden außer einem toten Hund.«

»Vielleicht hat sie das Tier mit einem Kind verwechselt«, sagte der Spitalmeister verächtlich. »Die Weiber sehen überall Gespenster.«

»Ich bin mir nicht sicher«, gestand Lazarus. »Zuerst dachte ich auch, sie bildet sich alles nur ein. Aber je länger ich darüber nachdenke ...«

Der Magister Hospitalis winkte ab. »Derartiges Gerede können wir im Moment nicht gebrauchen. Alles, was das Spital in ein schlechtes Licht rücken könnte, muss vermieden werden. Was, wenn der Rat auf die Idee kommt, das Fundenhaus hätte etwas damit zu tun?«

Lazarus verkniff sich eine Antwort. Es war ihm gleichgültig, auf welche Ideen der Rat kam, solange keine weiteren Kinderleichen mehr auftauchten.

»Dein Auftrag ist, herauszufinden, was mit der toten Frau passiert ist«, wies der Magister Hospitalis ihn streng an. »Darum solltest du dich kümmern, nicht um die Hirngespinste einer Begine!«

»Aber, ich …«

»Tu, was ich gesagt habe!«, fiel ihm der Spitalmeister ins Wort. »Oder muss ich den Oberen in Rom berichten, dass du immer noch Schwierigkeiten hast, dich unterzuordnen?«

Lazarus schüttelte den Kopf und bemühte sich um eine zerknirschte Miene. Insgeheim beschloss er, sich von Anna noch mal ganz genau beschreiben zu lassen, was sie gesehen hatte.

Kapitel 39

JOHANNES SCHAD WUSSTE, dass sein Vorhaben töricht und gefährlich war, dennoch hatte er sich nicht davon abhalten können. Nach dem Überfall hatte er den Schreck mit einem Becher Wein verdrängt und darüber nachgedacht, wie er seine Vermutung bestätigen konnte. Was er vorhatte, war verrückt, aber es gab keine andere Möglichkeit herauszufinden, ob er tatsächlich von Magnus Ungelter überfallen worden war. Daher hatte er beschlossen, gute Miene zum bösen Spiel zu machen und den Mann aufzusuchen – unter einem Vorwand, der ihm noch einfallen musste. Seit einigen Minuten trat er vor Ungelters Haus von einem Fuß auf den anderen und zermarterte sich das Gehirn, welche Lüge er dem Kerl auftischen konnte. Wenn er so tat, als ob er ihn um Hilfe bitten wollte …

Er hatte gerade vor, sich der Tür zu nähern, um den Klopfer zu betätigen, als er den Hauptmann der Stadtwache aus dem Nebel auftauchen und auf Ungelters Anwesen zusteuern sah. Neugier regte sich in ihm und ohne lange darüber nachzudenken, trat er auf den Soldaten zu und gab sich zu erkennen, kurz bevor er das Hauptgebäude erreicht hatte.

»Der Herr Bürgermeister, sieh an«, bemerkte der Hauptmann. »Seid Ihr auch auf dem Weg zu Magnus Ungelter?«

Johannes nickte. »Was wollt Ihr von ihm?«

»Wir wollten ihn wissen lassen, dass ein paar Fischer den Leichnam einer Frau aus der Donau gezogen haben.

Allem Anschein nach handelt es sich um die Tote, die aus dem Spital verschwunden ist.«

Johannes zog die Brauen hoch. »Warum geht Ihr damit zu ihm und informiert nicht zuerst den Rat?«

»Auch wenn er behauptet hat, sie nicht zu kennen, hatte sie doch seinen Ring bei sich. Vielleicht ist ihm in der Zwischenzeit etwas eingefallen. Sobald wir mehr in Erfahrung gebracht haben, wird der Rat natürlich darüber in Kenntnis gesetzt.«

»Ich wollte ihn ohnehin aufsuchen«, erwiderte Johannes. »Dann ist es wohl das Beste, wenn ich Euch begleite.«

»Natürlich. Ihr seid der zweite Bürgermeister.« Etwas, das Johannes für Verachtung hielt, schwang in der Stimme des Hauptmanns mit. Vermutlich zählte er zu denjenigen, die nicht an Johannes' Unschuld glaubten. Die Begine und der Siechenmeister hatten so manchen überzeugt, ganz gleichgültig, was Johannes unternommen hatte, um die Zeugen als unglaubwürdig darzustellen. Dieser Makel haftete ihm immer noch an, allerdings war ihm die Meinung des Hauptmanns im Augenblick vollkommen egal. Die Gelegenheit, die sich durch sein Auftauchen bot, galt es beim Schopf zu packen. So konnte er Ungelter in Augenschein nehmen, ohne fürchten zu müssen, in einen Hinterhalt zu tappen.

Der Hauptmann betätigte den Türklopfer, doch es dauerte eine Weile, bis eine junge Magd öffnete. Als sie die beiden Männer sah, erbleichte sie.

»Ist dein Herr im Haus?«, fragte der Hauptmann.

Sie bejahte.

»Bring uns zu ihm!«

Ohne Protest zu wagen, ließ das Mädchen sie ins Haus und verschwand im ersten Obergeschoss, aus dem wenig später Magnus Ungelter auftauchte. Er trug ein makelloses Hemd und eine bestickte Schecke, nichts deutete darauf hin, dass er in einen Kampf verwickelt gewesen war.

Zweifel keimten in Johannes auf. Hatte es sich womöglich um einen ganz normalen Überfall gehandelt?

»Was kann ich für Euch tun?«, erkundigte sich Ungelter, nachdem er die beiden erreicht hatte. »Gibt es Probleme?« Er legte genau die richtige Menge Sorge in seine Stimme.

»Wir haben einen Leichnam aus der Donau gefischt«, kam der Hauptmann ohne Umschweife zur Sache.

»Und warum kommt Ihr damit zu mir?« Sein Blick wanderte zu Johannes.

»Weil es der Leichnam einer Frau ist.« Der Hauptmann machte eine bedeutungsschwere Pause. »Ich habe Männer zum Henker, Wundarzt und Siechenmeister geschickt, damit sie die Tote in Augenschein nehmen. Würdet Ihr mich begleiten?«

Johannes sah, dass Ungelter erbleichte.

»Euch begleiten? Weshalb?«

»Weil wir vermuten, dass es sich um die Frau handelt, deren Leichnam man aus der Spitalkapelle gestohlen hat.«

»Aber ich habe Euch bereits gesagt, dass ich sie nicht kenne!«

»Vielleicht habt Ihr Euch geirrt.« Der Hauptmann zuckte entschuldigend mit den Schultern.

»Das habe ich nicht! Warum geht das nicht in Eure Köpfe? Dieser vermaledeite Siechenmeister hat mich auch schon wegen ihr belästigt! Nur weil sie einen Ring von mir hatte! Ich weiß nicht, wer sie ist, womöglich war sie mal hier angestellt. Wie soll ich mich daran erinnern? Diese jungen Dinger kommen und gehen!«

Johannes Schad verbarg seine Überraschung. Dass der Siechenmeister Erkundigungen über die Frau eingezogen hatte, war ihm neu. Hatte sie etwas gesagt, während sie im Spital gepflegt wurde?

Magnus Ungelter warf ihm einen Blick zu, in dem die Sorge zu lesen war, dass Johannes sein Geheimnis verraten könnte. Einen Augenblick war er versucht, ihn vor dem Hauptmann bloßzustellen, entschied sich jedoch dagegen. Selbst wenn Ungelter hinter dem Überfall auf ihn steckte, war sein Geheimnis Gold wert. Sollte bei der Leichenschau herauskommen, wer die Frau war, hatte er ihn noch mehr in der Hand. Vom heutigen Tag an würde er auf der Hut sein, damit man ihm kein weiteres Mal auflauern konnte.

»Dennoch wäre es hilfreich, wenn Ihr sie Euch anseht«, beharrte der Hauptmann. Er bedeutete Ungelter, ihm zu folgen.

»Ich brauche einen Mantel«, brummte der, verschwand die Treppe hinauf und kehrte kurz darauf mit einem pelzverbrämten Mantel zurück.

»Ich komme auch mit«, sagte Johannes.

»Wie Ihr wollt.« Der Hauptmann ging voran ins Freie und die beiden Männer folgten ihm schweigend zu dem Haus in der Nähe des Metzgerturms, vor dem bereits zwei Soldaten, der Henker und der Wundarzt warteten. Der Siechenmeister kam wenig später atemlos in Begleitung eines weiteren Wachters um die Ecke.

»Ihr habt sie gefunden?«, fragte er.

»Diese Frage werdet Ihr beantworten müssen«, gab der Hauptmann zurück. »Sie muss lange Zeit im Wasser gelegen haben.«

Johannes konnte sich vorstellen, was das bedeutete,

dennoch erschrak er über den Anblick des Leichnams, dessen Gestank ihnen schon beim Betreten des Hauses entgegenschlug. Er war aufgedunsen und formlos, die Haut grünlich und schleimbedeckt. Von den Gesichtszügen der Frau war kaum mehr etwas zu erkennen.

Ungelter wandte sich mit einem Würgen ab und hielt den Ärmel vors Gesicht. »Das kann nicht Euer Ernst sein!«, erboste er sich. »Wie soll man da denn noch etwas erkennen?«

»Seht sie Euch an!«, forderte der Hauptmann ihn auf.

»Das, was ich gesehen habe, genügt mir!« Ungelter schüttelte den Kopf. »Ich kenne diese Frau nicht.« Er schob einen der Soldaten zur Seite und floh aus dem Raum, in dem der Gestank immer unerträglicher wurde.

Johannes war versucht, es ihm gleichzutun, doch die Neugier sorgte dafür, dass er dem Drang widerstand. Sollte die Leichenschau ergeben, dass es sich nicht um den gestohlenen Leichnam handelte, wollte er einer der ersten sein, der davon erfuhr. Denn dann ging nicht nur ein Kindermörder in Ulm um.

Kapitel 40

LAZARUS STARRTE ENTSETZT auf den entstellten Körper hinab, der kaum mehr einem Menschen ähnelte. Fische hatten die Weichteile gefressen und an einigen Stellen löste sich das Fleisch bereits von den Knochen. In dem verklebten Haar hatten sich kleine Äste und Algen verfangen, sodass der Leichnam wirkte, wie aus einem Grab gerissen. Es war ein fürchterlicher Anblick, beinahe so grauenhaft wie die verstümmelten Kinder.

»Ist das die Frau, die im Spital verstorben ist?«, wollte der Hauptmann wissen.

Lazarus war sich nicht sicher. »Dreht sie auf den Bauch«, bat er den Henker und den Wundarzt, die sich nicht zu stören schienen an dem Zustand des Leichnams.

Obwohl sich alles in ihm dagegen sträubte, beugte sich Lazarus tiefer über die Tote und betrachtete ihren Rücken, auf dem sich trotz der Zeit im Wasser noch schwache Narben erkennen ließen. Zusammen mit der Wunde an ihrer Seite gab es keinen Zweifel. »Sie ist es«, beschied er.

»Haben sich Teufelsanbeter daran zu schaffen gemacht?«, fragte der Hauptmann.

»Das kann ich nicht mit Sicherheit ausschließen«, erwiderte Lazarus. »Ich weiß nur, dass es sich um die Tote handelt, die aus der Kapelle verschwunden ist.«

»Seht ihr irgendwelche Hinweise darauf, dass der Leichnam geschändet worden ist?«, wandte sich der Hauptmann an Wundarzt und Henker.

Beide schüttelten den Kopf.

»Also hängt ihr Verschwinden nicht mit dem Mord an den Kindern zusammen?«

»Das herauszufinden, ist Eure Aufgabe«, mischte sich Johannes Schad ein. »Es sollte endlich in Erfahrung gebracht werden, wer die Frau war.« Er warf einen Blick in die Runde, der bei Magnus Ungelter hängen blieb, der in diesem Moment den Raum wieder betrat.

»Ich weiß nicht, wie oft ich es noch wiederholen muss«, brummte Ungelter, als sich auch die anderen Augenpaare im Raum auf ihn richteten. »Ich habe keine Ahnung, wer sie ist oder warum sie einen Ring mit dem Wappen meiner Familie bei sich hatte. Diebesgesindel gibt es überall. Ihr solltet dafür sorgen, dass die Straßen sicherer sind«, schoss er in Richtung Hauptmann.

»Wir haben die Wachen verstärkt«, war dessen Antwort.

Ungelter schnaubte. »Ob das was bringt …«

»Kann der Leichnam bestattet werden?«, fragte der Siechenmeister. Ihn schien nur zu interessieren, Gertrud so schnell wie möglich unter die Erde zu bringen. Das konnte Magnus Ungelter nur recht sein. Je eher sie in einem Grab verschwand, desto eher wuchs Gras über etwas, das nie hätte passieren dürfen. Er war immer noch so wütend, dass er am liebsten noch heute nach Reutlingen aufgebrochen wäre, um herauszufinden, wer an dem ganzen Schlamassel die Schuld trug. Doch er musste vorsichtig sein, denn er konnte es nicht riskieren, dass jemand herausfand, was er dort wollte. Wenn Gertrud erst mal in einem namenlosen Grab verscharrt war, würde niemand jemals wieder nach ihr fragen und dieser Spuk aus seiner Vergangenheit verschwand endlich.

Als der Hauptmann und Johannes Schad in seinem Haus aufgetaucht waren, hatte er das Schlimmste befürchtet. Es musste ein Zeichen sein, dass er noch mal glimpflich davongekommen war. In Zukunft durfte ihm kein Fehler mehr unterlaufen. Er musste alle Spuren, die zu ihm führten, sorgfältig verwischen, alle losen Enden abschneiden. Ein kaltes Lächeln stahl sich auf sein Gesicht. Und zu diesen losen Enden gehörte auch Johannes Schad. Der erste Versuch, ihn zu beseitigen, war schiefgegangen. Sobald sich die Gelegenheit ergab, würde Ungelter einen weiteren Versuch unternehmen, um den Fehler auszumerzen, den er unbedachterweise begangen hatte. Er hätte Schad nie um Hilfe bitten sollen.

Mit einem letzten Blick auf das, was von Gertrud übrig war, verließ er den stinkenden Raum und trat zurück ins Freie. Inzwischen war es fast dunkel, trotzdem trieben sich noch zahlreiche Ulmer und Ulmerinnen in der Nähe des Rathauses herum.

»Was habt Ihr da drin getan?«, fragte ein Bursche mit einem blauen Auge unverschämt. »Ist schon wieder ein totes Kind aufgetaucht? Hört das denn nie auf?«

Ungelter ignorierte ihn und ging den kurzen, steilen Anstieg hinauf.

»He! Hört Ihr nicht? Wir wollen wissen, was los ist!«

»Gehört Ihr zu den Teufelsanbetern?«

Ungelter wirbelte herum. »Hört auf, einen solchen Unsinn zu reden!«, herrschte er die Leute an. »Geht nach Hause, ihr Gesindel!«

»Wir sind kein Gesindel!«

»Ist doch was dran an dem, was die Hebamme berichtet hat?«, zischte eine Frau.

»Was hat sie denn erzählt?«

»Dass eine Begine ein totes Kind vor der Stadtmauer gefunden hat.«

»Was?«

»Wieso sagst du das erst jetzt?«

»Die Hebamme denkt, die Begine hätte sich geirrt.«

Magnus Ungelter horchte auf. »Wo vor der Stadt?«, fragte er, bevor er sich zurückhalten konnte.

»Auf dem Weg zum Fundenhaus.«

Diese Worte trafen Ungelter wie Geschosse. »Das Fundenhaus?«, murmelte er.

»Es war nur ein toter Hund«, hörte er eine andere Frau sagen.

»Behauptet die Hebamme.«

»Es ist kein Leichnam gefunden worden.«

»Warum sind dann die Wachen schon wieder hier?«

»Das werden sie uns sagen, sobald sie auftauchen. Glaubt mir!«

»Sag, was die Hebamme dir erzählt hat!«

Was Magnus Ungelter hörte, ließ ihn frösteln. Während sich die Ulmer um die Frau scharten, die ihre Geschichte in blumigen Worten ausmalte, nutzte er die Aufregung, um sich schleunigst davonzumachen. Der Verdacht, der seit dem Fund der beiden Kinderleichen an ihm genagt hatte, verstärkte sich. War das der Grund, warum niemand die Kinder vermisste? Stammten sie aus dem Fundenhaus? Mit einem Schaudern erinnerte er sich daran, wie er das letzte Mal dort gewesen war; wie er das hässliche, schreiende Bündel dem Mönch in die Hand gedrückt hatte, der es für eine gewaltige Summe Geld als einen

Findling ausgegeben hatte. Wenn sein Verdacht zutraf, würde die Wahrheit trotz all seiner Bemühungen ans Licht kommen und ihn aufs Schafott bringen. War es möglich, dass der Mörder die Kinder aus dem Fundenhaus entführt hatte? Oder steckte etwas anderes dahinter? Er beschloss, der Sache auf den Grund zu gehen. Doch vorher musste er sich um Johannes Schad kümmern.

Kapitel 41

ANNA KAM MIT einem Stöhnen zu sich. Ihr Kopf dröhnte und sie spürte Übelkeit in sich aufsteigen. Es dauerte einen Augenblick, bis die Erinnerung zurückkam, doch dann war alles wieder da. Mit einem erschrockenen Laut fasste sie sich an den Hinterkopf, an dem eine gewaltige Beule prangte.

»Wenn du dich bewegst, tut es umso mehr weh.« Bruder Clemens trat aus dem Schatten des dunkeln Gebäudes ins Licht einer Kerzenlampe, die auf dem Boden abgestellt war.

Annas Augen zuckten von ihm zur Tür, die mit einem Riegel verschlossen war. »Was soll das?«, fragte sie schwach. »Warum hast du mich geschlagen?«

»Oh, ich habe dich nicht geschlagen«, behauptete Clemens. »Das war der Herrgott, er hat meinen Arm geführt.«

Anna glaubte, nicht richtig zu hören. »Der Herrgott?«, wisperte sie.

Bruder Clemens nickte. »Ich bin sein Diener, seine rechte Hand hier auf Erden. Du bist eine Begine, du solltest verstehen, wie wichtig der Dienst des Herrn ist.«

Anna dachte mit Grauen an die frischen Gräber vor dem Haus zurück, an den winzigen Fuß, den sie entdeckt hatte. »*Du* hast das Kind umgebracht«, hauchte sie.

»Ich habe es nicht umgebracht«, widersprach Bruder Clemens. »Ich habe es von dem Dämon befreit, der in ihm wohnte.«

»Aber es ist tot!«

»Es ist bei seinem Schöpfer.«

»Und die anderen Gräber?« Anna fürchtete sich vor der Antwort.

»Arme Kreaturen.« Clemens schüttelte bedauernd den Kopf. »Bei einigen von ihnen war es furchtbar schwer, den Dämon auszutreiben.« Er machte ein bedrücktes Gesicht. »Und dann hat dieser teuflische Köter ihre Ruhe gestört und sie einfach weggeschleppt!«

Annas Grauen verstärkte sich, als sie begriff, was das bedeutete. »Du hast den anderen Kindern die Köpfe abgetrennt«, sagte sie leise.

»Es war der einzige Weg, sie zu befreien.« Bruder Clemens griff nach einem Strick, der an einem Haken an der Wand hing, und kam auf sie zu. »Ich konnte nicht zulassen, dass ihre Seelen dem Teufel zur Beute fallen.« Er packte sie bei den Armen und zog sie in die Höhe, dann fesselte er ihre Hände auf dem Rücken.

»Willst du mich auch umbringen?«, fragte sie.

»Dich?« Er schüttelte den Kopf. »Warum sollte ich dich umbringen? Du bist eine Begine! Du dienst dem Herrn!«

»Dann lass mich gehen«, flehte Anna. »Ich muss zurück zur Sammlung. Die Meisterin wartet sicher schon auf mich.«

»Aber du hast doch niemandem gesagt, wo du hingehst«, schalt er sie mit einem nachsichtigen Lächeln. »Wenn du tust, was ich dir sage, wird dir kein Leid geschehen.«

»So wie den Kindern?«

»Tststs.« Bruder Clemens schüttelte den Kopf. »Du wirst schon noch begreifen, wie wichtig meine Arbeit ist.«

»Das ist keine Arbeit. Du bist ein Mörder!« Anna versuchte, sich zu befreien, aber sein Griff war trotz seines Alters eisern. Sie konnte sich vorstellen, wie hilflos die Kinder ihm ausgeliefert gewesen sein mussten. »Was hast du den anderen Brüdern erzählt?«, fragte sie. »Ist ihnen nicht aufgefallen, dass die Kinder fehlen?«

Clemens lachte. »Ach herrje! Sie kennen nicht mal die Namen der armen Tröpfe.«

»Aber der Pfleger ...«

»Lässt sich nur blicken, wenn die Stifter kommen«, fiel Clemens ihr ins Wort. »Der Herr hat dafür gesorgt, dass mich niemand entdeckt.«

»Wieso? Ich dachte, du tust sein Werk.«

»Viele Verblendete werden es nicht wahrhaben wollen.« Er holte ein Tuch aus der Tasche und knüllte es zusammen.

»Wie viele willst du noch umbringen?«

Er schüttelte mit trauriger Miene den Kopf. »Ich habe niemanden umgebracht. Ich kümmere mich nur um die Seelen der Kinder. Sie werden sonst eine Beute des Teufels.«

Anna schauderte. Den Gräbern im Garten zufolge mussten es über ein halbes Dutzend Opfer sein. Der Säugling mit dem Wolfsrachen, bei dessen Entbindung sie geholfen hatte, war in dem Moment zum Tode verurteilt gewesen, in dem seine Mutter ihn verlassen hatte. Bruder Clemens musste selbst vom Teufel besessen sein, anders konnte sie sich diese Gräueltaten nicht erklären.

»Lass mich gehen!«, versuchte sie es erneut. »Ich verstehe, was du tust. Ich schwöre, dass ich niemandem ein Wort sagen werde.«

Clemens' Augen leuchteten auf. »Du schwörst? Bei allem, was dir heilig ist?«

Anna nickte.

Einen Moment lang sah es so aus, als wolle er sie losmachen, doch dann trat etwas Hartes in seinen Blick. »Ich kann nicht zulassen, dass du meine Arbeit gefährdest«, sagte er bedauernd. »Einer der Dämonen treibt immer noch sein Unwesen. Wenn ich ihn nicht austreibe, verdirbt er noch mehr reine Seelen.«

Anna spürte Kälte in sich aufsteigen. Er wollte noch ein Kind töten. »Warum …?«, hob sie an, doch er steckte ihr das Tuch in den Mund, bevor sie den Satz beenden konnte. »Ich werde dir kein Leid zufügen«, versprach er, bevor er die Kerzenlampe aufhob und sich von ihr abwandte. »Sobald meine Arbeit vollendet ist, darfst du zurück in deine Sammlung.«

Anna rang keuchend um Atem.

»Aber vorher wirst du mir helfen.«

Die Worte hingen noch lange in der Luft, nachdem er das Gebäude verlassen hatte. Anna wollte nicht glauben, was sie gehört hatte, aber es gab keinen Zweifel daran: Bruder Clemens war der Mörder der Kinder. Aus einem Wahn heraus musste er den Teufel in ihnen gesehen und beschlossen haben, sie zu »retten«. Dass er selbst derjenige war, der besessen sein musste, schien er nicht zu begreifen.

Verzweifelt zerrte sie an dem Strick, mit dem er sie gefesselt hatte, doch der Knoten war zu fest, um ihn zu lösen. Keuchend und schnaufend versuchte sie, sich wenigstens von dem Knebel zu befreien, was ihr schließlich gelang. Nachdem sie ihn ausgespuckt hatte, schrie sie aus vollem Hals um Hilfe, aber das einzige, was ihr antwortete, war ein Nachtvogel.

»Hilfe! Hört mich denn niemand!« Sie schob den Riegel zurück und drehte am Knauf. Als sich nichts rührte, trat sie mit voller Wucht gegen die Tür.

»Mist!« Zwar gab die Tür einen Zoll nach, war jedoch mit einem schweren Vorhängeschloss von außen verschlossen. »Geh auf!« Mit einer Mischung aus Furcht und Verzweiflung rüttelte sie an der Tür, bis ihr klar wurde, dass es keinen Zweck hatte. Sie war schon wieder eine Gefangene! Mit einem Stöhnen ließ sie sich auf den Boden sinken und versuchte, nicht an das letzte Mal zu denken, als sie an einem abgelegenen Ort in der Falle gesessen hatte. Dieses Mal würde ihr niemand zur Hilfe kommen, weil keiner ahnte, wo sie war. Gallus lag im Spital und Lazarus ... Der Gedanke an ihn trieb ihr Tränen in die Augen.

»Lazarus«, schluchzte sie. Warum hatte sie nicht auf ihn gehört? Wäre ihre Neugier nicht wieder mit ihr durchgegangen, müsste sie sich jetzt nicht das Schlimmste ausmalen. Kein Zweifel, Bruder Clemens würde wiederkommen. Ob er dann einen lichten Moment hatte oder nicht, hing vermutlich von Dingen ab, auf die Anna keinen Einfluss hatte. Wie war es nur möglich, dass er so viele Kinder umgebracht hatte? Ahnten die anderen wirklich nicht, was er trieb? Oder verschlossen sie die Augen davor, um nicht noch mehr Mäuler füttern zu müssen? Der Gedanke an die Ängste, die die hilflosen Kinder ausgestanden haben mussten, brachte Anna noch mehr zum Weinen. Auch sie würde in einem der flachen Gräber im Garten enden, dessen war sie sich absolut sicher. Wozu Bruder Clemens sie vorher noch zwingen würde, wagte sie nicht, sich auszumalen.

Kapitel 42

JOHANNES SCHAD WARTETE, bis der stinkende Leichnam auf eine Trage gebettet und aus dem Haus gebracht worden war, ehe er in die Dunkelheit hinaustrat. Die Wachen hatten die Schaulustigen vertrieben, dennoch traf er tuschelnde Grüppchen an, die sich im Schatten der Häuser verbargen. Gerüchte verbreiteten sich in Windeseile in Ulm und er konnte sich vorstellen, was für ein Garn die Leute spannen. Seit die Angst vor Teufelsanbetern grassierte, fühlte es sich an, als ob die Stadt auf einem Pulverfass stand, das jeden Augenblick in die Luft gehen konnte. Die Furcht schien greifbar und es war nur noch eine Frage der Zeit, bis die Ulmer etwas Unüberlegtes unternahmen und irgendeinem armen Teufel die Schuld für die Morde in die Schuhe schoben.

Johannes war nach wie vor davon überzeugt, dass es sich bei den toten Kindern um die Bälger von Fahrenden handelte, die längst weitergezogen waren. Womöglich tauchten bald in Augsburg oder sonst wo kopflose Kinderleichen auf. Ein Teil von ihm bedauerte, dass er demjenigen, der für die Gräueltaten verantwortlich war, nicht das Handwerk legen konnte. Aber vielleicht gelang es ihm, die Taten dem Spielmann in die Schuhe zu schieben. Der schien seinen Verletzungen immer noch nicht erlegen zu sein, wie er aus einer schwatzhaften Quelle gehört hatte. Seinen Plan, die Morde zu nutzen, um seinen Einfluss im Rat zu festigen, wollte er noch nicht aufgeben. Er sollte Ungelter zu sich bestellen, um ihm einen Pakt anzubieten.

Wenn Johannes ihm half, den Spielmann endgültig aus dem Weg zu räumen und ihn im Anschluss daran der Morde zu bezichtigen, stand Ungelter noch mehr in seiner Schuld. Er hatte viel Einfluss im Rat und diesen nicht für die eigenen Zwecke zu nutzen, wäre äußerst töricht. Der Fund der toten Frau spielte Johannes in die Hände, da außer dem Spielmann nur er wusste, wie sie aus der Spitalkapelle verschwunden war.

Ohne einen weiteren Gedanken an die Ängste der Ulmer zu verschwenden, machte er sich am Rathaus vorbei auf den Weg nach Norden und erreichte wenig später den Platz vor der Münsterkirche. Im dichten Nebel der Dunkelheit wirkte der noch nicht fertiggestellte Westturm wie ein hohler Zahn, der Rest des Bauwerks war kaum zu sehen. Das Knarren der Stangengerüste, die im Wind hin und her schwankten, hallte unheimlich über den Platz, doch Johannes war zu tief in Gedanken, um sich daran zu stören. Auch die Geräusche aus einem der Steinlager hörte er kaum, auch wenn das Stöhnen deutlich vernehmbar war. Vermutlich vergnügte sich ein Freier mit einer der zahllosen Huren der Stadt, die sich zum Verdruss der Stadtoberen tags wie nachts in der Nähe der Kirche herumtrieben.

Er war noch nicht ganz an der Kirche vorbei, als ihn etwas zwischen den Schulterblättern traf. Mit einem Fluch wirbelte er herum, zog sein Schwert und starrte mit zusammengekniffenen Augen in den Nebel. »Was soll das?«, knurrte er. Zu seinen Füßen lag ein Stein.

Ein weiteres Geschoss kam angeflogen, verfehlte ihn jedoch um Haaresbreite und landete in einer flachen Pfütze.

»Wer ist da?«

Außer dem Stöhnen und dem Kichern der Hure war nichts zu hören.

»Zeig dich!«

Ein dritter Stein pfiff dicht an seinem Kopf vorbei. Dieses Mal erkannte Johannes einen Schemen im Nebel. Ohne nachzudenken, trat er den Stein vor seinen Füßen beiseite, hielt die Waffe vor sich und stürmte auf die Gestalt zu. »Wenn ich dich erwische, Bürschchen, kannst du was erleben!«

Ein Lachen war die Antwort, dann machte der Schemen kehrt und rannte in Richtung Gottesacker davon.

Johannes folgte ihm, kochend vor Zorn. Es war schon früher vorgekommen, dass man ihn aus der Menge heraus bespuckt oder beworfen hatte, doch dieses Mal würde er die Unverschämtheit nicht ungestraft lassen. Wofür hielten sich diese verdammten Hinterbänkler? Er war sicher, dass eines der Ratsmitglieder dahinter steckte, diesem Unfug würde er ein für alle Mal Einhalt gebieten. Er war der zweite Bürgermeister! Das Gericht hatte ihn von aller Schuld freigesprochen! Wenn diese Mistkerle nicht endlich damit aufhörten, gegen ihn zu intrigieren, würde er andere Saiten aufziehen müssen. Es war nebelig, wie leicht verwechselte man da einen angesehenen Mann mit einem Spitzbuben. Vor allem, wenn er sich benahm wie ein gewöhnlicher Straßenbengel.

Alle Gedanken an Ungelter vergessen, folgte er der Gestalt und vernahm kurz darauf das Quietschen des Tores, das zum Gottesacker führte. Er verzog das Gesicht. Wenn der Feigling dachte, sich dort vor ihm verstecken zu können, hatte er sich geirrt! Er würde ein Exempel an ihm statuieren, ihm so das Fell gerben, dass seine eigene Mutter ihn nicht erkennen würde. Mit zusammengebissenen Zähnen betrat er den Friedhof, der im Nebel wirkte wie aus einer anderen Welt. Die Grabsteine und Kreuze waren kaum zu erkennen und ein zarteres Gemüt hätte das Weite gesucht. Feuchtigkeit tropfte von den Bäumen ins tote Laub und Johannes vernahm ein Rascheln dicht vor sich.

»Komm raus!«, befahl er.

Nichts rührte sich.

»Wenn du dich entschuldigst, lasse ich es bei einer Tracht Prügel bewenden«, versprach er grimmig.

Ein weiterer Stein kam angeflogen, dieser so groß, dass er Johannes den Schädel gespalten hätte, wäre er nicht zur Seite ausgewichen.

»Na warte!« Voller Wut stürmte er auf die Stelle zu, an der er den Werfer vermutete, doch außer Nebelschwaden fand er nichts vor.

»Findet euch endlich damit ab«, zischte er. »Ich bin der zweite Bürgermeister!«

Stille antwortete ihm.

Er spürte, wie sich die Wut verstärkte und in Mordlust verwandelte. Hatte er dem Kerl bis jetzt nur eine Abreibung verpassen wollen, von der er sich so schnell nicht erholte, überwog inzwischen der Drang, ihm die Klinge ins Herz zu treiben. Niemand durfte es wagen, ihn so zum Narren zu halten! »Niemand! Hörst du?«, brüllte er.

Ein weiteres Lachen war die Antwort.

Mit einem Wutschrei rannte Johannes dem Klang der Stimme nach, doch nach wenigen Schritten stolperte er über etwas, das wie aus dem Nichts auftauchte. Es erschien unvermittelt zwischen zwei Grabsteinen und brachte ihn zu Fall. Als er mit einem harten Schlag auf dem Boden auftraf, spürte er einen stechenden Schmerz an seinen Schienbeinen.

»Verdammt!«, fluchte er und wollte nach dem Schwert greifen, das ihm beim Aufprall aus der Hand geglitten war.

»Das brauchst du nicht mehr.« Ein Fuß tauchte in seinem Sichtfeld auf und schob das Schwert zur Seite. Gleichzeitig bohrte sich etwas Spitzes in seinen Rücken.

»Was soll das? Ich bin der …«

»Ich weiß, wer du bist.«

Mit heißem Schrecken erkannte Johannes die Stimme. »Ungelter?«

»Du wirst mir zu gefährlich. Ich kann es mir nicht leisten, dass du mein Geheimnis verrätst.«

»Ich verrate nichts. Ich wollte mich mit dir verbünden.« Johannes versuchte, sich aufzurappeln, aber der Druck der Klinge in seinem Rücken wurde stärker.

»Ich brauche keine Verbündeten.«

»Jeder braucht welche.«

»Woher soll ich wissen, dass ich dir trauen kann? Du weißt schon viel zu viel über mich. Wenn ich nicht auf der Richtstätte enden will …« Er setzte Johannes den Fuß auf den Rücken und zog die Klinge zurück, zweifelsohne, um sie ihm ins Herz zu bohren.

»Warte!«

Ungelter zögerte.

»Wenn du dich mit mir verbündest, schwöre ich, dein Geheimnis nicht zu verraten.«

Ein Schnauben war die Antwort.

»Ich …« Die Gedanken in Johannes' Kopf überschlugen sich. Wenn er nichts unternahm, war er ein toter Mann. Er hatte keine Wahl. »Ich gebe dir schriftlich, dass ich von den Missetaten meines Vaters wusste«, keuchte er. »Damit hast du mich in der Hand. Sollte ich dein Geheimnis nicht für mich behalten, kannst du jederzeit dafür sorgen, dass ich neben dir auf der Richtstätte knie.«

Kapitel 43

Diese Information ließ Magnus Ungelter ein weiteres Mal zögern. Obwohl er fest entschlossen war, Schad zu töten, verfehlten dessen Worte ihre Wirkung nicht. Wenn er ihn auf dem Gottesacker abstach, würde die Wache eine Untersuchung in die Wege leiten. Die Wahrscheinlichkeit, dass sie früher oder später mit Fragen bei ihm auftauchten, war durchaus gegeben. Er wusste nicht, ob Schad ihn bei dem ersten Überfall erkannt und jemandem davon erzählt hatte. Bei dem, was er vorhatte, konnte er es nicht gebrauchen, dass die Männer des Hauptmanns an seinen Fersen klebten wie Pech. Wie sollte er sonst tun, was nötig war, damit ihn die Vergangenheit nach all den Jahren nicht doch einholte?

»Du willst mir ein Geständnis aushändigen?«, fragte er.

»Ich schwöre«, presste Schad mühsam hervor, da der Druck von Ungelters Fuß ihm die Luft nahm.

»Und dann?«

»Helfe ich dir, den Spielmann zu beseitigen und ihm den Mord an den Kindern anzuhängen.«

Ungelter glaubte, nicht richtig gehört zu haben. Wusste Schad, was er selbst erst seit Kurzem vermutete? »Du weißt, wer die Kinder getötet hat?«

»Nein. Ich bin sicher, der Mörder ist längst über alle Berge. Aber wenn wir die Morde dem Spielmann in die Schuhe schieben, schlagen wir zwei Fliegen mit einer Klappe. Du musst dir keine Sorgen mehr machen, dass er dich verrät, und wir stehen als Helden da.«

Trotz aller Abneigung gegen Schad musste Ungelter sich eingestehen, dass ihm der Plan gefiel. Die Sorge, dass sich der Zustand des Spielmanns bessern und er ihn an die Wachen verraten würde, nahm mit jedem Tag weiter zu. Zwar hatte er angenommen, ihn getötet zu haben, doch dieser Mistkerl schien mehr Leben zu besitzen als eine Katze. Er wusste, dass Ungelter ihn angegriffen hatte, und die Gefahr, dass er es weitererzählte, war groß.

»Wie willst du an ihn rankommen? Er liegt im Spital.«

»Ich kenne vertrauenswürdige Männer«, sagte Schad.

Ungelter lachte. »So wie den Spielmann? Kommt nicht in Frage! Wenn, dann musst du selbst dafür sorgen, dass er nicht redet.«

»Wie soll ich das anstellen?«

»Das ist dein Problem.« Ungelter drückte die Klinge nun wieder in seinen Rücken. Wenn dieser Kerl dachte, er könne ihn zum Narren halten, hatte er sich geirrt. Falls er mit dem Leben davonkommen wollte, musste er ihm etwas anbieten, das ihm dabei half, den Kopf aus der Schlinge zu ziehen, die sich um seinen Hals zu legen drohte.

»In Ordnung. Ich tu's«, versprach Schad. »Lass mich aufstehen.«

Ungelter zögerte einen Moment, ehe er den Fuß zurückzog und das Schwert hob. »Ganz langsam«, warnte er. Falls der Kerl vorhatte, ihn zu übertölpeln, würde er es bereuen.

Schad kam auf die Beine und klopfte den Schmutz aus seinen Kleidern.

In der Dunkelheit konnte Ungelter sein Gesicht kaum erkennen. »Das nehme besser ich.« Er bückte sich nach dem Schwert, das Schad beim Sturz verloren hatte, und steckte es in seinen Gürtel. »Und jetzt gehen wir zu dir, damit du mir dieses Geständnis aufsetzen kannst.«

»Gib mir mein Schwert zurück!«, forderte Schad.

Ungelter schüttelte den Kopf. »Ich bin doch nicht verrückt!«

»Ich schwöre bei allem, was mir heilig ist, dass ich dich nicht angreifen werde«, versprach Schad. »Denkst du nicht, es sieht merkwürdig aus, wenn du zwei Schwerter trägst? Was, wenn wir der Wache begegnen?«

»Dann lasse ich mir was einfallen«, gab Ungelter zurück. Er würde auf keinen Fall so dumm sein, dem Kerl seine Waffe zurückzugeben, bevor er nicht das Geständnis hatte. Das würde er in seinem Kontor einschließen, um sicherzugehen, dass es nicht verschwand. »Vorwärts!« Er bedeutete Schad, zum Tor des Gottesackers voranzugehen, und folgte ihm.

Als sie den Platz vor der Münsterkirche erreichten, lauschte er in den Nebel, doch nicht einmal mehr das Stöhnen und das Kichern der Hure waren zu hören. Irgendwo bellte ein Hund, sonst herrschte Ruhe. Die Ulmer fürchteten wahrscheinlich die Teufelsanbeter und hatten sich in ihren Häusern verkrochen. Ihm sollte es recht sein. Den Weg zu Johannes Schads Haus legten sie schweigend zurück. Dort angekommen, begaben sie sich über eine Hintertür ins Gebäude und fanden sich kurz darauf in Schads Kontor wieder.

Ungelter blieb stehen, während Schad sich an seinen Schreibtisch setzte, um das Geständnis auf ein Blatt Papier zu kritzeln.

»Lass sehen!« Ungelter streckte die Hand aus.

Schad überreichte ihm das Schreiben. Darauf stand:

Ich, Johannes Schad, zweiter Bürgermeister der Stadt Ulm, gestehe, von den Missetaten meines Vaters gewusst zu haben.

Es war unterzeichnet und trug das Wappen der Familie.
»Das sollte genügen«, sagte Schad.
»Versiegel es!«, befahl Ungelter. Dadurch würde es noch mehr Glaubwürdigkeit erlangen, sollte es nötig sein, es der Wache oder dem Rat vorzulegen.

Schad tat, was er verlangte. »Kann ich jetzt mein Schwert wiederhaben?«

Ungelter gab es ihm. »Wie willst du es anstellen, die Morde dem Spielmann in die Schuhe zu schieben?«, fragte er, während er jede Bewegung des anderen mit Argusaugen verfolgte. Sollte er ihn angreifen wollen, war er gewappnet.

Schad steckte das Schwert in seine Scheide und zuckte mit den Schultern. »Ich bin sicher, er hat Spuren im Spital hinterlassen, als er den Leichnam gestohlen hat. Es wird nicht schwer sein, ihm den Einbruch nachzuweisen. Alles andere ist ein Kinderspiel.«

»Du solltest deinen Teil der Abmachung besser so schnell wie möglich erfüllen«, warnte Ungelter und wedelte mit dem versiegelten Geständnis in der Luft herum. »Sonst lege ich das dem Hauptmann vor.«

Schad machte ein Gesicht, als ob er in etwas Bitteres gebissen hätte. »Keine Sorge, ich halte mich an meinen Schwur.« Er schien einen Augenblick zu überlegen, ehe er hinzusetzte: »Erzählst du mir jetzt die Wahrheit über diese Gertrud?«

»Wie kommst du darauf, dass ich dir nicht die Wahrheit gesagt hätte?«

Schad lachte. »Wenn sie nur eine ehemalige Geliebte wäre, hättest du dir wohl kaum solche Mühe gegeben. Warum ist sie dir so wichtig?«

»Das geht dich nichts an!«

»Was befürchtest du denn? Du hast ein unterzeichnetes Geständnis von mir! Damit hast du mich in der Hand!«

Ungelter grinste. Der Kerl hatte recht. Er konnte ihm nicht mehr gefährlich werden. Trotzdem würde er den Teufel tun, ihm zu verraten, warum ihn Gertruds Ankunft in Ulm so in Unruhe versetzt hatte. »Lass mich wissen, wenn der Spielmann tot ist«, gab er statt einer Antwort zurück. Dann verließ er den Raum und stand kurz darauf auf der Straße. Das Geständnis fest an sich gedrückt, eilte er zurück zu seinem eigenen Haus und verschloss es in einer Schublade seines Kontors. Dann setzte er sich, goss Wein aus einem Krug in einen Becher und trank einen großen Schluck. Auch wenn sein Plan eine andere Wendung genommen hatte als vorgehabt, entwickelten sich die Dinge dennoch in die richtige Richtung. Jetzt galt es nur noch herauszufinden, ob an der Geschichte mit dem toten Kind beim Fundenhaus etwas dran war.

Kapitel 44

DER NÄCHSTE MORGEN begrüßte die Ulmer mit noch dichterem Nebel. Als Lazarus das Wohngebäude des Spitals verließ, um sich zur Siechenstube zu begeben, hing die Feuchtigkeit so schwer in der Luft, dass es den Anschein hatte, es würde nieseln. Gähnend überquerte er den Hof und rieb sich die müden Augen, die von einer schlaflosen Nacht brannten. Obwohl er versucht hatte, sich einzureden, dass Anna sich täuschte, hatten die Zweifel ihn keine Ruhe finden lassen. Was, wenn sie wirklich ein totes Kind gesehen hatte? Bedeutete das nicht, dass der oder die Mörder nicht nur in Ulm ihr Unwesen trieben? Was, wenn sie sich an den Kindern im Fundenhaus vergriffen?

Alles, was das Spital in ein schlechtes Licht rücken könnte, muss vermieden werden. Was, wenn der Rat auf die Idee kommt, das Fundenhaus hätte etwas damit zu tun?, hatte der Magister Hospitalis gesagt.

Aber war es nicht viel schlimmer, wenn der Orden tatenlos dabei zusah, wie Kinder in Gefahr gerieten? Ein furchtbarer Verdacht keimte in ihm auf. Niemand schien die ermordeten Kinder zu vermissen. Lag es daran, dass sie Waisen waren? Er wusste, wie gedrängt es im Fundenhaus zuging. Die Brüder dort kamen und gingen, er selbst hatte auch schon einige Tage dort zugebracht. Vermutlich wusste nur der Pfleger über die Namen und die genaue Anzahl der Waisen und Findlinge Bescheid. Doch wie oft ließ er sich im Fundenhaus blicken? Meistens nur zu einem besonderen Anlass wie einer Stiftung.

Obwohl die Worte des Magister Hospitalis deutlich gewesen waren, beschloss Lazarus, Anna aufzusuchen und sie noch mal über den Vorfall zu befragen. Vielleicht war ihr in der Zwischenzeit noch etwas eingefallen. *Du hättest ihr glauben sollen*, schalt er sich selbst. Hätte er nicht beschlossen, sein Herz ihr gegenüber zu verhärten, wäre er nicht so überheblich gewesen. Konnte sie wirklich ein Kind mit einem Hund verwechselt haben? Je länger er darüber nachdachte, desto unwahrscheinlicher kam es ihm vor.

Zerknirscht, bereit seinen Fehler einzugestehen, betrat er die Dürftigenstube und hielt Ausschau nach Anna.

»Hast du Schwester Anna gesehen?«, erkundigte er sich bei einer Magd.

Sie schüttelte den Kopf. »Sie könnte bei den Pfründnern sein.«

Auch dort war keine Spur von ihr zu entdecken.

»Seltsam«, murmelte Lazarus, nachdem er sie auch in der Badestube und bei den Wöchnerinnen nicht fand.

»Ich habe sie heute noch nicht gesehen«, informierte ihn die Hebamme. »Vielleicht ist sie krank. Das wäre bei diesem scheußlichen Wetter kein Wunder.«

Lazarus ging zurück ins Freie und überlegte nur einen kurzen Moment, ehe er sich auf zum Tor machte, um zur Beginensammlung zu gehen. Er war noch nicht weit gekommen, als ihm eine Gestalt in grauer Beginentracht entgegenkam. Der Kopf mit der weißen Haube war gesenkt, dennoch machte Lazarus' Herz einen Satz.

»Anna!«, rief er und winkte.

Die Frau hob den Kopf.

Zu seiner grenzenlosen Enttäuschung erkannte Lazarus, dass es sich um eine andere Begine handelte.

»Ich bin nicht Schwester Anna«, sagte sie überflüssigerweise, als sie ihn erreichte. »Weißt du, wo sie ist?«

Etwas Kaltes bohrte sich in Lazarus' Brust. »Ist sie nicht in der Sammlung?«

Die Begine schüttelte den Kopf. »Sie ist nicht zum Morgenmahl erschienen. Ihr Bett scheint unbenutzt. Die Meisterin hat mir aufgetragen, im Spital nach ihr zu fragen. Ist ihr vielleicht etwas zugestoßen?«

Lazarus unterdrückte ein Stöhnen. »Sie ist nicht im Spital. Ich bin auch auf der Suche nach ihr.«

»Gütiger Herr Jesus!«, hauchte die Begine. »Wo kann sie nur sein? Ist sie wieder in Gefahr?«

Lazarus sandte ein Stoßgebet zum Himmel, dass dem nicht so war. »Sie könnte im Haus ihres Bruders übernachtet haben«, klammerte er sich an den letzten Strohhalm.

»Beim Spitalpfleger?«

Er nickte. »Ich werde zu ihm gehen und nach ihr fragen.«

»Aber es ist nicht üblich ...«

»Sag deiner Meisterin, dass ich mich um die Sache kümmere«, fiel er ihr ins Wort. Obwohl er hoffte, dass er Anna bei Jakob Ehinger antreffen würde, befürchtete er, dass ihr etwas zugestoßen war. Deshalb hatte er nicht schlafen können. Die Unruhe, die er immer noch empfand, musste etwas mit ihr zu tun haben. Auch wenn er versuchte, sich einzureden, dass er die Liebe zu ihr ersticken konnte, gelang es ihm nicht.

»Ich lasse es euch wissen, sobald ich sie gefunden habe«, versprach er.

»Hoffentlich ist ihr nichts passiert«, flüsterte die Begine.

»Das hoffe ich auch.« Mit diesen Worten ließ Lazarus sie stehen und eilte in die Stadt zu Jakob Ehingers Haus.

»Anna?«, fragte der, als Lazarus zu ihm ins Kontor geführt wurde. »Wieso sollte Anna hier sein?«

»Sie ist verschwunden«, erwiderte Lazarus.

»Das darf nicht wahr sein!« Jakob fuhr sich mit den Fingern durchs Haar. »Wohin denn? In was hat sie jetzt schon wieder ihre Nase gesteckt?« Er lehnte sich mit einem schweren Ausatmen in seinem Stuhl zurück. »Ich habe ihr gesagt, sie soll sich aus der Sache raushalten!«

»Aus welcher Sache?«

»Sie wollte herausfinden, was diese Gertrud mit Magnus Ungelter zu tun hat! Ich habe ihr gesagt, sie soll sich von ihm fernhalten. Er …« Er brach den Satz ab.

»Er?« Lazarus sah ihn fragend an.

»Er verkehrt mit Johannes Schad«, war die Antwort.

Lazarus erstarrte.

»Sie hat mir versprochen, sich nicht einzumischen!« Jakob schlug mit der Hand auf den Tisch. »Kann sie denn nie tun, was man ihr sagt? Vor allem jetzt, wo man den Leichnam gefunden hat!«

Trotz aller Furcht um Anna stahl sich ein Lächeln auf Lazarus' Gesicht, aber er wurde sofort wieder ernst. »Ich glaube nicht, dass sie wegen Gertrud verschwunden ist«, sagte er.

»Wieso nicht?«

Lazarus erzählte Jakob von dem toten Kind, das Anna angeblich entdeckt hatte.

»Ein Kind mit einem Loch in der Brust?« Jakob schüttelte den Kopf. »Das wird ja immer verrückter.« Er musterte Lazarus forschend. »Glaubst du ihr?«

Er verzog das Gesicht. »Als sie mir die Stelle gezeigt hat, lag dort ein toter Hund.«

Jakob schnaubte. »Den wird sie gesehen haben und vor

lauter Angst für ein Kind gehalten haben. Verdammte Weiber!« Er warf Lazarus einen entschuldigenden Blick zu und bekreuzigte sich.

»Was sollen wir jetzt tun?«, wollte Lazarus wissen.

»Du solltest zurück ins Spital gehen und ich werde diesen Ungelter aufsuchen, um ihn nach Anna zu fragen.«

»Ich war bei ihm«, gestand Lazarus.

»Bei Ungelter?«

Lazarus nickte.

»Warum, um alles in der Welt?«

»Der Magister Hospitalis wollte Antworten nach dem Verschwinden des Leichnams. Und weil Gertrud diesen Ring bei sich hatte ...« Er zuckte mit den Schultern. »Er hat abgestritten, sie zu kennen.«

»Und?«

»Ich glaube, er hat gelogen.«

»Hast du das Anna gesagt?«

»Nein.«

»Geh zurück ins Spital!«, wiederholte Jakob. »Ich kümmere mich um Ungelter. Vermutlich taucht Anna in ein paar Stunden mit einer hanebüchenen Erklärung wieder auf.«

»Das hoffe ich«, seufzte Lazarus.

Jakob fasste ihn scharf ins Auge. »Dir liegt was an meiner Schwester, oder?«

Lazarus errötete. »Sie ist eine gute Christin.«

Jakob verdrehte die Augen. »Du hast ihr das Leben gerettet. Ich werde ehrlich zu dir sein. Es wäre mir recht, wenn sie diese Beginensammlung endlich verlassen und sich einen guten Ehemann suchen würde.«

Lazarus schwieg.

»Dein Orden wird nicht mehr lange bestehen. Das ist dir klar, nehme ich an?«

»Worauf wollt Ihr hinaus?«

»Mit Geld kann man Einiges erreichen«, erwiderte Jakob. »Ein Siechenmeister, der in einer dem Rat unterstellten Einrichtung tätig ist, muss nicht notwendigerweise ein frommer Bruder sein.«

Lazarus blinzelte. »Wollt Ihr mir anbieten …?«

»Ich sage nur, wie die Dinge stehen. Meine Schwester liegt mir auch am Herzen. Ich würde es mich gerne etwas kosten lassen, wenn sie nur endlich die Beginen verlässt. Wer weiß, wie lange der Rat noch wegsehen kann. Mancherorts werden sie als Ketzerinnen betrachtet.«

Lazarus begriff. Jakob Ehinger würde alles tun, um den Makel, den Anna für sein Fortkommen im Rat darstellte, zu beseitigen. Er war hin- und hergerissen zwischen Empörung und einem anderen Gefühl, das er nicht genau bestimmen konnte.

»Geh zurück ins Spital!«, forderte Jakob ihn erneut auf. »Und denk über meinen Vorschlag nach.«

Kapitel 45

Lazarus war wie vor den Kopf gestoßen. Als er Jakobs Haus verließ, stolperte er beinahe über eine Katze, die sich auf der Schwelle zusammengerollt hatte, weil er so tief in Gedanken war. Konnte er Annas Bruder richtig verstanden haben? Bot er ihm an, dafür zu sorgen, dass er aus dem Orden austreten und seine Schwester ehelichen konnte? Wie wollte er das bewerkstelligen? Die Regeln waren streng, ein Ausscheiden unmöglich. Noch nie hatte Lazarus von einem Mönch gehört, der den Orden verlassen hatte, um zu heiraten.

»Ein Siechenmeister, der in einer dem Rat unterstellten Einrichtung tätig ist, muss nicht notwendigerweise ein frommer Bruder sein«, murmelte er. Viel deutlicher hätte Jakob es nicht ausdrücken können.

Er schüttelte den Kopf, um die sündigen Gedanken loszuwerden, die diese Worte in ihm weckten. Er war ein Bruder des Heilig-Geist-Ordens! Er hatte ein Gelübde abgelegt, einen Schwur geleistet. Wie sollte er jemals Vergebung für etwas finden, das so ungeheuerlich war, dass es noch nie jemand gewagt hatte? Würde Gott einen solchen Schritt nicht als lästerlich empfinden? Er floh aus dem Mailand und machte vor der Münsterkirche Halt. Vielleicht hoffte er, dass der erhabene Anblick ihm half, die Sehnsucht in seinem Herzen zu ersticken. »Ist das die Prüfung, die du mir auferlegst?«, flüsterte er. Wollte Gott ihn mit dieser Versuchung strafen? Konnte der Herr wirklich so grausam sein?

Er lachte freudlos. Sah er nicht jeden Tag im Spital, wie unbarmherzig Gott die Sünder strafte? Musste er nicht unentwegt tatenlos danebenstehen, wenn Männer, Frauen und Kinder aus dem Leben gerissen wurden? *Es ist keine Strafe,* versuchte er, sich selbst zu überzeugen. *Sie sind bei Gott.* Er wandte den Blick von der Kirche ab. *Oder beim Teufel.* Hastig schlug er ein Kreuz, wich einem mit Steinquadern beladenen Fuhrwerk aus und überlegte, was er tun sollte. Er konnte unmöglich einfach abwarten, ob Anna wieder auftauchte. War sie wirklich zu Magnus Ungelter gegangen? Oder hatte sie sich in den Kopf gesetzt, noch mal nach dem toten Kind zu suchen? Je länger er darüber nachdachte, desto wahrscheinlicher erschien ihm dieser Gedanke. Vielleicht war sie von der Dunkelheit überrascht worden und hatte im Fundenhaus um ein Lager für die Nacht gebeten.

Die Hoffnung ließ ihn die Schritte beschleunigen. So musste es sein, gewiss erwartete sie ihn längst im Spital und würde ihn einen Narren heißen, wenn er ihr von seinem Besuch bei ihrem Bruder berichtete.

Die Enttäuschung war groß, als er die Siechenstube erreichte und weit und breit keine Spur von Anna zu entdecken war. Eine Suche in den anderen Gebäuden führte zum selben Ergebnis wie vorher, weshalb sich Lazarus' Sorge verstärkte. Obwohl er wusste, dass der Magister Hospitalis es nicht gutheißen würde, beschloss er, die Stadt zu verlassen und sich auf den Weg zum Fundenhaus zu machen. Wenn er nichts unternahm, würde er den Verstand verlieren. Die Erinnerung an das letzte Mal, als er Anna beinahe verloren hatte, machte ihm das Herz so eng, dass er sich an die Brust fasste.

Warum hatte ihr Bruder ihm nur diesen Floh ins Ohr

gesetzt? Die Sehnsucht nach einem Leben mit ihr riss alle Wälle nieder, die er so mühsam errichtet hatte. Das, was ihm bisher wichtig erschienen war, verblasste vor der Angst, sie nie wieder zu sehen.

»Wo bist du?«, murmelte er und sah sich im Hof nach dem Magister Hospitalis um. Erleichtert stellte er fest, dass der Spitalmeister nirgends zu sehen war, weshalb er die Gelegenheit nutzte und zum Tor eilte. Vor dem Spital holte er ein paar Mal tief Luft, um seinen Herzschlag zu beruhigen, dann machte er sich auf zum Fundenhaus.

⁓⊚⌒

Jakob Ehinger wartete, bis er die Haustür schlagen hörte, ehe er sich erhob und sein Kontor verließ. Dass seine Schwester verschwunden war, konnte nichts Gutes bedeuten. Das Angebot, das er Bruder Lazarus unterbreitet hatte, war ernst gemeint, er würde es sich ohne Bedauern einen guten Batzen kosten lassen, wenn Anna endlich diese vermaledeite Sammlung verließ. Es war nicht schwer gewesen zu sehen, dass die beiden etwas füreinander empfanden, selbst ihm war es aufgefallen. Und das, obwohl seine Gemahlin ihn immer einen groben Klotz nannte. Er schlüpfte in einen warmen Mantel mit Pelzkragen, verließ das Haus und griff wenig später widerstrebend nach Magnus Ungelters Türklopfer. Er konnte den Kerl nicht ausstehen, aber da für diesen Tag ohnehin eine Ratssitzung anberaumt worden war, konnte er vorgeben, auf dem Weg zum Rathaus bei ihm vorbeigekommen zu sein. Der Fund des gestohlenen Leichnams warf Fragen auf, auch wenn Ungelter behauptete, die Frau nicht zu kennen.

»Was wollt *Ihr* denn hier?«, begrüßte ihn Ungelter unfreundlich, als er von einer Magd in seine Stube geführt wurde. Er kramte in einer Truhe beim Fenster, die er zuschlug, als Jakob den Raum betrat.

»Ich bin auf dem Weg zur Sitzung«, erwiderte Jakob.

»Und da dachtet Ihr, wir könnten zusammen gehen?«, fragte Ungelter höhnisch. »Wie die lieben Kinderlein?«

Jakob spürte Ärger in sich aufsteigen. Er konnte den Mann nicht ausstehen. »Ich wollte Euch fragen, ob Ihr meine Schwester gesehen habt?«

Diese Frage schien Ungelter nicht erwartet zu haben. Er starrte Jakob an, als ob er ihn nach einem Hund mit zwei Köpfen gefragt hätte. »Warum sollte ich Eure Schwester gesehen haben? Ich bin ein verheirateter Mann!«

»Meine Schwester ist eine Begine«, erklärte Jakob.

»Und?« Ungelter zuckte mit den Schultern. »Was sollte eine Begine …?« Er verstummte. »Wie oft muss ich es noch sagen?«, erboste er sich. »Ich kannte diese Frau nicht, die man aus der Donau gefischt hat! Lasst mich endlich damit in Ruhe! Reicht es nicht, dass die Wache mir ständig Löcher in den Bauch fragt?«

»Der Rat wird sicher auch Antworten erwarten«, gab Jakob zu bedenken.

»Mag schon sein, aber Eure Schwester habe ich nicht gesehen! Ich weiß nicht mal, welches von diesen Weibern Eure Schwester ist.« Seine Augen verengten sich. »Hat sie behauptet, diese Frau hätte ihr was über mich erzählt?«

Jakob spürte Misstrauen in sich aufsteigen. Etwas an der Art, wie Ungelter ihn ansah, behagte ihm nicht. »Nein«, erwiderte er. »Aber sie scheint verschwunden zu sein.«

»Und da kommt Ihr zu *mir*?« Ungelter lachte. »Vielleicht ist Eure Schwester nicht so fromm, wie Ihr annehmt.«

Jakob ballte die Fäuste. Gott, konnte er den Kerl nicht ausstehen!

»Wir sollten besser zusehen, dass wir zur Sitzung kommen«, setzte Ungelter hinzu und zog sich ebenfalls einen warmen Mantel an. »Ich bin sicher, die anderen würden es nicht besonders schätzen, wenn wir wegen einer verschwundenen Begine zu spät kämen.«

Kapitel 46

ANNA WAR SO KALT, dass ihre Zähne seit Stunden aufeinanderschlugen. Zwar hatte sie sich in eine Ecke ihres Gefängnisses zurückgezogen, in der etwas Stroh auf dem Boden lag, dennoch kroch die Kälte unaufhaltsam durch ihre Kleider. Sie wusste nicht, wie lange sie versucht hatte, sich zu befreien, die Bretter vor den vernagelten Fenstern zu lösen oder die Tür aufzubrechen. Schließlich hatte sie erschöpft aufgegeben und sich dazu ermahnt, ihre Kräfte zu schonen. Bruder Clemens war alt und gebrechlich. Und obwohl er von Grund auf böse sein musste, konnte es ihr dennoch gelingen, ihn zu überwältigen, wenn er zurückkehrte. Er hatte versprochen, ihr kein Leid zuzufügen, folglich konnte er sie nicht einfach verhungern und verdursten lassen.

Sie bewegte ihre gefesselten Hände, um das Kribbeln zu vertreiben, das immer schmerzhafter wurde. Hatte sie überhaupt geschlafen? Sie hatte keine Ahnung wie spät es war, da durch die vernagelten Fenster kein Licht in das Gebäude drang.

Ich kann nicht zulassen, dass du meine Arbeit gefährdest, hatte Bruder Clemens gesagt. Wen wollte er als nächstes umbringen? Tief in ihrem Inneren wusste sie, dass sie durch seine Hand sterben würde, aber vielleicht gelang es ihr vorher, ein unschuldiges Kind zu retten.

Sie schrak zusammen, als sie plötzlich Geräusche vor der Tür vernahm.

»Was soll ich denn hier aufräumen?«, ertönte eine hohe Knabenstimme. »Hier wohnt ja gar niemand!«

Anna kroch ein Schauer über den Rücken.

»Lauf weg!«, rief sie, so laut sie konnte. »Er will dir was antun!«

»Da ist jemand drin!«, hörte sie das Kind sagen.

»Lauf davon!«

»Du wirst schön hierbleiben, Bürschchen!«

Ein Schrei folgte, dann ein Schlag. Kurz darauf machte sich jemand am Schloss der Tür zu schaffen und der alte Mönch erschien auf der Schwelle. Er hielt einen etwa zwölfjährigen Jungen am Kragen gepackt und stieß ihn grob in den Raum.

»Was soll das?«, empörte sich der Bursche. »Was hab ich denn getan? Für das geklaute Stück Brot bin ich schon bestraft worden!«

»Du bist nicht wegen Brot hier«, knurrte Bruder Clemens.

»Weshalb dann? Und wer ist *die*?« Der Knabe zeigte auf Anna.

»Das braucht dich nicht zu interessieren!« Zu Annas Entsetzen hob Bruder Clemens seinen Stock. »Ich habe dich gesehen«, sagte er und schlug dem Jungen so heftig auf den Kopf, dass er zusammensackte wie eine Gliederpuppe ohne Fäden.

»Bitte! Lass ihn gehen!«, flehte Anna.

»Das kann ich nicht.« Der alte Mönch zurrte Stricke um Arme und Beine des Jungen. »Du kommst hier nicht mehr raus«, murmelte er.

Der Junge gab ein Stöhnen von sich.

Bruder Clemes packte ihn beim Schlafittchen und schleifte ihn mit erstaunlicher Kraft über den Boden zur Wand. Dort band er das Ende des Stricks an einem eisernen Ring fest. Nachdem er sich versichert hatte, dass die Knoten fest saßen, steckte er dem Burschen ein Stück Stoff in den Mund und band ein Tuch um seinen Kopf. »Damit er ihn nicht auch ausspuckt«, erklärte er mit einem Blick auf Anna.

»Warum tust du das?«, fragte Anna. »Er ist nicht von einem Dämon besessen.«

»Woher willst du das wissen, Kind?«

»Er ist nur ein Junge.«

Bruder Clemens schüttelte den Kopf. »Oh, nein! Er ist das Böse selbst! Aber bald wird der Dämon vernichtet und das Werk des Herrn ist getan.«

»Gott kann nicht wollen, dass du ihn umbringst!«

»Ich habe nicht vor, ihn zu töten«, erwiderte Bruder Clemens.

»So wie du die anderen Kinder auch nicht töten wolltest?«

»*Ich* bin nicht das Böse. *Er* ist es.«

Anna hob verzweifelt den Blick. »Lass mich frei. Bitte.«

»Das kann ich nicht. Denn dann versuchst du zu verhindern, was getan werden muss. Außerdem brauche ich deine Hilfe. Jemand muss die Gebete sprechen.«

Anna schloss die Augen. Es hatte keinen Sinn. Er würde sie und den Jungen niemals gehen lassen. »Wie heißt er?«, fragte sie leise.

»Das ist nicht wichtig.« Bruder Clemens sah sie einen Moment lang nachdenklich an, dann kehrte er ihr und dem Knaben den Rücken, um auf die Tür zuzusteuern.

»Wo gehst du hin?«

»Keine Angst, ich bin bald zurück.« Ehe Anna etwas sagen konnte, schlug er die Tür zu und verschloss sie hinter sich.

Ein Wimmern aus Richtung des Jungen ließ sie die eigene Angst vergessen. Sie hoffte inständig, dass der Bursche nicht wusste, was ihnen bevorstand. »Hab keine Angst«, beruhigte sie ihn. »Ich versuche, dir zu helfen.«

Er wandte den Kopf und sah sie mit tränennassen Augen an. Die Todesangst stand ihm ins Gesicht geschrieben. Obwohl ihre Beine zitterten, erhob sich Anna, ging zu ihm und begutachtete die Knoten, die Bruder Clemens gemacht hatte. Dann drehte sie sich um und tastete mit den gefesselten Händen nach dem Strick. Vielleicht gelang es ihr, die Fesseln zu lösen, obwohl sie kaum mehr Gefühl in den Fingern hatte. Dann konnte der Junge sie befreien und, wenn Gott ihnen beistand, gelang ihnen womöglich die Flucht, ehe Bruder Clemens zurückkehrte.

Sie wusste nicht, wie lange sie erfolglos versuchte, die Knoten zu lockern, doch sie hatte kaum Fortschritte gemacht, als sie den alten Mönch zurückkehren hörte. Hastig wich sie von dem Jungen zurück und ließ sich ins Stroh fallen, damit Bruder Clemens keinen Verdacht schöpfte. Als er das Gebäude betrat, stockte ihr der Atem.

In seiner Hand hielt er eine grässlich aussehende Peitsche.

»Was hast du vor?«, hauchte sie.

»Das Böse austreiben«, entgegnete Bruder Clemens, ging zu dem Knaben und riss ihm das Hemd vom Leib.

»Nein! Bitte, tu das nicht!« Anna kam zurück auf die Beine.

Der alte Mönch achtete nicht auf sie. Stattdessen nahm er eine Stola, umschlang den Hals des Jungen damit und sagte: »Fahre aus, du unreiner Geist, und gib Raum dem Heiligen Geist!«

Als nichts geschah, wiederholte er den Befehl.

»Er ist nicht besessen!«

»Oh, doch, mein Kind, das ist er. Sprich Gebete für ihn, während ich den Dämon aus ihm herausprügle.« Er holte eine kleine Flasche aus seiner Tasche, entkorkte sie und tauchte den Finger in die Flussigkeit darin. Dann beschrieb er ein Kreuz auf Brust und Rücken des Knaben.

Der Junge gab einen erstickten Laut von sich und rüttelte an dem Ring, an den er gefesselt war.

»Du wirst aus ihm fahren, so wahr mir Gott helfe!«, zischte Bruder Clemens, trat zurück und hob die Peitsche.

»Nein!« Anna warf sich zwischen ihn und den Jungen, doch der alte Mönch stieß sie mit erstaunlicher Kraft zur Seite. »Bete!«, herrschte er sie an. »Oder hat der Dämon von dir auch schon Besitz ergriffen?«

Kapitel 47

Jakob Ehinger war froh, als er das Rathaus erreichte, weil ihm die Gegenwart von Magnus Ungelter unangenehm war. Schweigend hatten sie den Weg von Ungelters Haus zurückgelegt und Jakob ließ ihn stehen, sobald sie den Marktplatz betraten, wo an diesem Tag der Fischmarkt stattfand. Um den Brunnen in der Mitte des Platzes hatte sich eine Menschentraube versammelt, da dort die besten und fettesten Fische der Händler schwammen. Jakob betrat das Rathaus, wo in der Halle bereits mehrere Ratsherren in Gruppen beieinander standen. Mit einem Nicken begrüßte er die Männer und steuerte auf die Treppe ins Obergeschoss zu, wo sich die Ratsstube befand. Der getäfelte Raum war erst zur Hälfte besetzt, am Kopfende thronten bereits die beiden Bürgermeister und die Beisitzer, allesamt in protziger Kleidung.

Jakob ignorierte den Blick, den Johannes Schad ihm zuwarf, und setzte sich auf einen Platz in der zweiten Reihe.

Obwohl er sich einredete, dass Annas Verschwinden nichts zu bedeuten hatte, nagte die Sorge an ihm. Was, wenn sie schon wieder die Nase in etwas gesteckt hatte, das sie nichts anging? Hatte er ihr nicht ausdrücklich gesagt, sie solle sich von Ungelter fernhalten? War sie bei ihm gewesen, obwohl er leugnete, sie gesehen zu haben? Es fiel ihm schwer zu glauben, dass sie nach allem, was passiert war, nicht zur Vernunft gekommen war. Was, wenn sie gar nicht zu Ungelter gegangen war, sondern sich auf die Suche nach dem toten Kind gemacht hatte? Er kannte seine Schwester. Auch wenn sie im Nebel vielleicht einen Hund mit einem Kind verwechselte hatte, würde sie der Sache auf den Grund gehen. Sie war dickköpfiger als ein Esel, und der Gedanke daran, dass sich in Zukunft ein Ehemann mit ihr herumschlagen musste, erheiterte ihn einen Augenblick. Allerdings gewann die Sorge schnell wieder die Oberhand, vor allem, als unerwartet der Magister Hospitalis die Ratsstube betrat.

»Ruhe im Saal!«, rief der erste Bürgermeister und schlug mit seinem Holzhammer auf den Tisch. »Wir sind heute zusammengekommen, um über die neueste Entwicklung zu sprechen.«

»Die tote Frau?«, hörte man einen Ratsherrn.

Der Bürgermeister nickte. »Zu diesem Zweck haben wir den Magister Hospitalis vorgeladen, damit er uns

Rede und Antwort steht, wie es dazu kommen konnte, dass ein Leichnam aus dem Spital verschwunden ist.«

»Das habe ich doch schon erklärt!«, empörte sich der Spitalmeister.

»Warum bin ich nicht darüber in Kenntnis gesetzt worden, dass es heute ums Spital geht?«, fragte Jakob. »Ich bin der Pfleger!«

»Ihr hättet Euch vorher um die Angelegenheit kümmern sollen«, mischte sich Johannes Schad ein.

»Ich *habe* mich darum gekümmert!«

»Ach ja?«

»Ich verwehre mich ausdrücklich dagegen, alle Verantwortung beim Spital zu suchen!«, meldete sich der Magister Hospitalis zu Wort. »Die Frau hat zuerst Unterkunft im Beginenhof gesucht.«

»Lasst die Beginen da raus!«, rief Jakob. »Euch geht es doch nur darum, wieder einen Keil zwischen Pfleger und Rat zu treiben!«

»Das ist eine ungeheuerliche Anschuldigung!«, erboste sich der Spitalmeister.

»Ist es das?« Jakob ballte die Fäuste. »Es tut nichts zur Sache, wo diese Frau zuerst Unterkunft gesucht hat.«

»Da bin ich anderer Meinung«, widersprach ihm der erste Bürgermeister. »Wenn die Beginen einer Verbrecherin Zuflucht geboten haben …«

»Woher hätten sie wissen sollen, wer die Frau ist?«, fragte Jakob. Sein Blick wanderte zu Magnus Ungelter. »Sie hatte einen Siegelring bei sich. Wäre es nicht viel wichtiger, in Erfahrung zu bringen, woher sie den hatte?«

»Nicht von mir!« Ungelter schüttelte den Kopf. »Ich habe schon der Wache gesagt, dass ich die Frau nicht kenne. Vermutlich hat sie den Ring gestohlen.«

»Dann müsstet Ihr sie aber schon mal gesehen haben.«

»Weshalb? Glaubt Ihr, jeder Dieb stellt sich vor, ehe er einen bestiehlt?« Ungelter lachte. »Was für ein abwegiger Gedanke!«

»Könnten wir zurück zur Sache kommen?«, unterbrach der erste Bürgermeister die beiden mit einem Seufzen.

Jakob verschränkte die Arme vor der Brust und starrte Ungelter feindselig an. Der Kerl verbarg etwas und er würde rausfinden was!

»Ihr habt Nachforschungen zum Verschwinden des Leichnams anstellen lassen?«, wandte sich der Bürgermeister an den Magister Hospitalis.

Der nickte.

»Was habt Ihr in Erfahrung gebracht?«

Der Magister Hospitalis richtete sich zu seiner vollen Größe auf und holte hörbar Atem. »Jemand ist mit einer Leiter über die Mauer geklettert, um den Leichnam zu stehlen«, sagte er.

Ein Raunen ging durch die Reihen.

»Woher wisst Ihr das?«

»Es wurden Abdrücke gefunden.«

»Und der Täter?«

Der Spitalmeister schüttelte den Kopf.

»Das spricht eindeutig für Teufelsanbeter!«, meldete sich einer der Fernhändler zu Wort. »Wer sonst sollte eine Tote stehlen?«

»Und warum hätten Teufelsanbeter den Leichnam in die Donau werfen sollen?«, wandte ein anderer ein.

»Um die Spuren ihrer teuflischen Rituale zu verschleiern.«

Jemand lachte.

»Das ergibt keinen Sinn. Bei den verstümmelten Kindern war es ihnen auch gleichgültig.«

»Zu welchem Ergebnis ist die Leichenschau gekommen?«, wollte der erste Bürgermeister von Johannes Schad wissen. »Ihr wart doch anwesend, oder?«

Schad bejahte. »Es ist nichts Ungewöhnliches festgestellt worden.«

»Und ich kenne die Frau nicht!«, rief Ungelter.

Je mehr er es beteuerte, desto sicherer war sich Jakob, dass er log. Nur warum? Was verband ihn mit der Frau? Er glaubte keinen Moment, dass sie den Ring gestohlen hatte. Vielleicht war sie eine Verwandte, die ihm peinlich war. Er verzog das Gesicht. So wie ihm Anna oft nicht unbedingt peinlich aber unangenehm war.

»Es bleibt die Frage, warum jemand einen Leichnam stehlen sollte«, sagte der erste Bürgermeister.

»Ich sage euch, es waren Teufelsanbeter!«, ereiferte sich ein Zunftmeister. »Was für Fortschritte macht die Wache bei der Suche nach diesen Verbrechern?« Er sah zum Hauptmann, der bis jetzt schweigend am Rand der Versammlung gestanden hatte.

Der erste Bürgermeister gab ihm ein Zeichen, woraufhin er vortrat.

»Beantwortet die Frage«, bat der Bürgermeister.

»Bisher haben wir noch keine Spur entdeckt«, gestand der Hauptmann.

»Wieso nicht? Dann sucht besser!«

»Die Nachtwache ist verstärkt worden, aber außer den üblichen Verdächtigen haben wir niemanden aufgegriffen.«

»Was für Verdächtige?«

»Gesindel, Taschendiebe und Bettler, die sich trotz Verbot nachts in der Stadt aufgehalten haben.«

»Vielleicht ist einer von denen der Mörder. Ihr solltet sie peinlich befragen.«

Der Hauptmann schüttelte den Kopf. »Es sind arme Teufel, die kaum genügend Kraft haben, vor uns davonzulaufen.«

»Habt ihr sie eingesperrt?«

»Für ein oder zwei Nächte. Dann haben wir sie wieder laufen lassen.«

»Und wenn ihr einen Mörder auf freien Fuß gesetzt habt?«

Der Hauptmann war sichtlich um eine ausdruckslose Miene bemüht. »Wäre dann nicht schon wieder ein Mord begangen worden?«, fragte er geduldig.

»Pah!«

»Wir sollten einen kühlen Kopf bewahren«, mahnte der erste Bürgermeister.

»Solange wir noch einen haben«, brummte ein Mann hinter Jakob.

»Ich bin der Meinung, dass wir herausfinden sollten, wer diese tote Frau ist«, sagte Jakob mit einem Seitenblick auf Ungelter. »Wenn wir wissen, wer sie war, finden wir mit Sicherheit heraus, warum man ihren Leichnam gestohlen hat.«

»Dann solltet Ihr damit anfangen, die Beginen zu befragen«, gab der Magister Hospitalis spitz zurück.

»Meine Aufgabe ist lediglich die Verwaltung des Spitals«, entgegnete Jakob. »Ich lasse mich als Pfleger nicht für Verbrechen verantwortlich machen, die unter Eurer Aufsicht verübt worden sind.«

»Das ist doch …!«

»Die Frage der Verantwortlichkeit können wir später klären«, fiel ihm der erste Bürgermeister ins Wort. »Ich denke, es kann nicht schaden, wenn die Beginen noch mal befragt werden.« Er nickte dem Hauptmann zu, der daraufhin den Saal verließ.

Jakob unterdrückte einen Fluch. Das hatte ihm gerade noch gefehlt. Ausgerechnet jetzt, wo Anna verschwunden war!

Kapitel 48

Lazarus atmete erleichtert auf, als endlich das Fundenhaus aus dem Nebel vor ihm auftauchte. Mehrere Male fürchtete er, eine Abzweigung verpasst oder den falschen Weg genommen zu haben, doch die Steine am Straßenrand hatten ihn zu seinem Ziel geführt. Er schrak zusammen, weil hinter ihm das Klappern von Hufen erklang und kurz darauf ein Karren auftauchte, auf dessen Bock ein Knecht saß.

»Soll ich dich mitnehmen?«, fragte der Mann mit einem Blick auf Lazarus' Tracht und zog an den Zügeln.

Lazarus schüttelte den Kopf. Es war nicht mehr weit bis zum Fundenhaus und der Wagen sah nicht unbedingt sauber aus. Auf der Pritsche befanden sich Hühner, die wild gackernd aufeinander losgingen und Federn ließen.

»Wie du willst«, brummte der Lenker des Wagens und schnalzte mit der Zunge, um das klapprige Pferd wieder anzutreiben.

Lazarus wartete, bis er sicher war, von den Rädern nicht mit Schlamm bespritzt zu werden, und folgte dem Karren zum Fundenhaus. Dort angekommen, betrat er den Hof und sah sich nach einem der Mönche um.

»Lazarus! Was tust du denn hier?« Ein Mann mit einem roten Rauschebart und lächelnden Augen kam auf ihn zu und streckte ihm die Hand entgegen. »Ist jemand krank? Davon weiß ich gar nichts.«

Lazarus schüttelte den Kopf. »Ich suche nach Schwester Anna.«

Der Mönch grinste. »Da bist du hier falsch. Du weißt, dass wir keine Schwestern aufnehmen.«

»Sie ist Begine.«

»Ah.« Verstehen trat in den Blick des Rothaarigen. »Sie war gestern hier, glaube ich. Hat Spielzeug für die Kinder gebracht.«

»Hat sie die Nacht bei euch verbracht?«

»Wieso sollte sie das tun? Die Stadt ist nicht weit.«

Lazarus presste die Lippen aufeinander. Er hatte so gehofft, Anna im Fundenhaus anzutreffen.

»Wieso suchst du sie?«

»Sie ist nicht in die Sammlung zurückgekehrt.«

Der Mönch schob die Brauen zusammen. »Vielleicht ist ihr unterwegs etwas zugestoßen.«

»Das kann nicht sein, ich war ja bei ihr.«

»Wenn du bei ihr warst, müsstest du wissen, wo sie ist.« Die Verwirrung stand dem rothaarigen Bruder ins Gesicht geschrieben.

Lazarus überlegte einen Augenblick, ob er ihm von dem toten Kind erzählen sollte, das Anna angeblich gefunden hatte, entschied sich aber dagegen. Er wollte keine Furcht im Fundenhaus verbreiten, solange er nicht sicher war, ob sie sich geirrt hatte oder nicht. Er beschloss, noch mal zu der Stelle zu gehen, wo sie den Hund gefunden hatten. Es war möglich, dass er etwas übersehen hatte. Er sandte ein Gebet zum Himmel, dass ihr nichts zugestoßen war. Wie sollte er sich sonst jemals verzeihen? Hätte er ihr geglaubt und wäre mit ihr zur Wache gegangen, hätte sie sich nicht auf eigene Faust auf die Suche gemacht. *Vielleicht ist sie gar nicht erneut hier gewesen*, dachte er. Allerdings wusste er, dass dieser Gedanke nur ein frommer Wunsch war. Er kannte Anna zu gut. Es musste sie furchtbar getroffen haben, dass nicht einmal er ihr Glauben geschenkt hatte.

Du bist ein dummer Esel! Die Worte ihres Bruders fielen ihm wieder ein und ließen das Blut in seine Wangen steigen.

Sein Gegenüber schien seine Gedanken lesen zu können, da er verstohlen lächelte. »Soll ich dir beim Suchen helfen?«, fragte er.

»Nein.« Lazarus wandte sich hastig ab, um sich nicht noch mehr zu verraten. »Vermutlich war alles nur ein Irrtum. Sicher ist sie längst wieder in der Sammlung.«

»Ich bete für sie«, sagte der Rothaarige. »Und für dich.« Damit drückte er Lazarus' Hand und kehrte ihm den Rücken, um sich um den Karren voller Hühner zu kümmern.

Lazarus beschloss, noch im Gebäude nach Anna zu fragen, aber auch dort wusste niemand etwas von ihrem Verbleib. Als er den langen Korridor entlangging, hörte er helle Kinderstimmen, die ein frommes Lied sangen. Mit einem unguten Gefühl im Bauch verließ er das Fundenhaus und tastete sich wenig später durch den Nebel zu der Stelle vor, an der Anna und er den erschlagenen Hund gefunden hatten. Die Böschung war leicht zu erkennen, auch etwas getrocknetes Blut im Gras verriet ihm, dass er richtig war.

Es dauerte nicht lange, bis er Fußspuren entdeckte. »Was ist das?«, murmelte er, ging in die Hocke und betrachtete die Abdrücke näher. Ein paar stammte von kleineren, ein paar von größeren Füßen. Er verspürte einen Stich der Furcht. War Anna jemandem begegnet, der ihr etwas angetan hatte? Dem Mörder? Der Gedanke ließ das Blut in seinen Adern stocken. War das die Prüfung, die Gott für ihn bereithielt? Einerseits die Hoffnung, einen Weg zu finden, die Liebe für sie nicht länger verheimlichen zu müssen, andererseits die Angst davor, sie nie wieder lebend zu sehen? Er bekreuzigte sich und flehte um Gnade. *Bitte, lass sie am Leben sein, Barmherziger.*

Mit weichen Knien erhob er sich, richtete den Blick auf den Boden und folgte der Spur, die zurück zum Fundenhaus zu führen schien. Einen Steinwurf vom Hof entfernt wandten sich die Abdrücke nach Osten und führten auf eine abgelegene Ansammlung von Holzgebäuden zu, die von einer Mauer und hohen Bäumen umgeben waren. Das Gehöft wirkte verlassen, die Wipfel der Bäume verschwanden im Nebel. Lazarus' Puls beschleunigte sich, als er der Spur weiter folgte und ein Tor entdeckte, an dem ein geöffnetes Vorhängeschloss hing. Es wirkte, anders als die Gebäude, neu. Was war das für ein Ort?

Ein gedämpfter Schrei drang an sein Ohr.

»Gütiger Himmel!«, keuchte er, stieß das Tor auf und rannte in den von Unkraut überwucherten Hof.

Ein weiterer Schrei gellte durch die gespenstische Landschaft.

»Anna!«

Mit hämmerndem Herzen eilte er auf das Hauptgebäude zu, aus dem die Geräusche zu kommen schienen. Die Fenster waren allesamt mit Brettern vernagelt, doch die Tür musste jemand vor Kurzem geöffnet haben, da sie einen Spalt offen stand.

Erneut schrie jemand – schrill und hoch.

Lazarus überlegte nicht lange. Mit wenigen Schritten war er bei dem Gebäude und griff nach dem Türknauf.

Kapitel 49

ANNA HOLTE ENTSETZT LUFT, als die Peitsche ein weiteres Mal durch die Luft sauste und einen hässlichen roten Striemen auf dem Rücken des Jungen hinterließ. Trotz des Knebels schrie sich der arme Kerl fast die Seele aus dem Leib, doch Bruder Clemens schien seine Qual wenig zu beeindrucken.

»Hör auf!«, flehte Anna. »Bitte!«

»Weiche von ihm, Dämon!«, keuchte der Mönch und drosch weiter auf ihn ein. »Und du bete, Begine!« Er wandte sich ihr zu und hob drohend die Peitsche.

»Heilige Muttergottes!«, flüsterte Anna.

»Meinetwegen auch zur Jungfrau Maria«, presste Bruder Clemens hervor. »Hauptsache, du betest!«

Anna lag weinend auf den Knien und zuckte bei jedem Schlag zusammen. Es war fast, als ob sie selbst von dem Riemen getroffen würde, so sehr schmerzte sie der Anblick.

Je öfter Bruder Clemens auf den Jungen einschlug, desto mehr Blut floss, und wenn er nicht bald damit aufhörte, würde er ihn zu Tode prügeln.

Als er endlich die Peitsche sinken ließ, war sein Gesicht rot vor Anstrengung, auf seiner Stirn pulsierte eine Ader.

Der Junge hing schlaff in seinen Fesseln und rührte sich nicht.

Lebte er noch?

Anna machte Anstalten, sich zu erheben, erstarrte

jedoch in der Bewegung, als Bruder Clemens ein Messer zückte, hinter den Knaben trat und ihn bei den Haaren packte, um seinen Kopf nach hinten zu ziehen.

»Nicht!«, rief sie. »Wenn du ihn umbringst, wird Gott dir nie verzeihen!«

Der alte Mönch hob die Klinge, doch anstatt sie über die Kehle des hilflosen Jungen zu ziehen, fing er an, damit dessen Haare zu scheren. »Weiche von ihm, Satanas!«, donnerte er. »Weiche aus dieser unschuldigen Seele und fahr hinunter in die Dunkelheit!« Er bekreuzigte sich mehrfach, dann schor er den Jungen kahl und holte etwas aus der Tasche, das aussah wie Weihrauchharz. Damit zeichnete er ein Kreuz auf die Stirn seines Opfers und fing an, weitere Gebete vor sich hinzumurmeln. Er wollte sich gerade bücken, um erneut nach der Peitsche zu greifen, als die Tür aufgestoßen wurde.

»Lass sofort den Jungen in Ruhe!«, knurrte der Mann, der auf der Schwelle erschien.

Anna hob den Blick. »Lazarus?«, flüsterte sie ungläubig. Träumte sie? Oder hatte Gott einen guten Geist geschickt, um sie und den Knaben vor dem sicheren Tod zu bewahren?

»Hast du nicht gehört?« Lazarus betrat den Raum und ging drohend auf Bruder Clemens zu. »Du sollst den Jungen in Ruhe lassen!«

»Das werde ich nicht tun«, erwiderte der alte Mönch erstaunlich ruhig. In seiner Rechten hielt er immer noch das Messer. »Wer bist du?«

»Bruder Lazarus.«

Erkennen trat in den Blick von Bruder Clemens. »Lazarus? Der Siechenmeister? Was hast du hier zu suchen? Ist eines der Kinder krank?«

»Ja, dieses.« Lazarus zeigte auf den blutenden Jungen.
»Was um alles in der Welt treibst du hier? Und warum ist Schwester Anna bei dir?«

»Er hat mich niedergeschlagen!«, rief Anna. »*Er* hat die Kinder getötet!«

»Was ist das für ein Unsinn?«, erboste sich Bruder Clemens.

»Du hast es selbst zugegeben!«

»Ich habe die armen Seelen nur von dem Dämon in ihnen befreit«, widersprach Bruder Clemens. »Ich habe sie ganz gewiss nicht getötet!«

»Und was soll das?« Lazarus sah den Knaben an.

»Dieser Bursche ist das Böse selbst.«

Der Junge gab ein Wimmern von sich.

»Mach ihn sofort los!«, befahl Lazarus. »Wissen die anderen Brüder, was du hier treibst?«

Bruder Clemens rührte sich nicht und schwieg.

»Draußen sind Gräber«, sagte Anna erstickt. »Kindergräber. Der tote Hund muss die Kinder ausgegraben und weggeschleppt haben.«

»Das war Zerberus selbst«, knurrte Bruder Clemens.

»Binde sie los!«, befahl Lazarus. »Beide!«

»Oh nein! Aber du wirst mir helfen, das Böse auszutreiben!«

»Was?«

Bruder Clemens fuchtelte mit dem Messer in der Luft herum. »Du kannst mir bei der Befragung des Dämons helfen.«

»Das werde ich ganz gewiss nicht tun!« Lazarus ging zu Anna, zog sie auf die Beine und fing an, sich an ihren Fesseln zu schaffen zu machen.

»Oh doch, das wirst du!«, zischte Bruder Clemens.

Aus dem Augenwinkel sah Anna, wie er sich bückte, aber ihr Warnruf kam zu spät. Mit einem dumpfen Geräusch traf der dicke Stock Lazarus am Kopf und er sackte mit einem überraschten Laut auf die Knie.

Blitzschnell griff der alte Mönch nach einem Strick, fesselte auch Lazarus die Hände und warf ihn ins Stroh. Dann, als eine helle Glocke aus Richtung Fundenhaus erklang, wandte er sich von seinen Gefangenen ab und murmelte etwas Unverständliches. Sein Blick zuckte von dem Jungen zu Anna und Lazarus und zurück, ehe er sein Messer einsteckte und sich auf den Weg zur Tür machte. »Nach dem Gebet komme ich zurück«, ließ er sie wissen, schlug die Tür hinter sich zu und verschloss sie mit dem Vorhängeschloss.

»Lazarus!« Anna kroch auf Knien zu ihm und beuge sich über ihn.

»Mir geht es gut«, stöhnte er. »Mir brummt nur der Schädel.« Er richtete sich mit schmerzverzerrtem Gesicht auf und blinzelte. »Mist!«, schimpfte er. »Wieso habe ich das nicht kommen sehen?«

Anna lächelte schwach. »Mich hat er auch überrumpelt.«

»Hat er dich auch geschlagen?« Wut schwang in Lazarus' Stimme mit.

Anna nickte.

»Du hattest recht«, gestand Lazarus zerknirscht. »Ich hätte dir glauben sollen.«

»Es ist nicht deine Schuld. Wer hätte ahnen können, dass ...«

»Ich hätte dich ernst nehmen müssen«, fiel ihr Lazarus ins Wort. »Du hast wirklich ein totes Kind im Nebel gesehen. Er muss es hierher zurückgebracht haben, als du fort warst. Und dann hat er den Hund erschlagen.«

Anna schauderte, als sie sich an den grausigen Fund im Freien erinnerte. »Es sind so viele«, flüsterte sie. »Warum hat er das nur getan?«

»Weil er offenbar denkt, sie seien vom Teufel besessen«, erwiderte Lazarus. »Sein Geist muss umnachtet sein.«

»Er wird uns auch töten«, sagte Anna.

»Das wird er nicht. Solange Gott uns beisteht, haben wir nichts zu befürchten.«

»Aber wir sind hier gefangen. Sieh dir an, was er mit dem Jungen gemacht hat!« Sie sah zu dem Knaben, der immer noch reglos in seinen Fesseln hing.

»Wir müssen uns befreien«, stellte Lazarus fest. »Wenn er zurückkommt, dürfen wir nicht mehr hier sein.« Er blickte sich im Raum um und entdeckte etwas, das Anna vorher nicht gesehen hatte. Zwischen dem Stroh lugten die Zinken einer Mistgabel hervor. Ohne zu zögern, schob sich Lazarus über den Boden, bis er die Gabel erreichte und fing an, seine Fesseln damit zu lösen.

Kapitel 50

NACHDEM ER DAS RATHAUS verlassen hatte, begab sich Magnus Ungelter nach Hause, wo er seine Kleidung wechselte, um bei dem, was er vorhatte, nicht unnötig aufzufallen. Zu seiner Erleichterung steckte die Stadt immer noch tief im Nebel, weshalb er nicht befürchten musste, schon von Weitem gesehen zu werden. Zwar hatte er noch keine Ahnung, was er tun sollte, sobald er das Fundenhaus erreichte. Aber er war zuversichtlich, dass es ihm durch eine List gelingen würde, den Bruder zu sprechen, dem er damals das neugeborene Kind in die Arme gelegt hatte. Wenn sich sein Verdacht bestätigte, konnte er sich zu seinem Verdruss nicht mit der Aufklärung der Kindermorde brüsten. Niemand durfte je erfahren, wer der Mörder war, da die Nachforschungen der Wache sonst zu ihm führen könnten. Falls der Mönch der Schuldige war, musste er beseitigt und so tief verscharrt werden, dass ihn kein Mensch jemals finden würde.

Allein der Gedanke, dass die Wache in Erfahrung bringen könnte, in welcher Verbindung er, Magnus Ungelter, zum Fundenhaus stand, bereitete ihm Kopfschmerzen. Wenn der Hauptmann nur gründlich genug nachforschte, würde eins zum anderen führen und er würde sein Leben auf dem Schafott aushauchen. Und das, obwohl er alles unternommen hatte, um Gertruds Leichnam verschwinden zu lassen. Um noch mehr mit den einfachen Bürgern zu verschmelzen, die ihrem Tagwerk nachgingen, zog er seine Kapuze tief ins Gesicht und überquerte den Platz vor der Münsterkirche. Als sein Blick dabei auf den Gottesacker fiel, dachte er an das Geständnis von Johannes Schad, das sicher in einer verschlossenen Truhe in seinem Kontor ruhte. Sollte der Kerl nicht tun, was er verlangte, würde er keine Sekunde zögern, das Stück Papier der Wache zu übergeben. Auch wenn es unwahrscheinlich war, dass der Spielmann überlebte, war es unerlässlich, ihn so schnell wie möglich zu beseitigen. Er ballte die Fäuste. Warum hatte dieses vermaledeite Weib nicht einfach für immer verschwinden können? Wie war es ihr überhaupt gelungen zu entkommen? Er hatte alles darangesetzt, dass sie nie wieder lebend das Narrenhaus verließ, in das er sie hatte einsperren lassen. Sie hätte elendig zugrunde gehen und ihm nie wieder unter die Augen treten sollen. Die Wut über seine Feigheit ließ ihn die Zähne aufeinanderbeißen. Hätte er getan, was nötig war, wäre er jetzt nicht in dieser Lage. Ohne ihr Auftauchen hätte der alte Mönch ihm nicht gefährlich werden können. Wenn man ihn allerdings fasste und er die Geschichte erzählte, vor der Ungelter sich fürchtete, würden die Wachen nicht lange brauchen, um zu begreifen, was er getan hatte.

Und dann war es nur eine Frage der Zeit, bis er vor dem Henker kniete und darauf wartete, dass das Schwert auf seinen Nacken hinabsauste. Es war wie verhext. Hatte er nicht alles unternommen, um diese Gefahr abzuwenden? War es Zufall oder ein Wink des Teufels, dass er ihm nicht ewig davonlaufen konnte?

Während Erinnerungen an eine Zeit, die er vergessen wollte, auf ihn einströmten, bahnte er sich einen Weg an Fuhrwerken vorbei, die Stein und Bauholz zu der gewaltigen Kirche brachten. Manchmal fragte er sich, ob er die Fertigstellung noch erleben, ob der wahnwitzige Turm jemals so hoch in den Himmel ragen würde wie geplant. Doch an diesem Tag hatte er keine Augen für den strahlenden Stein, die kunstvollen Verzierungen oder die Skulpturen, die eines der Portale zierten. Es gab nur eine Sache, die wichtig war – zu retten, wofür er so viele Risiken auf sich genommen hatte.

~~~

Johannes Schad war froh, Ungelter gefolgt zu sein, anstatt sich auf den Weg zum Spital zu machen, wo er ohnehin nicht viel ausrichten konnte. Auch wenn er Ungelter versprochen hatte, sich um den Spielmann zu kümmern, konnte er ihn wohl kaum vor den Augen der Brüder und Schwestern mit seinem Kissen ersticken. Das Versprechen, das er Ungelter gegeben hatte, war unüberlegt gewesen, genau wie das Geständnis, das ihm den Hals brechen konnte. Obwohl die Versuchung groß war, bei Ungelter einzubrechen und es sich zurückzuholen, sagte ihm eine innere Stimme, dass es wichtiger war herauszufinden, wohin Ungelter sich ausgerechnet jetzt schlich. Warum hatte er sich diese einfache Kleidung angezogen? Johannes war sicher, dass er etwas im Schilde führte, das *ihm* zum Vorteil gereichen könnte.

Die Entwicklungen der letzten Tage hatten ihn überrascht. Er war wütend über sich selbst, dass er Ungelter so falsch eingeschätzt hatte, ihn für einen Weichling und Frauenheld gehalten hatte. Sein Geheimnis schien weitaus düsterer zu sein, als Johannes vermutet hatte, so düster, dass Ungelter bereit war, dafür zu töten. Wer war diese Gertrud? Weshalb war sie Ungelter so wichtig? War sie die Zeugin eines Verbrechens, das er begangen hatte? Vielleicht hatte sie den Grund gekannt, aus dem Ungelter vor einigen Jahren aus Ulm weggezogen war. Er hätte sich intensiver darum kümmern sollen, wer Ungelter damals gekannt hatte. Nun, dafür war immer noch Zeit, jetzt galt es, den Kerl im Nebel nicht zu verlieren und herauszufinden, was er vorhatte.

Es war schwerer als gehofft, genügend Abstand zu halten und Ungelter dennoch auf der Spur zu bleiben. Da Johannes keine Zeit gehabt hatte, ebenfalls in andere Kleidung zu schlüpfen, war seine Erscheinung auffällig wie die eines Pfaus, was ihn für gewöhnlich nicht störte. Für seinen Plan, in der Menge zu verschwinden, taugte sein Aufzug allerdings nicht, weshalb er sich immer wieder hinter Reitern oder Karren verbarg, sobald Ungelter sich umsah. Der Weg, den er einschlug, ließ Johannes zuerst vermuten, dass er zum Spital wollte. Dann erkannte er Ungelters wirkliches Ziel. Er steuerte direkt auf eines der Stadttore zu, das er durchschritt, um im Nebel zu verschwinden.

»Mist!«, murmelte Johannes. Wohin wollte er? Da ihm nichts anderes übrig blieb, als ihm zu folgen, wenn er sein Ziel herausfinden wollte, schlug er alle Vorsicht in den Wind und heftete sich an Ungelters Fersen.

Kapitel 51

JAKOB EHINGER HIELT sich im Hintergrund, während er verfolgte, wie der Hauptmann der Wache ans Tor des Beginenhofes klopfte.

Es dauerte nicht lange, bis die Beschließerin erschien, die trotz der gestenreichen Worte des Hauptmanns den Kopf schüttelte.

»Aber wir müssen sie sprechen!«, hörte Jakob den Hauptmann sagen. Er konnte sich vorstellen, um wen es sich handelte. Da er nicht zulassen konnte, dass der Name seiner Familie erneut unter Beschuss geriet, überquerte er die Straße und gesellte sich zu der kleinen Gruppe.

»Eure Schwester ist nicht hier«, empfing die Beschließerin ihn. »Das habe ich den Soldaten schon gesagt.«

»Was geht hier vor sich?«, ertönte eine Stimme aus dem Inneren des Hofes.

»Meisterin«, begrüßte die Beschließerin die Frau, die den Auflauf vor dem Gebäude mit strenger Miene zur Kenntnis nahm.

»Was wollt ihr alle hier? Wird den Beginen schon wieder etwas vorgeworfen?«, fragte sie scharf. »Wollt Ihr uns wieder unter Hausarrest stellen?«

»Davon kann keine Rede sein«, beschwichtigte der Hauptmann sie. »Wir wollen Euch nur über die Frau befragen, die im Spital verstorben ist«

»Die arme Gertrud?« Die Meisterin bekreuzigte sich.

Der Hauptmann nickte.

»Das ist alles?«

»Ja.«

»Schwester Anna ist nicht hier«, sagte die Meisterin mit einem Blick auf Jakob.

»Ich weiß«, erwiderte er.

»Wer hat sonst noch mit der Frau gesprochen?«, wollte der Hauptmann wissen.

»Ich.« Die Meisterin bedeutete der Beschließerin, das Tor zu öffnen. »Was wollt Ihr wissen?«

»Alles, was Ihr über die Frau wisst«, war die Antwort.

»Das haben wir doch alles schon gesagt. Sie hat bei uns um Unterkunft gebeten und wir haben sie ihr gewährt. Schwester Anna hat bemerkt, dass sie krank ist, dann haben wir sie ins Spital bringen lassen.«

»Hat sie gesagt, woher sie kommt? Wer sie ist?«

Die Meisterin schüttelte den Kopf. »Wie oft müssen wir das noch wiederholen? Warum interessiert Ihr Euch plötzlich wieder für sie?«

»Weil ihr Leichnam aus der Donau geborgen worden ist«, gab der Hauptmann zurück.

»Heilige Jungfrau!« Die Meisterin schlug die Hand vor den Mund. »Was für ein entsetzlicher Frevel!« Sie rang um Fassung. »Ich kann Euch wirklich nicht mehr über sie sagen. Ich wünschte, ich könnte es. Die arme Seele!«

»Wo ist Schwester Anna?«, wollte der Hauptmann wissen. »Wir sollten sie auch noch mal befragen.«

Die Meisterin warf Jakob einen Blick zu, in dem er Sorge zu lesen vermeinte. »Ich hoffe, im Spital«, sagte sie.

»Ihr hofft? Wisst Ihr nicht, wo sich Eure Beginen aufhalten?«

»Die Schwestern sind keine Gefangenen«, wies die Meisterin ihn zurecht. »Sie tun das Werk des Herrn!«

Der Hauptmann schien wenig beeindruckt zu sein. »Das will ich hoffen«, brummte er, gab seinen Männern ein Zeichen und kehrte den Beginen den Rücken.

Jakob schloss sich ihnen an und fand sich wenig später vor dem Spitaltor wieder.

»Macht Ihr Euch Sorgen um Euren Ruf als Pfleger?«, fragte der Hauptmann, dem Jakobs Gegenwart nicht zu gefallen schien.

Er zuckte mit den Schultern. »Es geht nicht nur um die Angelegenheiten des Spitals, sondern auch um meine Schwester.«

»Eure Schwester scheint sehr oft in unangenehme Dinge verwickelt zu sein.«

Jakob schluckte die Erwiderung, die ihm auf der Zunge lag. Der Hauptmann hatte recht. Annas Talent, sich in anderer Leute Angelegenheiten einzumischen, war wirklich erstaunlich. Er hoffte inständig, dass sie inzwischen wieder aufgetaucht war und sich in trauter Eintracht mit dem Siechenmeister um die Kranken kümmerte. Wenn sie nur endlich diese vermaledeite Sammlung verlassen würde! Ein oder zwei Kinder würden ihr gut zu Gesicht stehen und ihm die Sorge nehmen, dass sie ein Hindernis für sein weiteres Fortkommen im Rat darstellte. Dieser Lazarus schien in sie vernarrt zu sein und sie in ihn. Zwar gehörte er keiner reichen Patrizierfamilie an, aber besser ein Arzt als gar kein Mann.

Den Weg über die beiden Höfe legten sie schweigend zurück und Jakob war froh, als sie die Siechenstube erreichten. Sobald sie Anna gefunden hatten, würde er dafür sorgen, dass der Hauptmann ihr keine Fragen stellte, mit deren Beantwortung sie sich in Schwierigkeiten bringen konnte. Er fragte sich nicht zum ersten

Mal, ob Anna mehr über diese Gertrud wusste, als sie ihm gesagt hatte.

»Kann ich Euch behilflich sein?« Der Magister Hospitalis kam mit erstaunlicher Geschwindigkeit über den Hof auf sie zugeeilt und bedachte Jakob mit einem vernichtenden Blick. »Schon wieder Wachen in meinem Spital?«

Es ist nicht dein Spital, dachte Jakob, behielt seine Gedanken jedoch für sich.

»Wir sind auf der Suche nach Schwester Anna«, ließ ihn der Hauptmann wissen. »Wir müssen sie noch mal wegen der Toten befragen.«

Dem Spitalmeister war anzusehen, wie groß sein Verdruss über diese Mitteilung war.

»Wo ist sie?«

»Das kann ich euch nicht sagen«, war die spitze Antwort. »Vermutlich in der Dürftigenstube oder bei den Wöchnerinnen.«

»Bruder Lazarus wird wissen, wo sie sich aufhält«, mischte Jakob sich ein.

»Bruder Lazarus ist nicht hier«, erwiderte der Magister Hospitalis.

Jakob verspürte einen Stich in der Magengegend. »Er ist noch nicht zurück?«

»Ich habe ihn nicht gesehen.«

»Das darf nicht wahr sein!«, schimpfte Jakob.

»Was darf nicht wahr sein?« Der Hauptmann fasste ihn scharf ins Auge.

Einen Augenblick war Jakob versucht, ihm eine Lüge aufzutischen. Wenn er die Wahrheit sagte, zog das nur unnötige Aufmerksamkeit auf ihn und das Spital, ganz zu schweigen von den Beginen. Aber falls er recht hatte mit seiner Vermutung, waren Anna und der Siechenmeister womöglich in Gefahr.

»Bruder Lazarus war bei mir«, gestand er und erzählte von dem toten Kind, das Anna angeblich in der Nähe des Fundenhauses entdeckt hatte.

»Ein Kind mit einem Loch in der Brust?« Der Magister Hospitalis schüttelte ungläubig den Kopf.

»Sie ist verschwunden«, antwortete Jakob. »Bruder Lazarus hat befürchtet, dass sie auf eigene Faust nach dem Kind suchen wollte.«

»Und er ist ihr gefolgt?«

Jakob blies die Wangen auf. »Ich weiß es nicht. Aber da weder er noch sie hier ist, liegt es auf der Hand.«

»Warum sind wir nicht vorher über dieses Kind informiert worden?«, fragte der Hauptmann.

»Weil es nicht mehr da war, als meine Schwester den Siechenmeister zu der Stelle geführt hat, an der sie es angeblich gefunden hat. Stattdessen lag dort ein toter Hund.«

»Das ist lächerlich!«, schnaubte der Magister Hospitalis. »Vermutlich haben sich die beiden auf und davon gemacht, um …« Er warf die Hände in die Luft.

»Um was?«, fragte der Hauptmann.

»Ihr wisst schon.«

»Nein.«

»Wollt Ihr behaupten, meine Schwester sei ein loses Weib?« Jakob baute sich vor dem Spitalmeister auf.

Der wich einen Schritt zurück. »Ich behaupte gar nichts. Aber es ist eine Tatsache, dass sich beide in Luft aufgelöst haben.«

»Dann sollten wir zusehen, dass wir sie finden!«, knurrte Jakob.

Kapitel 51

»Es hat keinen Zweck«, seufzte Lazarus, dessen Handgelenke bereits blutig gescheuert waren. »Der Strick ist zu dick.« Obwohl seine Anstrengungen keinen Erfolg zeigten, rieb er nun das Seil über die Zinken der Mistgabel, die vor Rost starrte.

»Vielleicht kann ich dir helfen, die Fesseln zu lösen«, schlug Anna vor. »Wir müssen uns beeilen. Das Stundengebet ist bald vorbei.« Sie ging zu Lazarus, ließ sich neben ihm im Stroh nieder und bedeutete ihm, sich mit dem Rücken zu ihr zu drehen. »Wir können nicht einfach warten, bis er zurückkommt!«

»Ich lasse nicht zu, dass er dir was antut«, gab Lazarus hitzig zurück.

»Du hättest mir nicht folgen sollen.« Anna tastete nach seinen Händen und fand den Strick.

»Ich hatte Angst um dich«, gestand Lazarus. »Als ich gehört habe, dass du nicht in der Sammlung bist …« Er gab einen gepressten Laut von sich. »Ich kann dich nicht schon wieder verlieren!«

Annas Kehle wurde eng. Ihre Hände zitterten, als sie verzweifelt versuchte, die Fesseln zu lösen.

»Ich liebe dich«, sagte Lazarus so leise, dass sie es kaum verstehen konnte. »Ganz gleich, wie oft ich Gott um Stärke bitte, ich …«

»Sch.« Anna fasste nach seiner Hand und drückte sie sanft. »Ich liebe dich auch, aber wenn wir hier nicht rauskommen, werden wir sterben.« Obwohl ihr Herz vor

Freude einen Tanz vollführen wollte, ließ die Furcht um ihr Leben es nicht zu. Zuerst mussten sie sich befreien, dann konnten sie sich um alles andere kümmern. Sobald Bruder Clemens zurückkehrte, war ihr Leben verwirkt.

Und das des Jungen.

Fieberhaft versuchte sie, die Fingernägel in die Knoten zu graben, doch sie waren zu fest. Obwohl Lazarus den Strick an einigen Stellen etwas durchgescheuert hatte, reichte es nicht, um ihn zu zerreißen. Als wenig später die Glocke der Kapelle des Fundenhauses wieder anfing zu läuten, verstärkte sich ihre Angst.

»Beeil dich!«, drängte Lazarus. Er versuchte, die Hände auseinanderzuziehen – ohne Erfolg. »Lass es mich bei dir versuchen!« Er tastete nach Annas Fesseln und begann, daran zu zerren. Er hatte noch nicht viel erreicht, als das Klappern des Vorhängeschlosses erklang und die Tür aufgestoßen wurde.

Bruder Clemens war zurück.

Der alte Mönch warf dem schlaff in seinen Fesseln hängenden Jungen einen Blick zu, ehe er in einem Nebenraum verschwand und mit einem Kohlebecken zurückkehrte. In diesem entzündete er ein Feuer, bevor er zu Lazarus ging, um Anna und ihm zu bedeuten aufzustehen. »Du wirst mir helfen, den Dämon zu befragen«, sagte er an Lazarus gewandt. Ohne auf eine Antwort zu warten, warf er etwas Weihrauchharz ins Feuer und griff in einen Beutel, aus dem er etwas hervorholte, das aussah wie Salz.

»Exorziertes Salz?«, wollte Lazarus wissen.

Bruder Clemens nickte. Dann ging er zu dem Jungen, hob seinen Kopf und zeichnete mit Weihrauch ein Kreuz auf seiner Brust.

Anna sah, wie Lazarus sich versteifte.

»Das war es also«, murmelte er.
Bruder Clemens wandte sich ihm fragend zu.
»Ich habe die Spuren auf den toten Kindern entdeckt«, ließ Lazarus ihn wissen. »Es hat keinen Sinn mehr abzustreiten, dass du sie getötet hast.«
»Ich habe sie nicht umgebracht«, wiederholte der alte Mönch seine Behauptung. »Dieser Teufel«, er zeigte auf den Jungen, »hat sie auf dem Gewissen.«
»Du behauptest, der Junge hätte die Kinder ermordet?«, fragte Lazarus fassungslos.
Anna schüttelte den Kopf. »Er ist nur ein Kind!«
»Nein.« Bruder Clemens sah sie traurig an. »Er ist besessen. Es hat lange gedauert, bis ich ihm auf die Schliche gekommen bin. Aber eines Tages habe ich ihn dabei ertappt, wie er einen der Unschuldigen erdrosselt hat.« Er zeigte auf eine Stelle im Raum. »Hier. In diesem Haus.«
»Hat er ihnen auch die Köpfe abgetrennt?«, fragte Lazarus eisig.
Bruder Clemens schüttelte den Kopf.
»Das hast du getan!«
»Ich musste dafür sorgen, dass der Dämon aus den armen Seelen weicht«, verteidigte sich der alte Mönch. »Sie wären sonst für immer verloren gewesen!« Er griff nach dem Kruzifix an seinem Hals, hielt es hoch und küsste es. »Ich schwöre bei Gott, seinem Sohn und dem Heiligen Geist, dass ich die Kinder nicht getötet habe. Meine Aufgabe ist es, sie vor allem Bösen zu beschützen!«
Anna sah fragend zu Lazarus auf. Glaubte er diese Ausreden etwa? Wie sollte ein Knabe dazu in der Lage sein, solch abscheuliche Verbrechen zu begehen? Konnte eine junge Seele so verdorben sein?

»Hilf mir, den Dämon auszutreiben«, bat Bruder Clemens. »Der Junge kann nichts für seine Taten, er ist besessen. Wenn wir ihn vom Teufel befreien, könnte er noch gerettet werden.«

»Wenn es stimmt, was du behauptest, wird er für seine Taten vor Gericht gestellt«, entgegnete Lazarus. »Er ist ein Mörder.«

»Er ist ein Opfer«, widersprach Bruder Clemens. »Er kann nicht für etwas bestraft werden, das er nicht getan hat.«

»Aber du selbst hast ihn fast zu Tode geprügelt!«, empörte sich Anna.

»Der Schmerz dient dazu, den Dämon zu verjagen«, erklärte der alte Mönch. »Wir müssen ihn völlig entkleiden, damit sich das Böse nicht in seinen Kleidern verstecken kann. Sein Haar bietet keinen Schutz mehr. Dann läutern wir ihn mit Feuer.«

Anna spürte, wie sich die feinen Härchen auf ihren Armen aufrichteten. Wollte Bruder Clemens den armen Jungen brandmarken?

Als Lazarus zögerte, wedelte Bruder Clemens ungeduldig mit den Händen. »Hilf mir! Es ist deine Pflicht als Christ!«

Lazarus blieb nichts anderes übrig, als sich dem Willen des Mannes zu fügen. Wenn er nicht tat, was er von ihm verlangte, waren sie vermutlich verloren.

Anna sandte ein Stoßgebet zum Himmel, dass Bruder Clemens Lazarus die Fesseln löste. Dann konnte er ihn womöglich überrumpeln und sie befreien. Ihr Blick fiel auf den Knaben, der leise stöhnte. Konnte es wahr sein, was Bruder Clemens behauptete? War der Junge das Ungeheuer, vor dem sich die ganze Stadt fürchtete?

Die Behauptung war so erschreckend, dass sie Anna an Gottes Gnade zweifeln ließ.

»Binde mich los!«, forderte Lazarus.

Der alte Mönch schüttelte den Kopf.

»Wenn ich dir helfen soll, muss ich meine Hände bewegen können«, beharrte Lazarus.

»Das wird nicht nötig sein«, war die Antwort. »Du musst nur die apotropäischen Gebete sprechen, während ich den Dämon befrage.«

Anna verfolgte voller Bangigkeit, wie Bruder Clemens ein Eisen ins Feuer hielt, bis es rot glühte. Dann ging er auf den Jungen zu, murmelte ein paar lateinische Worte und drückte ihm das Eisen zwischen die Schulterblätter.

Der Junge stieß einen schrillen Schrei aus, der klang wie der eines gemarterten Tieres.

»Höre mich, Dämon!«, tönte Bruder Clemens.

Kapitel 52

MAGNUS UNGELTER VERLANGSAMTE die Schritte, als er einen Schrei vernahm, der aus der Ferne an sein Ohr drang. Er war wütend, weil sein Besuch im Fundenhaus erfolglos gewesen war. Niemand schien zu wissen, wo sich der alte Narr befand, den er suchte. Da er nicht wollte, dass ihn jemand erkannte oder gar Verdacht schöpfte, hatte er eines der Kinder im Hof mit ein paar Pfennigen bestochen, um den Mönch zu ihm zu bringen. Allerdings schien der nicht auffindbar zu sein, weshalb ihm nichts anderes übrig blieb, als unverrichteter Dinge wieder umzukehren.

Ein weiterer Schrei durchschnitt die Stille, gedämpft durch den Nebel.

Ungelter blieb stehen und lauschte. Woher kam das Gebrüll? Gab es noch andere Gebäude in der Nähe? War Bruder Clemens dort zu finden? Der Waisenknabe, den er auf die Suche geschickt hatte, war sichtlich verwundert gewesen, den Alten nicht finden zu können.

»Er war gerade noch beim Stundengebet«, hatte er Magnus Ungelter wissen lassen.

Einer Eingebung folgend, verließ er den Weg und folgte seinem Gehör, das ihn zu einer Böschung führte, von der aus die Schreie deutlicher zu hören waren. Außerdem hing der beißende Geruch von Feuer und verbranntem Fleisch in der Luft. Seine Neugier verstärkte sich. Obwohl er nicht wusste, ob er Bruder Clemens dort finden würde, näherte er sich einem verfallenen Gehöft, in dem die Schreie ihren Ursprung zu haben schienen. Ein neues Schloss an einem alten Tor bestätigte seinen Verdacht, dass die Gebäude nicht so verlassen waren, wie es den Anschein hatte. Vorsichtig lugte er in den Hof, in dem keine Menschenseele zu entdecken war.

Die Schreie mussten aus dem Hauptgebäude kommen, von wo der Gestank von verbranntem Fleisch in seine Richtung wehte. Der Verdacht, der ihn zum Fundenhaus geführt hatte, verstärkte sich. Hatte er den Kindermörder gefunden? War auch *sein* Sohn ihm zum Opfer gefallen? Auch wenn das missgestaltete Balg, das Gertrud zur Welt gebracht hatte, ihm nichts bedeutete, stieg Wut in ihm auf. Wut darüber, dass es jemand gewagt hatte, Fleisch von seinem Fleisch zu töten. Er betrat den Hof und ging auf das Haus zu, aus dem die Schreie drangen. Als er die Tür erreichte, zog er auch diese vorsichtig auf und hielt erstaunt die Luft an, als er sah, was drinnen vor sich ging.

Eine Begine und ein Mönch knieten auf dem Boden und sprachen etwas, das er für Gebete hielt. Ein magerer Knabe hing gefesselt an einem eisernen Ring in der Wand und brüllte sich die Seele aus dem Leib. Sein Rücken war mit blutigen Striemen und Brandmalen übersät. Auf einen Blick erkannte Ungelter den Mann, dem er seinen Sohn in die Arme gedrückt hatte. Er hielt ein Brandeisen in ein Kohlebecken, aus dem schwarzer Qualm aufstieg.

Was zum Teufel ging hier vor? Er beobachtete, wie der Mönch das Brandeisen aus dem Becken holte und es dem Jungen auf die Haut drückte.

Ein weiterer markerschütternder Schrei war die Folge.

Als der Alte das Eisen schließlich sinken ließ, überlegte Ungelter nicht lange. Blitzschnell stieß er die Tür auf, war mit wenigen Schritten bei Bruder Clemens und entwand ihm das Brandeisen, bevor einer der Anwesenden im Raum begreifen konnte, was geschah. Mit einem Hieb streckte er den Mönch nieder.

Die Begine gab einen erschrockenen Laut von sich.

»Magnus Ungelter?«, stieß der andere Mann erstaunt aus.

Erst jetzt erkannte Ungelter den Bruder des Heilig-Geist-Ordens, der bei ihm gewesen war, um ihn wegen Gertrud zu befragen.

»Ihr müsst uns helfen!«, flehte die Begine. »Nehmt uns die Fesseln ab!«

Ungelter ignorierte sie, ging zu dem am Boden liegenden Mönch und stieß ihm den Fuß in die Seite.

Er stöhnte.

»Hast du meinen Sohn auch umgebracht?«, herrschte Ungelter ihn an. Als er nicht antwortete, packte er ihn beim Kragen und zog ihn unsanft auf die Beine.

»Euren Sohn?« Der gefesselte Mönch sah ihn verwirrt an.

Ungelter schüttelte ihn. »Hast du ihn auch getötet?«

Bruder Clemens sah ihn an, als ob er ihn noch nie zuvor gesehen hätte. »Wer seid Ihr?«, fragte er.

»Wer ich bin?« Ungelters Wut verstärkte sich. »Ich bin Magnus Ungelter. Ich habe dir zwanzig Gulden dafür bezahlt, dass du meinen Sohn als Waisen ausgibst und ihn im Fundenhaus aufnimmst! Hast du ihn auch umgebracht?«

Verstehen trat in Bruder Clemens' Blick. »Nein«, sagte er nach kurzem Zögern. »Er ist gestorben.«

»Mit deiner Hilfe?«

Bruder Clemens schüttelte den Kopf. »Gott hat ihn von seinem Leid erlöst.«

Ungelter stieß ihn unsanft von sich und sah sich im Raum um.

»Bindet uns los«, bat die Begine erneut. »Er hat uns niedergeschlagen. Er ist wahnsinnig.«

Ungelter dachte nicht daran. Er konnte keine Zeugen gebrauchen. Ohne lange nachzudenken, nahm er einen der Stricke, die auf dem Boden lagen, und fesselte den Alten.

»Was tut Ihr da?«, fragte der andere Mönch.

»Ich sorge dafür, dass keiner von euch das Maul aufmachen kann«, knurrte Ungelter. »Ich will, dass die Vergangenheit endlich vergangen bleibt!«

Kapitel 52

JOHANNES SCHAD GLAUBTE, seinen Augen nicht zu trauen, als er durch den Türspalt lugte und sah, wie Ungelter den alten Mönch fesselte. Was faselte er da von einem Sohn? War das sein Geheimnis? War Gertrud die Mutter eines Bastards? Und was hatten Anna und Bruder Lazarus hier zu suchen? Da er es sich nicht leisten konnte, zu zaudern, zog er sein Schwert, stieß die Tür auf und stürmte in den Raum.

Anna schrie auf.

Ungelter wirbelte herum.

Bevor Johannes sich auf ihn stürzen und ihm das Schwert in die Brust stoßen konnte, begriff dieser, zückte ebenfalls die Waffe und parierte den Hieb.

»Du!«, zischte er.

Johannes holte erneut aus.

»Ich hätte dich töten sollen«, stieß Ungelter hervor und wich aus. »Bist du mir gefolgt?«

»Hast du gedacht, ich würde zulassen, dass du mich erpresst?« Johannes führte einen Streich auf Ungelters Beine, doch der war zu flink. »War diese Gertrud deine Geliebte?«

Ungelter duckte sich unter einem weiteren Hieb hinweg, stach nach Johannes' Arm und fügte ihm eine tiefe Wunde in der Schulter zu.

Johannes stieß einen Fluch aus.

»Sie war meine Frau!«, spuckte Ungelter hasserfüllt aus und schlug erneut nach Johannes' Arm.

Nur mit Mühe gelang es ihm auszuweichen, doch er war zu langsam, um den nächsten Hieb zu parieren. Mit voller Wucht grub sich die Klinge in seine Seite und brachte ihn zu Fall. Zuerst spürte er gar nichts, dann traf ihn der Schmerz mit aller Gewalt.

Ungelters Schwert sauste auf seine Beine hinab und trennte einen Fuß von seinem Knöchel.

Johannes brüllte wie ein abgestochener Ochse.

»Sie war meine verdammte Frau!«, tobte Ungelter. »Ihr alle werdet dafür büßen! Alle!« Er war weiß vor Wut.

»Warum, denkt ihr, habe ich dieses vermaledeite Weib im Narrenhaus einsperren lassen? Damit sie wiederkommt und mir mein Leben wegnimmt? Sie hätte längst tot sein sollen!« Er schlug Johannes den zweiten Fuß ab.

»Hätte dieser verfluchte Mönch nicht damit angefangen, Kinder umzubringen ...«

Johannes hörte die Worte nicht mehr. Der Schmerz war so unvorstellbar, dass er ihn umfing wie ein Mantel aus Blei. Wie durch einen Schleier sah er, dass Ungelter das Kohlebecken umwarf, sein Schwert einsteckte und das eigene zurück in die Scheide schob und sich auf den Weg zur Tür machte. Der Geruch von Feuer war das Letzte, das er wahrnahm, ehe er die Besinnung verlor.

―⁂―

»Oh mein Gott!« Lazarus starrte entsetzt auf die Blutlache, die sich rasend schnell ausbreitete, dann wanderte sein Blick zu dem Feuer. Es hatte bereits auf das Stroh übergegriffen und fraß sich in die Bodendielen. Der Rauch war schon so dicht, dass er den Drang zu husten nicht mehr unterdrücken konnte. Bald würde das ganze Gebäude lichterloh in Flammen stehen. Zu seinem Entsetzen hörte er, wie Ungelter das Vorhängeschloss an der Tür befestigte und sie einsperrte.

»Barmherziger Vater«, wisperte Bruder Clemens.

»Wir müssen hier raus!« Lazarus durchsuchte den am Boden liegenden Mönch nach dem Messer, fand es und durchtrennte seine Fesseln. Dann befreite er Anna und den Jungen und zog Bruder Clemens auf die Beine.

Der Junge zitterte am ganzen Leib und konnte sich kaum aufrecht halten.

»Hilf ihm!«, wies Lazarus Anna an. Wenn sie sich nicht beeilten, würden sie ersticken.

»Wie sollen wir hier rauskommen?« Annas Stimme war schrill vor Furcht. »Die Fenster sind vernagelt, die Tür ist abgeschlossen!«

»Dann müssen wir die Bretter lösen!« Lazarus hielt sich den Ärmel seines Habits vors Gesicht und eilte zu einem der Fenster, um sich mit dem Messer daran zu schaffen zu machen. Mit hämmerndem Herzen versuchte er, die Nägel zu lösen, doch es waren zu viele. Er würde es nie rechtzeitig schaffen.

Das Feuer fraß sich immer schneller in den Raum, fauchte und knisterte und erfüllte jeden Winkel mit beißendem Rauch. »Hilf mir!«

Anna ließ den Jungen los, der augenblicklich zu Boden sackte. Dann lief sie zu Lazarus, holte ein kleines Messer aus dem Beutel an ihrem Gürtel hervor und bearbeitete damit ebenfalls die Nägel. »Wenn wir hier nicht rauskommen …«

»Wir werden hier rauskommen!«

»Vielleicht will Gott uns strafen.«

»So grausam kann er nicht sein!« Lazarus spürte, wie sich seine Angst in Zorn verwandelte. Er würde nicht aufgeben! Nicht jetzt, wo Annas Bruder ihm Hoffnung gegeben hatte. Was, wenn es dem Pfleger wirklich gelang, Lazarus von seinem Gelübde befreien zu lassen? Wenn ein Leben mit Anna entgegen aller Regeln möglich sein sollte? Mit aller Kraft schob er die Klinge unter einen weiteren Nagel, um ihn aus dem alten Holz zu ziehen.

Kapitel 53

MAGNUS UNGELTER SAH sich ein letztes Mal um, dann schleuderte er Johannes Schads Schwert von sich und kehrte dem Gebäude den Rücken, um zurück zum Tor zu laufen und so schnell wie möglich zu verschwinden. Dabei fiel sein Blick auf etwas, das er für Beete gehalten hatte, das sich bei erneutem Hinsehen jedoch als Gräber erwies.

Was hatten Gräber hier zu suchen? Verscharrten die Mönche hier ihre verendeten Tiere?

Obwohl ihm sein Verstand sagte, dass er die Flucht ergreifen sollte, hielt ihn seine Neugier zurück. Während die Schreie im Haus immer lauter und der Gestank des Feuers immer stärker wurden, näherte er sich den Gräbern und sah auf sie hinab. Aus einem der hastig aufgeworfenen Erdhügel lugte ein Stück Stoff, aus dem ein winziger Fuß hervorstak.

»Gott hat ihn von seinem Leid erlöst«, hatte der alte Mönch behauptet, aber Magnus glaubte ihm nicht. Vermutlich hatte er seinen Sohn genauso ermordet wie die anderen Kinder und in einem dieser Löcher verscharrt. Einige wirkten älter, da sich die Erde bereits gesenkt hatte. Wie lange trieb der Kerl schon sein Unwesen? Wie viele Kinder hatte er auf dem Gewissen?

Das kann dir gleichgültig sein, dachte er. Johannes Schad war tot und alle anderen, die ihn vor einem Gericht belasten könnten, würden in den Flammen umkommen. *Bis auf einen.* Er unterdrückte einen Fluch, kehrte den

Gräbern den Rücken und eilte zum Tor. Beinahe hätte er den Spielmann vergessen. Jetzt, wo Schad sich nicht mehr um die Drecksarbeit kümmern konnte, würde er ihn selber zum Schweigen bringen müssen. Wie er es bewerkstelligen sollte, ins Spital einzudringen, wusste er noch nicht. Aber als Ratsmitglied würde man ihm den Zutritt gewiss nicht verwehren.

Wenn er Glück hatte, nahm ihm der Wundbrand die Arbeit ab, doch darauf durfte er sich nicht verlassen. Sollte der Kerl aufwachen und erzählen, was passiert war, landete Ungelter im Loch. Dann war alles, was er unternommen hatte, um ein Leben in Reichtum mit einer schönen jungen Frau zu führen, umsonst gewesen. Ihm drohte nicht nur wegen der Morde an Johannes Schad und den anderen das Schafott. Als Bigamist stand ihm der Tod durch Enthauptung bevor, ein Ende, das er nicht bereit war zu erleiden. Eher würde die Hölle einfrieren!

Nach einem letzten Blick auf das brennende Gebäude verschwand er im Nebel und beglückwünschte sich zu dem Erfolg. Nachdem Gertrud aus dem Narrenhaus in Reutlingen entkommen war, hatte er tagelang das Schlimmste befürchtet. Der Mann, den er ausgeschickt hatte, sie zu finden und zu töten, hatte versagt und als er erfahren hatte, dass sie im Beginenhof Zuflucht gesucht hatte, war er kurz davor gewesen, die Stadt zu verlassen. Allerdings hätte er dann alles aufgeben müssen, wofür er so hart gekämpft hatte.

Seine junge Frau ahnte nichts von seiner Vergangenheit, da er ihr und allen anderen weisgemacht hatte, seine erste Gemahlin an ein Fieber verloren zu haben. Gertrud hatte ihm nie vergeben, dass er ihren missgestalteten Sohn ins Fundenhaus gebracht hatte, weshalb sie ihm immer mehr zur Last geworden war. Außerdem hatte der Verlust des Kindes sie schwermütig und launisch gemacht, ganz abgesehen davon, dass sie verwelkt war wie eine Primel. Als er dann die bildschöne Tochter eines reichen Kaufmanns kennengelernt hatte, war ein teuflischer Plan in ihm gereift. War Gertrud nicht ohnehin schon kurz davor gewesen, den Verstand zu verlieren? Was war einfacher, als sie in ein Narrenhaus zu stecken, in dem sie über kurz oder lang zugrunde gehen würde?

Er wusste, wie es in diesen Einrichtungen zuging. Die teils gewalttätigen Männer und Frauen wurden in kleinen Räumen zusammengepfercht und oft kam es vor, dass einer in einem Tobsuchtsanfall andere erschlug. Die Wunden an Gertruds Leichnam ließen darauf schließen, dass sein Plan funktioniert hätte, wenn es ihr nicht gelungen wäre, einem der Aufseher ein Schnippchen zu schlagen. Ob sie ihn verführt oder übertölpelt hatte, wusste er nicht. Es war ihm auch egal. Das Wichtigste war, dass sie ihm nicht mehr schaden konnte. Und dabei musste es bleiben. Folglich war es unerlässlich, dass der Spielmann sein elendes Leben aushauchte, das ohnehin nicht mehr wert war als das eines räudigen Hundes.

Ohne einen weiteren Blick zurück eilte er über die Wiese vor dem Gehöft, verschwand im Nebel und erreichte bald darauf die Straße. Da er Stimmen hörte, verließ er den festen Weg, schlug sich ins Gebüsch und kehrte erst zur Straße zurück, als die Luft wieder rein war. Auf keinen Fall wollte er von jemandem gesehen werden, da die Toten früher oder später entdeckt werden mussten. Er beschloss, einen Umweg zu machen, um durch ein anderes Tor die Stadt zu betreten und vollkommen sicherzugehen, dass ihn niemand mit dem Brand beim

Fundenhaus in Verbindung bringen würde. Auch wenn es ihn Zeit kostete, hielt er es für besser. Der Spielmann lief gewiss nicht weg. So wie er ihn zugerichtet hatte, war es ohnehin ein Wunder, dass er noch lebte. Dieses Gesindel war zäher, als man annahm, noch mal würde er den Kerl nicht unterschätzen.

Während er sich nach Norden wandte, überlegte er fieberhaft, wie er es bewerkstelligen sollte, ins Spital einzudringen und den Kerl unerkannt zu töten. Er fluchte leise. Hätte er sich nur von einem der Mönche das Habit genommen! Wer sah schon unter jede Kapuze, wenn der Rest der Tracht stimmte? Froh über den Nebel, wich er Reitern und Fußgängern aus, bis er ein Tor im Norden erreichte, durch das er die Stadt betrat. Er würde warten müssen, bis die Nacht hereinbrach. Irgendwie hatte es dieser Gallus geschafft, ins Spital einzubrechen, und wenn es diesem Narren gelungen war, sollte es für ihn kein unüberwindbares Hindernis darstellen. Im Schutz der Dunkelheit war auch die Gefahr, erkannt zu werden, geringer, weshalb ihm der Plan mehr und mehr gefiel. Als er wenig später sein Haus erreichte, ging er in die Badestube, um den Gestank von Rauch und Blut abzuwaschen.

Kapitel 54

»Hier muss es irgendwo gewesen sein.« Jakob Ehinger verlangsamte die Schritte und sah sich suchend im Nebel um. Er war wütend auf sich, weil er Lazarus nicht gefragt hatte, wo genau Anna das tote Kind gesehen haben wollte, aber weit entfernt konnte die Stelle nicht mehr sein. Das Fundenhaus lag eine halbe Meile vor ihnen und er hoffte inständig, dass sie Anna und Lazarus dort fanden. Allmählich machte er sich immer mehr Sorgen um seine Schwester.

»Hier ist nichts«, brummte einer der Soldaten, die ihn und den Hauptmann begleiteten.

»Ich sage euch, sie hat es sich eingebildet!«, meldete sich der Magister Hospitalis zu Wort, der sich ihnen zu Jakobs Verdruss angeschlossen hatte. Was er damit bezweckte, war ihm klar, suchte der Kerl doch ständig nach Möglichkeiten, Jakob in Misskredit zu bringen. Sollte Anna sich alles nur eingebildet haben …?

»Was ist das?«, unterbrach der Hauptmann seine Gedanken. Er reckte die Nase in die Luft und schnüffelte.

»Rauch«, stellte einer seiner Männer fest. »Irgendwas brennt.«

»Das Fundenhaus?« Der Magister Hospitalis raffte sein Habit und eilte davon.

»Wartet!«, rief der Hauptmann.

Aber der Spitalmeister hörte ihn nicht mehr.

»Es ist da drüben, denke ich.« Der Soldat zeigte in den Nebel, wo schwach ein orangefarbenes Leuchten zu erkennen war.

»Wir sollten nachsehen«, sagte Jakob. »Vielleicht hat es was mit dem toten Kind und dem Verschwinden von Schwester Anna und Bruder Lazarus zu tun.«

»Kann schon sein«, brummte der Hauptmann, gab seinen Männern ein Zeichen und machte sich auf den Weg über die feuchte Wiese.

Es dauerte nicht lange, bis der Rauchgeruch stärker wurde und die Flammen deutlicher zu sehen waren. Ein lautes Knistern war selbst aus einiger Entfernung zu vernehmen, vermischt mit einem anderen Geräusch.

»Sind das Schreie?«, fragte einer der Soldaten.

Der Hauptmann legte die Hand an sein Ohr, um besser hören zu können. Dann nickte er, zog sein Schwert und fing an zu laufen.

Jakob folgte ihm, während sich die Furcht um Annas Leben verstärkte. In was war sie nur wieder hineingeraten? Wieso konnte sie nie tun, was vernünftig war? Er erschrak, als sich der Nebel vor ihnen genug lichtete und ein Haus erkennen ließ, aus dessen Dach Flammen schlugen.

Ohne zu zögern, rannten die Soldaten zu einem schief in den Angeln hängenden Tor, stießen es auf und überquerten den dahinter liegenden Hof.

»Die Tür ist verschlossen!«, rief der Mann, der zuerst beim Haus war. Ein gewaltiges Vorhängeschloss hing davor.

»Hilfe!«, ertönte es gedämpft aus dem Inneren. »Helft uns!«

Jemand schlug gegen die Wand, dann folgte ersticktes Husten.

Selbst draußen war der Qualm so dicht, dass Jakob den Arm vor den Mund hielt, um sich zu schützen.

»Die Fenster!«, brüllte der Hauptmann.
»Sie sind von innen vernagelt!«
»Dann nehmt eure Schwerter!«
Jakob stolperte durch den Qualm und wäre fast über eine Ansammlung von Erdhügeln gefallen. Was zum Teufel hatten die hier zu suchen? Das Gehöft war offenbar schon lange verlassen, ein Teil der Nebengebäude so verfallen, dass sie kaum mehr zu sehen waren. Das Unkraut wuchs an manchen Stellen mannshoch, alles wirkte morsch und alt, einige der Erdhügel waren jedoch eindeutig frisch.
»Hilfe!«
»Beeilt euch!«
»Macht schon! Schlagt die Bretter zu Kleinholz!«, brüllte der Hauptmann, schwang die Waffe und drosch auf die vernagelten Fenster ein.
»Anna?« Jakob drückte sein Ohr an die Tür. »Bist du da drin?«
»Jakob?«
»Wir holen euch da raus!«
»Oh mein Gott!«, hörte er sie schluchzen. »Schnell!«
Jakob überlegte nicht lange. Mit aller Kraft trat er mit dem Fuß gegen die Tür, die aber keinen Zoll nachgab. Immer wieder holte er aus, bis das Holz anfing zu splittern. Auch wenn das Vorhängeschloss neu war, der Rest des Gebäudes war es nicht. Während die Stadtsoldaten versuchten, durch die Fenster ins Haus zu gelangen, bot er alle Kraft auf, die er besaß, bis es ihm schließlich gelang, ein Loch ins Holz zu treten.
»Hierher!«, schrie er, aber die Wachen hörten ihn nicht.
»Jakob!« Annas Gesicht tauchte auf der anderen Seite auf. Es starrte vor Schmutz und sie rang keuchend um Atem. »Du musst dich beeilen!«

Eine Hand erschien, dann noch eine und Jakob erkannte Lazarus, der versuchte, den Durchbruch zu vergrößern.

Wenig später war das Loch groß genug, um den Kopf hindurchzustecken, allerdings reichte es noch nicht für eine Flucht aus den Flammen.

»Wie viele sind da drin?«, fragte Jakob.

»Vier«, war die Antwort. »Johannes Schad ist tot!«

»Schad war bei euch? Wieso?«

»Das muss warten«, unterbrach ihn der Hauptmann, der seine Bemühungen bemerkt hatte. »Geht zur Seite!« Er setzte die Klinge an und legte alle Kraft in seine Arme. Es dauerte nicht lange, bis das Holz splitterte und der Länge nach brach. Mit zwei gezielten Tritten machte der Hauptmann genug Platz für einen Menschen.

»Los!«, keuchte er.

Jakob packte Anna beim Handgelenk und zog sie ins Freie.

Lazarus folgte.

»Die anderen!«, röchelte Anna, während sie gierig die frische Luft einsog. »Ihr müsst die anderen holen!«

Zwei Soldaten banden sich Stofffetzen vor den Mund, stürmten ins Gebäude und kehrten mit dem Mönch und einem furchtbar zugerichteten Jungen zurück.

»Da drin ist ein Toter«, stieß einer der Männer mit einem Husten hervor.

»Holt ihn raus!«, befahl der Hauptmann.

»Aber das Feuer …«

»Himmelherrgott!« Der Hauptmann zog sich sein Hemd über Mund und Nase, stieß Jakob zur Seite und rannte ins Haus.

Das Fauchen des Feuers wurde immer lauter. Mannshohe Flammen schlugen aus dem Dach und drei der vier

Wände brannten. Eine Funkenfontäne wurde in die Luft geschleudert, als ein Teil des Dachstuhls einstürzte.

»Hauptmann!«, brüllte einer der Soldaten.

Die Gestalt des Hauptmanns war kaum auszumachen in dem dichten Rauch. Jakob sah, dass er sich auf den Boden kniete, wo jemand lag.

»Vorsicht!«, rief einer der Soldaten.

Fast im selben Augenblick stürzte ein brennendes Stück Holz keine zwei Zoll vor dem Hauptmann zu Boden.

»Verdammt!« Der Hauptmann packte den Toten bei den Armen, hob ihn auf und warf ihn sich über die Schulter. Dann, gerade als ein weiterer Teil des Daches einbrach, stolperte er ins Freie und fiel keuchend auf die Knie.

»Das ist tatsächlich Johannes Schad«, stellte Jakob verwundert fest.

»Magnus Ungelter hat ihn getötet«, sagte Lazarus tonlos.

Der Hauptmann wischte sich mit dem Ärmel über das verrußte Gesicht. »Ungelter? Was hatte der denn hier zu suchen? Und ihr? Was geht hier überhaupt vor? Würde mir das mal jemand erklären?«

»Hauptmann!«, unterbrach ihn einer der Soldaten, die in einiger Entfernung bei einer Ansammlung von Erdhügeln stand. »Das solltet Ihr Euch ansehen!«

»Was ist das?«, fragte Jakob und folgte dem Hauptmann.

»Sind das Gräber?«

»Hier hat er die Kinder verscharrt«, ertönte Annas Stimme. Sie stand hinter ihnen und starrte totenbleich auf etwas, das Jakob mit einem Schrecken als einen winzigen Fuß erkannte. Tränen rannen über ihr schmutziges Gesicht. »Er hat sie alle umgebracht.«

»Das müssen Dutzende sein«, murmelte Jakob.

Wortlos kniete der Hauptmann sich hin, grub die Hände in die Erde und befreite ein Bündel, das in Sackleinwand eingewickelt worden war. Als er den Stoff zurückschlug, kam ein Kind mit einem Loch in der Brust zum Vorschein.

Anna schlug mit einem Schluchzen die Hände vor den Mund.

»Ist das das Kind, das du gesehen hast?«, wollte der Hauptmann wissen, legte den Leichnam vorsichtig ab und kam wieder auf die Beine.

Anna nickte.

»Zwei von euch bleiben hier!«, wies der Hauptmann seine Männer an. »Ihr anderen werdet mit zur Wachstube kommen und mir ganz genau erklären, was hier passiert ist!«

»Was ist mit dem Haus?«, wollte einer der Soldaten wissen.

»Das ist nicht mehr zu retten.«

Kapitel 55

»Was, bei allen Heiligen, ist denn hier passiert?«

Anna schrak zusammen, als eine Gestalt mit wehenden Gewändern aus Rauch und Nebel auftauchte und auf die Ansammlung zueilte. Erst nach einigen Augenblicken erkannte sie den Magister Hospitalis.

»Es brennt!«, stellte er scharfsinnig fest.

Dem Hauptmann war anzusehen, wie sehr ihn das Auftauchen des Spitalmeisters erbaute, dennoch bewahrte er Ruhe und sagte: »Wir wollten gerade nach einem Fuhrwerk schicken, um diese beiden in die Stadt zu bringen.« Er zeigte auf Bruder Clemens und den Jungen, die immer noch nicht wieder zu sich gekommen waren.

»Was ist hier los?«, forderte der Magister Hospitalis zu wissen.

»Das erfahrt Ihr früh genug!« Der Hauptmann bedeutete einem seiner Männer, zum Fundenhaus zu laufen, sah ein letztes Mal in die Flammen und machte sich auf zum Tor.

Anna, Lazarus und Jakob folgten und warteten auf einer Wiese in ausreichendem Abstand zum Feuer darauf, dass die Soldaten Bruder Clemens und den Knaben aus dem Hof trugen. Erst, als alle Lebenden in Sicherheit waren, holten sie den Leichnam des zweiten Bürgermeisters.

»Wer ist das?«, fragte der Spitalmeister entsetzt.

»Johannes Schad«, entgegnete der Hauptmann.

»Was …? Wieso …?« Die Verwirrung stand dem Magister Hospitalis ins Gesicht geschrieben. Sein Blick fiel auf Lazarus. »Und was um alles in der Welt hattest du hier zu suchen, Bruder Lazarus?«

Lazarus öffnete den Mund, um etwas zu erwidern, doch der Hauptmann schnitt ihm mit einer Geste das Wort ab. »Nicht jetzt, nicht hier! Wir müssen schleunigst zurück in die Stadt. Wenn es stimmt, was Ihr behauptet, muss Magnus Ungelter verhaftet werden. Ihr werdet alle befragt!«

Anna verkniff sich ein Stöhnen. *Nicht schon wieder!* Was würde die Meisterin sagen, wenn sie die Beginen erneut in Misskredit brachte? Dieses Mal würde die Buße gewiss härter ausfallen als beim letzten Mal. Sie spürte, wie Lazarus nach ihrer Hand griff und sie mit starken Fingern umschloss. Die Anwesenheit des Magister Hospitalis schien ihm vollkommen gleichgültig zu sein. Obwohl sie nicht wollte, dass er ihretwegen wieder nach Rom geschickt wurde, brachte sie es nicht über sich, ihn loszulassen und so zu tun, als wären die Worte zwischen ihnen nie gefallen. Er liebte sie und sie liebte ihn. Vielleicht war Gott gnädig genug, ihnen einen Weg aufzuzeigen, wie sie die scheinbar unüberwindbaren Hürden beiseite räumen konnten. Ihr Blick fiel auf ihren Bruder, der eine Braue hochzog, als er die innige Nähe zwischen ihr und Lazarus bemerkte. Zu ihrer Verwunderung wurde er nicht wütend, sondern lächelte, ehe er sich abwandte, um dem Fuhrwerk entgegenzulaufen, das in diesem Moment auftauchte.

»Schafft den Leichnam auf die Pritsche!«, befahl der Hauptmann.

Sobald Johannes Schads Körper bedeckt worden war,

wuchteten die Soldaten Bruder Clemens und den Jungen auf die Ladefläche.
»Bring den Leichnam zum Rathaus!«, wies der Hauptmann einen der Männer an. »Die anderen beiden ins Spital.«
»Sie sollten bewacht werden«, mischte sich Lazarus ein. »Beide.«
»Der Junge auch?«
Lazarus nickte.
Anna sah ihn fragend an. Glaubte er etwa, was Bruder Clemens behauptet hatte?
Er bemerkte ihren Blick. »Wir können nicht sicher sein, wer von beiden der Mörder ist, bis wir mit ihnen gesprochen haben«, sagte er. »Was, wenn Bruder Clemens nicht gelogen hat?«
»Aber du hast selbst gesehen, dass er vollkommen von Sinnen war!«, protestierte Anna. »Der Junge kann unmöglich für die Morde verantwortlich sein!«
»Würde mich mal jemand einweihen?«, knurrte der Hauptmann.
Lazarus erklärte ihm, was in dem Gebäude vorgefallen war.
»Der Junge soll die Kinder so zugerichtet haben?« Ungläubigkeit schwang in Jakobs Stimme mit.
»Das werden wir bald erfahren, glaubt mir!«, versprach der Hauptmann. Dann bedeutete er allen, ihm zu folgen, und machte sich auf den Weg zurück in die Stadt.
»Was ist mit dem Fundenhaus?«, warf der Magister Hospitalis ein, als er an die Seite des Hauptmanns eilte. »Sollten wir nicht den Pfleger informieren?«
»Das hat Zeit«, war die barsche Antwort.
Lazarus blieb an Annas Seite und bald gesellte sich Jakob zu ihnen. »Hast du dir meinen Vorschlag durch

den Kopf gehen lassen?«, fragte er mit einem Seitenblick auf Annas Hand, die Lazarus immer noch hielt.

Anna spürte, wie Lazarus sich versteifte.

»Ich habe es ernst gemeint. Mit Geld lässt sich allerhand bewegen. Die Vorkommnisse im Fundenhaus werden kein gutes Licht auf das Spital werfen. Du weißt sicher, was das bedeutet.«

»Dass man einen Sündenbock suchen wird«, gab Lazarus zurück.

»Und der werde nicht ich sein.« Jakob bedachte Anna mit einem forschenden Blick, verlangsamte die Schritte etwas und wartete, bis der Hauptmann und der Magister Hospitalis außer Hörweite waren.

»Worum geht es?«, fragte Anna. Was hatten ihr Bruder und Lazarus miteinander zu tun?

»Ich habe ihm vorgeschlagen, ihn aus seinem Orden freizukaufen«, klärte Jakob sie mit brutaler Direktheit auf.

»Du hast *was*?«

»Glaubt ihr, ich bin blind?« Er schüttelte den Kopf. »Ich will, dass du endlich diese verdammte Sammlung verlässt!«

»Jakob!«, empörte sich Anna.

Er winkte ab. »Das Ganze wird ein Nachspiel haben«, sagte er. »Ein Nachspiel, das der Rat dazu benutzen wird, um noch mehr Einfluss über das Spital zu gewinnen. Vielleicht übernimmt er es sogar ganz.«

»Aber der Orden!« Lazarus ließ Annas Hand los.

»Was ist dir wichtiger? Der Orden oder meine Schwester?«

Anna errötete. Woher wusste Jakob, was sie für Lazarus empfand? War es so offensichtlich?

»Ich liebe sie«, erwiderte Lazarus mit einem Seufzen. »Aber man wird mich niemals aus dem Orden entlassen.«

»Das lass meine Sorge sein!« Jakob sah Anna in die Augen. »Du liebst ihn auch.« Es war eine Feststellung, keine Frage.

»He!« Der Hauptmann wandte sich zu ihnen um und bedeutete ihnen, sich zu beeilen. »Wir haben nicht den ganzen Tag Zeit!«

»Wir sprechen später weiter«, brummte Jakob, ließ Anna und Lazarus stehen und schloss zum Hauptmann auf.

»Es tut mir leid«, murmelte Lazarus.

»Was tut dir leid?«

»Dass dein Bruder und ich …«

»Ich kenne Jakob«, fiel sie ihm ins Wort. »Wenn er etwas wissen will, erfährt er es, ganz egal, wie sehr man es vor ihm verbergen will. Was hat er dir versprochen?«

»Dass ich kein Mönch sein muss, um in einem vom Rat verwalteten Spital als Siechenmeister tätig zu sein.«

Anna holte tief Atem. Sollte ihr sehnlichster Wunsch in Erfüllung gehen?

»Willst du denn meine Frau werden?«, fragte Lazarus leise.

Anna hielt mitten im Schritt an, sah zu ihm auf und lachte, während ihr Tränen in die Augen stiegen. »Natürlich will ich deine Frau werden!«

»Aber dann musst du die Sammlung verlassen.«

Die Tränen flossen stärker. »Für dich würde ich alles verlassen«, flüsterte sie.

Kapitel 56

VIEL ZU SCHNELL erreichten sie das Stadttor, von dem aus der Hauptmann sie direkt zur Wachstube führte. Dort wies er ihnen Plätze auf einer Bank zu, die an der kahlen Wand stand, und musterte sie streng. »Ihr werdet mir jetzt noch mal alles erzählen, was passiert ist!«, befahl er. »Und lasst nichts aus!« Sein Blick wanderte zum Magister Hospitalis. »Ihr solltet besser ins Spital gehen, um die anderen Brüder über die Vorkommnisse in Kenntnis zu setzen und dafür zu sorgen, dass man sich um Bruder Clemens und den Jungen kümmert.«

»Das ist die Aufgabe des Siechenmeisters!«, ereiferte sich der Magister Hospitalis.

»Den kann ich hier im Augenblick nicht entbehren. Lasst den Wundarzt rufen.« Mit diesen Worten kehrte der Hauptmann ihm den Rücken und verschränkte die Arme vor der Brust.

»Ich bleibe!«, ließ sich Jakob vernehmen.

»Wie Ihr wollt.« Eine steile Falte grub sich zwischen die Brauen des Hauptmanns, als Lazarus und Anna erneut berichteten, was sich zugetragen hatte. »Für mich klingt das so, als ob dieser Bruder Clemens nicht ganz licht wäre«, brummte er, sobald sie geendet hatten. Dann fuhr er sich mit der Handfläche übers Kinn und schien nachzudenken. »Was hat diese Gertrud mit den toten Kindern zu tun?«

»Vielleicht nichts«, erwiderte Anna.

»Ungelter hat behauptet, Bruder Clemens hätte seinen Sohn auch getötet«, antwortete Lazarus.

»Glaubt Ihr, er hat damals schon mit dem Morden angefangen?«, mischte sich Jakob ein.

»Das werden wir erst wissen, wenn wir die Gräber genauer untersucht haben«, beschied der Hauptmann. »Allerdings frage ich mich, was wäre, wenn Bruder Clemens die Wahrheit sagt. Was, wenn dieser Bengel der Täter ist?«

»Er ist nur ein Kind!«, rief Anna.

»Bruder Clemens ist ein Mann Gottes«, hielt der Hauptmann entgegen. »Erscheint es Euch nicht merkwürdig, dass er ausgerechnet diesen Burschen eingesperrt hat, um den Dämon in ihm auszutreiben?«

»Das hat er bei den anderen Kindern auch versucht«, entgegnete Lazarus. »Bei der Leichenschau ist mir etwas aufgefallen, das mir merkwürdig erschienen ist.«

»Davon habt Ihr aber nichts gesagt.«

»Es erschien mir unmöglich«, entschuldigte sich Lazarus.

»Was ist Euch aufgefallen?«

»Der Geruch von Weihrauchharz auf der Brust der Opfer.«

»Das spricht dafür, dass Bruder Clemens der Täter ist«, meldete sich Jakob erneut zu Wort.

»Tut es das?« Der Hauptmann wirkte nicht überzeugt. »Die Wahrheit erfahren wir vermutlich nur, wenn der Rat eine peinliche Befragung anordnet.«

»Ihr wollt einen Mönch peinlich befragen lassen?«

Der Hauptmann schüttelte den Kopf. »Den Jungen.«

Anna spürte Mitleid in sich aufsteigen. »Hat der arme Kerl nicht schon genug durchgemacht?«

»Nicht, wenn er tatsächlich all diese Kinder umgebracht hat«, beschied der Hauptmann mit einem grimmigen Blick. »Ihr habt gesagt, Bruder Clemens behauptet, die Kinder erst nach ihrem Tod von dem Dämon befreit haben zu wollen.«

»Und wenn er gelogen hat?«, wandte Lazarus ein.

»Werden wir es herausfinden.« Ein Aufruhr vor der Tür der Wachstube unterbrach den Hauptmann, der mit einer Verwünschung nachsah, was das Geschrei zu bedeuten hatte.

»Lasst mich sofort los! Ich bin ein Ratsmitglied!«

Anna erkannte die Stimme. »Ungelter«, wisperte sie.

Tatsächlich wurde kurz darauf ein heftig um sich schlagender Magnus Ungelter hereingeführt und auf einen Schemel gedrückt.

»Gebt Ruhe oder ich lasse Euch Ketten anlegen!«, herrschte der Hauptmann ihn an.

»Ketten?«, erboste sich Ungelter, verstummte jedoch, als er sah, wer noch im Raum war.

»Damit habt Ihr nicht gerechnet, oder?«, fragte Lazarus.

»Was immer sie behaupten, es ist gelogen!«, tobte Ungelter.

»Ihr werdet des Mordes an Johannes Schad beschuldigt«, sagte der Hauptmann ungerührt.

»Lügen! Nichts als Lügen!«

»Ihr werdet außerdem des versuchten Mordes an vier weiteren Menschen beschuldigt«, fuhr der Hauptmann fort.

»Wer behauptet das?«, fauchte Ungelter. »Die Begine und dieser Pfaffe?«

»Des Weiteren wirft man Euch Bigamie vor.« Der Hauptmann stemmte die Hände in die Hüften.

»Ich lasse nicht zu, dass man mich verleumdet!«, tobte Ungelter.

»Ihr steht unter Arrest, bis die Anschuldigungen gegen Euch überprüft worden sind.« Der Hauptmann rief einen Soldaten zu sich. »Schaff ihn in den Turm!«

»Ihr könnt mich nicht in den Turm werfen! Ich verlange einen Prokurator! Eine Anhörung vor dem Rat!«

»Die werdet Ihr bekommen«, war die Antwort.

»Was ist mit uns?«, wollte Lazarus wissen, nachdem der Wachmann Ungelter aus der Stube geführt hatte.

»Ihr solltet zurück ins Spital gehen und warten, bis Ihr eine Vorladung vor den Rat erhaltet. Es wird sicher noch eine Menge Fragen geben.«

Anna spürte einen Kloß in ihrem Hals aufsteigen. »Und ich?«

»Ihr könnt ebenfalls gehen.«

»Ich bringe dich zur Sammlung«, sagte Jakob.

Anna warf Lazarus einen fragenden Blick zu.

Er nickte.

»Komm!« Jakob fasste sie beim Arm, brachte sie zur Tür und schüttelte den Kopf, als sie im Freien ankamen. »Wie schaffst du es nur immer, dich in solche Schwierigkeiten zu bringen?«

Anna verzog das Gesicht. »Glaub mir, es war keine Absicht. Aber ich war mir sicher, das tote Kind gesehen zu haben!«

Jakob seufzte. »Wärst du der Sache nicht auf den Grund gegangen, wäre der Mörder immer noch auf freiem Fuß.«

Anna sah ihn erstaunt an. »Ist das etwa ein Lob?«

Er verzog das Gesicht. »So weit würde ich nicht gehen, aber …«

»Hast du das mit Lazarus ernst gemeint?«, unterbrach Anna ihn.

Jakob nickte.

»Aber man wird ihn niemals gehen lassen.«

»Mit Geld kann man allerhand erreichen, das sonst unmöglich erscheint«, widersprach Jakob. »Sobald du im Beginenhof bist, informiere ich die anderen Ratsmitglieder darüber, was passiert ist. Glaub mir, sie werden meine Ansicht teilen. Dieser Vorfall wirft kein gutes Licht auf das Spital.«

»Hast du denn keine Angst, dass man dich dafür verantwortlich macht?«

Jakob lachte. »Wenn überhaupt, wird man den Pfleger des Fundenhauses zur Rechenschaft ziehen.«

»Und du glaubst, du kannst den Orden dazu bringen, Lazarus freizugeben?«

Jakob zuckte mit den Schultern. »Es wäre das erste Mal, dass Regeln nicht freier ausgelegt werden können.«

Anna hoffte, dass er sich nicht irrte. Die Vorstellung, ihre Gefühle für Lazarus nicht länger verbergen zu müssen, ließ ihr Herz hüpfen.

Als sie das Tor des Beginenhofes erreichten, fasste Jakob Anna bei den Händen und sagte: »Es wird alles gut.«

Versprich es!, dachte Anna, wusste jedoch, dass diese Worte zu selbstsüchtig waren, um sie laut auszusprechen. Sie würde Gott um Vergebung für all ihre Verfehlungen bitten und zur Heiligen Jungfrau beten. Auch wenn ein Teil von ihr es bedauerte, die Sammlung zu verlassen, sehnte sich ein anderer Teil von ihr danach, mit Lazarus ein neues Leben anzufangen.

Kapitel 57

Zwei Wochen vergingen, bis endlich die Vorladung vor den Rat kam. In der Zwischenzeit hatte Anna den Beginenhof nicht verlassen dürfen als Teil der Buße, welche die Meisterin ihr auferlegt hatte. Sie wusste nicht, wie es Lazarus im Spital ergangen war, weshalb ihr Herz wild hämmerte, als sie sich an einem regnerischen Novembermorgen dem Rathaus näherte, vor dem Lazarus, der Magister Hospitalis und einige andere Brüder des Heilig-Geist-Ordens warteten.

Jakob, der sie aus der Sammlung abgeholt hatte, nickte den Männern zu und führte sie mit energischem Griff an ihnen vorbei ins Innere des Gebäudes.

»Aber ...«, hob Anna an.

»Nach der Sitzung«, fiel Jakob ihr ins Wort.

Annas Herzschlag beschleunigte sich weiter. Bedeutete diese Geheimnistuerei, dass Lazarus den Orden verlassen durfte? Der Blick, den er ihr vor dem Rathaus zugeworfen hatte, war schwer zu deuten gewesen. Während ihre Gedanken wild durcheinanderwirbelten, folgte sie Jakob die Treppe ins Obergeschoss hinauf zur Ratsstube, in der bereits der gesamte Stadtrat versammelt zu sein schien. Wie bei ihrem letzten Besuch in diesem ehrfurchtgebietenden Raum thronte der Bürgermeister auf einem Podest am Kopfende, der Platz neben ihm war leer. Das Wappen der Familie Schad war über die Lehne des Stuhls gelegt worden, versehen mit einem schwarzen Trauerflor.

Die Blicke der Anwesenden streiften Anna mit wenig Interesse und wandten sich stattdessen den Männern zu, die hinter ihr und Jakob die Stube betraten.

Ein Raunen ging durch die Reihen.

Nachdem Jakob sie auf eine der Bänke gedrückt hatte, verdrehte Anna sich den Kopf und sah, wie zwei Stadtwächter einen mit Ketten gefesselten Magnus Ungelter den Mittelgang entlang führten, bis sie vor dem Podest zum Stehen kamen. Ihnen folgten die Brüder des Heilig-Geist-Ordens und zwei Ratsknechte, die Bruder Clemens in ihrer Mitte hatten. Der Hauptmann der Wache erschien ebenfalls, in Begleitung eines Mannes, dessen Anblick Anna die Luft einziehen ließ.

»Gallus?«, flüsterte sie.

Jakob nickte.

»Wo ist der Junge?«

Ehe Jakob etwas erwidern konnte, erhob sich der Bürgermeister und brachte die Versammelten mit einer Geste zum Schweigen. »Wir sind heute hier zusammengekommen, um über die Vorwürfe gegen Magnus Ungelter zu verhandeln«, sagte er.

»Und was ist mit dem Pfaffen?«, brüllte Ungelter. »Er ist der Mörder!«

»Schweigt!« Der Bürgermeister wartete, bis wieder Ruhe eingekehrt war, dann fuhr er fort: »Ihr werdet von mehreren Zeugen beschuldigt, Johannes Schad, den zweiten Bürgermeister, ermordet zu haben. Außerdem wird Euch vorgeworfen, vier Menschen durch ein Feuer zu töten versucht zu haben und Euch der Bigamie schuldig gemacht zu haben. Gesteht Ihr die Taten?«

»Einen Scheißdreck werde ich!«, tobte Ungelter. »Das sind nichts als dreckige Lügen! Diese Leute«, er zeigte auf

Anna, Lazarus und Bruder Clemens, »sind diejenigen, die Ihr anklagen solltet. Sie sind die Mörder, die Ihr sucht!«

»Das sind sie nicht«, widersprach ihm der Hauptmann scharf.

Der Bürgermeister bedeutete ihm vorzutreten. »Was habt Ihr in Erfahrung gebracht?«

»Es hat einige Zeit in Anspruch genommen, aber inzwischen wissen wir, dass der Angeklagte eine Gemahlin mit Namen Gertrud hatte, die vor einigen Jahren ein missgestaltetes Kind in Ulm zur Welt gebracht hat. Dieses Kind hat er ins Fundenhaus gebracht.«

»Wie war das möglich?«, wollte einer der Ratsherren wissen.

»Geld ist geflossen«, gestand der Pfleger des Fundenhauses. »Niemand hat Fragen gestellt, die Sache kam erst ans Licht, als ich auf Bitten des Hauptmanns in den Büchern nachgesehen habe.«

»Was ist mit dem Kind passiert?«, fragte der Bürgermeister.

»Es ist kurz nach seiner Ankunft im Fundenhaus an einem Fieber gestorben«, erwiderte der Pfleger.

»Und die Frau?«

»Ungelter ist mit ihr nach Reutlingen gezogen«, antwortete der Hauptmann. »Dort scheint er ihrer überdrüssig geworden zu sein, da er sie ins Narrenhaus hat stecken lassen.«

»Lüge!«, wütete Ungelter. »Wer hat Euch das erzählt?«

»Einer Eurer Männer«, war die trockene Antwort. »Ihr habt vermutlich gehofft, sie würde schnell sterben, damit Eure zweite Ehe rechtmäßig wird. Als Ihr erfahren habt, dass sie aus dem Narrenhaus entkommen ist, habt Ihr Eure Leute losgeschickt, um sie zu töten.«

»Habt Ihr Beweise dafür?«, erkundigte sich der Bürgermeister.

Der Hauptmann nickte. »Die Aussagen mehrerer Männer.« Er gab Gallus ein Zeichen, woraufhin dieser mit schwerfälligen Bewegungen vortrat.

»Was hat der Stadtpfeifer damit zu tun?«, wunderte sich ein Ratsmitglied hinter Anna.

»Dieser Mann wurde von Ungelter beauftragt, den Leichnam seiner Gemahlin aus dem Spital zu stehlen, damit niemand sie erkennen würde. Danach wollte Ungelter ihn beseitigen«, informierte der Hauptmann die Anwesenden.

»Stimmt das?«

Gallus nickte. »Er hat mir aufgelauert und mich abgestochen.« Seine Stimme war schwach.

»Ihr werdet doch wohl nicht so einem glauben!«, empörte sich der Angeklagte.

Der Bürgermeister ignorierte ihn. »Die Zeugen für den Mord an Johannes Schad!«, befahl er.

Jakob versetzte Anna einen Stoß in die Seite und sie kam mit weichen Knien auf die Beine. Zusammen mit Lazarus und Bruder Clemens trat sie vor das Podest.

»Ihr habt gesehen, wie Magnus Ungelter Johannes Schad getötet hat?«, fragte der Bürgermeister

Sie berichteten erneut, was in dem Gehöft vorgefallen war.

»Er war ein Mörder! Ein Verbrecher!«, kreischte Ungelter. »Ich habe ein Geständnis von ihm!« Er verstummte, als ihm klar wurde, was sein Ausbruch bedeutete.

Alle Augen im Raum waren auf ihn gerichtet.

»Ihr gesteht also den Mord?«

»Es war kein Mord! Er hat mich angegriffen!«
»Die Zeugen sagen etwas anderes.«
»Die Zeugen lügen!« Er zeigte auf Bruder Clemens. »Dieser da ist selbst ein Mörder!«
»Das ist er nicht«, widersprach der Hauptmann.
Anna horchte auf.
»Der Junge hat die Taten gestanden«, setzte der Hauptmann hinzu. »Bruder Clemens hat lediglich versucht, die armen Seelen vor ewiger Verdammnis zu bewahren. Sie waren allesamt geistig oder körperlich zurückgeblieben.«
»Das glaubt Ihr doch selbst nicht!«, wütete Ungelter.
Anna war wie vom Donner gerührt. Bruder Clemens hatte die Wahrheit gesagt?
»Gibt es noch weitere Zeugen?«, fragte einer der Beisitzer.
Der Hauptmann verneinte.
Der Bürgermeister und die Beisitzer steckten die Köpfe zusammen und berieten sich eine Weile flüsternd. All die Zeit über stand Anna stocksteif da und hoffte, dass die Sitzung bald vorüber sein würde. Sie verabscheute es, im Mittelpunkt der Aufmerksamkeit zu sein, auch wenn man ihr dieses Mal bereitwilliger zu glauben schien als bei ihrer letzten Vorladung vor den Rat. Magnus Ungelter hatte durch seine unbedachten Worte ein Übriges dazu getan, dass ihn selbst der größte Zweifler im Raum für schuldig halten musste.
Als die Männer auf dem Podest sich wieder den Versammelten zuwandten, verstummte das Tuscheln und eine angespannte Stille erfüllte die Ratsstube.
»Magnus Ungelter«, hob der Bürgermeister an. »Ihr werdet der Bigamie und des Mordes für schuldig befunden.« Er hob einen Stab auf, zerbrach ihn und schleuderte

ihn dem Angeklagten vor die Füße. »Für diese Verbrechen werdet Ihr zum Tod durch das Schwert verurteilt!«

»Was erlaubt Ihr Euch?«, zeterte dieser. »Das sind alles Lügen!«

»Führt ihn ab!«

Als die Wachen ihn packten und in Richtung Tür zerrten, wehrte er sich mit Händen und Füßen. »Das wird ein Nachspiel haben! Darauf könnt Ihr Euch verlassen!«

Einige der Anwesenden lachten.

Anna unterdrückte ein Schaudern. Die Sitzung hatte die Ereignisse mit furchtbarer Deutlichkeit zurückgebracht und sie war froh, dass der Spuk nun ein Ende zu haben schien. »Was passiert mit dem Jungen?«, fragte sie, nachdem die Sitzung beendet worden war.

Jakob zuckte mit den Schultern. »Er wird vermutlich auch auf dem Schafott landen. Der Wundarzt und der Henker sind immer noch damit beschäftigt, die Leichen aus den Gräbern zu beschauen.«

Anna schlang die Arme um sich. »Die armen Kinder«, murmelte sie.

»Komm!«, sagte Jakob. »Es gibt noch was anderes, das geklärt werden muss.« Er brachte sie in die Eingangshalle, in der sie auf Lazarus und die anderen Mönche warteten.

»Auf ein Wort, Magister!«, bat Jakob den Spitalmeister.

Epilog

Ulm, Ende November 1412

DER TAG, an dem die Hinrichtungen stattfanden, war grau und regnerisch. Zwischen die dicken Tropfen mischten sich Schneeflocken, was die Schaulustigen nicht davon abhielt, in Scharen zur Richtstätte zu strömen. Anna beobachtete die Menschen aus der Entfernung und fragte sich, warum Gott zuließ, dass solche Grausamkeiten alltäglich stattfanden. Was für ein Maß an Bosheit musste nötig gewesen sein, die zum Teil nur wochenalten Kinder auf solch grausame Weise zu töten? Nachdem der Wundarzt und der Henker mit der Begutachtung der Leichname fertig gewesen waren, hatte es eine zweite Ratssitzung gegeben, in der der Junge ebenfalls zum Tod verurteilt worden war.

»Ich wollte die anderen beschützen«, hatte er immer und immer wieder beteuert, doch das hatte ihn nicht retten können.

»Warum ist euch nicht aufgefallen, dass Kinder verschwinden?«, hatte der Bürgermeister die Brüder des Heilig-Geist-Ordens gefragt.

Darauf hatten die Mönche keine Antwort gehabt.

Anna vermutete, dass es im Fundenhaus so gedrängt zuging, dass kaum einer der Brüder die Namen aller Kinder kannte, geschweige denn, sich für Probleme interessierte. Der Pfleger war von seinen Aufgaben entbunden worden, eine Entwicklung, die Jakob vorhergesehen hatte.

Sie wandte sich von den zur Richtstätte strömenden Menschen ab und setzte ihren Weg zum Spital fort. Obwohl die Meisterin sie mit deutlichen Worten getadelt hatte, war ihr eine strengere Strafe erspart geblieben. Wieder einmal. Sie schnitt eine Grimasse und versuchte, nicht an die Auseinandersetzung mit dem Magister Hospitalis zu denken.

Ohne Erfolg

»So etwas steht völlig außer Frage!«, hatte er Jakobs Ansinnen empört zurückgewiesen. »Es ist unmöglich! Ein Bruder, der seinen Orden verlässt, um …« Er hatte Anna einen verächtlichen Blick zugeworfen. »Vollkommen unmöglich!«

»Aber wir könnten uns einigen«, hatte Jakob vorgeschlagen. »Ihr legt ein gutes Wort bei den Oberen in Rom ein und ich spende eine beträchtliche Summe. Außerdem könntet Ihr Euch so einer wohlwollenden Stimme im Rat sicher sein.«

»Wollt Ihr mich erpressen?«

Jakob hatte beschwichtigend die Hände gehoben. »Denkt darüber nach. Diese Lösung wäre für alle von Vorteil.«

Ohne eine Antwort darauf, war der Magister Hospitalis davongerauscht und hatte Jakob, Anna und Lazarus stehen lassen.

»Keine Sorge, der überlegt es sich schon noch anders«, hatte Jakob versprochen.

Seitdem war nichts passiert.

Zwar war Lazarus zu Annas Erleichterung nicht wieder nach Rom geschickt worden, doch ihre Hoffnung schwand mit jedem Tag etwas mehr. Was, wenn Gott nicht wollte, dass sie und Lazarus sich liebten? Vielleicht erschien es ihm als Frevel, dass Anna die Beginensammlung verlassen wollte.

»Die Aufgabe der Beginen ist die Versorgung der Kranken, Armen und Notleidenden«, wurde die Meisterin nicht müde zu wiederholen. »Du musst auf Gottes Gnade und Barmherzigkeit vertrauen.«

Anna wünschte, sie könnte weiterhin so blind glauben wie die anderen Schwestern. Das, was im Fundenhaus geschehen war, fachte den Zweifel in ihr an. Wie konnte ein barmherziger Gott zulassen, dass Unschuldige ein solch grausames Ende fanden? Was hatten sie getan, um so viel Leid zu verdienen? Andererseits war es möglich, dass Gott dafür gesorgt hatte, dass die Verbrechen entdeckt wurden. War es sein Wille gewesen? Sowohl Gertrud als auch die Kinder hatten Gerechtigkeit gefunden. Wer war sie, dass sie die Wege des Herrn anzweifelte?

Mit einem Seufzen setzte sie ihren Weg zum Spital fort und hoffte, dass sie Lazarus an diesem Tag zu Gesicht bekommen würde. Allem Anschein nach hatte der Magister Hospitalis dafür gesorgt, dass eine andere Begine sich um die Kranken und Leidenden in der Siechenstube kümmerte. Deshalb machte Anna sich zur Stube der Wöchnerinnen auf, sobald sie den Hof überquert hatte. Ewig konnte man Lazarus nicht von ihr fernhalten, da außer dem Spitalmeister niemand von dem Angebot wusste, das Jakob unterbreite hatte.

Würde er es sich wirklich anders überlegen? Die Hoffnung vermischte sich immer öfter mit einem Gefühl der Verzweiflung, der Furcht, dass es für Lazarus und sie keine gemeinsame Zukunft geben konnte. Sie standen beide im Dienst Gottes. Konnte man diesen Dienst einfach aufkündigen? Sie hob den Blick zum Himmel, der bleigrau und trostlos über der Stadt hing. Während sich der Regen auf ihre Haut legte, sprach sie ein Gebet. Dann senkte sie den Kopf und setzte ihren Weg zur Stube der Wöchnerinnen fort.

Nachwort

DEUTSCHLAND ERLEBTE ZU Beginn des 15. Jahrhunderts eine unruhige Epoche. Die seit Karl dem Großen gesamteuropäisch orientierte Reichspolitik war Vergangenheit. In Europa entwickelten sich die Nationalstaaten und im Deutschen Reich selbst schwand die kaiserliche Zentralgewalt zugunsten mächtiger Landesfürsten und Freier Reichsstädte.

Wirtschaftliche, soziale, und religiöse Spannungen nahmen zu, die Folgen waren Raubrittertum, Bauernunruhen und kirchenkritische Reformbewegungen.

Fernhandel, Kaufmannschaft und Handwerk waren die neuen Kräfte, die an die Stelle von Grundherrschaft und Landwirtschaft traten und die gesellschaftliche Entwicklung vorantrieben.

Und diese Kräfte gediehen vor allem in den unabhängigen Freien Reichsstädten, die nur dem Kaiser untertan waren. Ein gutes Beispiel für diesen historischen Umbruch war die reiche und mächtige Stadt Ulm.

Das 15. Jahrhundert brachte für die freie Reichsstadt Ulm den Höhepunkt ihrer Macht. Die Stadt war nicht nur einer der wichtigsten Umschlagplätze für Eisen, Holz und Wein, der berühmte Ulmer Barchent – ein Mischgewebe aus Baumwolle und Leinen – wurde in Venedig, Genua, Genf, Lyon, den Niederlanden und sogar in England verkauft. Die städtischen Kaufherren besaßen Niederlassungen an allen wichtigen Handelsplätzen der Welt. Der Wohlstand der Ulmer spiegelte sich auch im Besitz der Stadt wider, da Ulm neben den Städten Geislingen, Albeck und Leipheim auch fünfundfünfzig Dörfer besaß. Keine andere Reichstadt außer Nürnberg hatte jemals ein solch großes Stadtgebiet.

Nachdem die bürgerkriegsähnlichen Auseinandersetzungen zwischen den Handwerker-Zünften und dem kaufmännischen Patriziat der Stadt zuerst mit dem *Kleinen Schwörbrief* (1345) und schließlich mit dem *Großen Schwörbrief* (1397) beigelegt worden waren, gewannen die Zünfte mehr und mehr an Macht. Das Patriziat hatte nur noch zehn von vierzig Sitzen im Großen Rat und wurde zusehends in den Hintergrund gedrängt.

Aus diesen alten und vornehmen Familien stammte ein Großteil der seit 1230 in Ulm beurkundeten Beginen. Die unabhängigen und gebildeten Frauen mussten sich in die »Sammlung« einkaufen und waren nicht zur lebenslangen Ehelosigkeit verpflichtet. Es stand ihnen jederzeit frei, aus der Gemeinschaft auszutreten, um eine Familie zu gründen. Neben den Brüdern des Heilig-Geist-Ordens waren es die Beginen, die seit dem 13. Jahrhundert kranke und andere hilfsbedürftige Menschen betreut haben.

Da das Beharren der Beginen auf Unabhängigkeit und Eigenverantwortung für die Gestaltung des religiösen Lebens in ihren Gemeinschaften höchstes Misstrauen erweckte, wurden die Frauen immer wieder als Ketzerinnen verdächtigt und angeklagt. Im Jahr 1311 wurde das freigeistige Beginentum auf dem Konzil in Vienne schließlich verboten. Daher beschloss die Sammlung in Ulm im Jahr 1313, sich dem Orden der Franziskaner anzuschließen, allerdings mit einem selbst verfassten

Text für die Anschlussurkunde. De facto behielten sie durch diesen Schachzug ihre Unabhängigkeit und konnten ihr religiöses Leben und ihre geschäftlichen Aktivitäten ungestört fortsetzen. Zu Beginn des 15. Jahrhunderts besaßen die Beginen nicht nur das große Anwesen der Sammlung in der Frauenstraße, sondern Wald, Ackerland, Höfe und sogar ein ganzes Dorf, über das sie die kleine Gerichtsbarkeit ausübten.

Dass derlei unabhängige und mächtige Frauen das Missfallen vor allem der Zunftmeister auf sich zogen, versteht sich von selbst. Denn durch den am 30. Juni 1377 begonnenen Bau des Ulmer Münsters gewannen die Handwerker noch mehr Macht in der Stadt. Obwohl Ulm zu dieser Zeit lediglich 10.000 Einwohner besaß, wurde der gewaltige Kirchenbau für die doppelte Anzahl an Menschen konzipiert. Als Werkmeister wurde Ulrich von Ensingen verpflichtet, einer der bedeutendsten Kirchenarchitekten der damaligen Zeit. Von 1392 bis 1417 unterstand ihm die Bauhütte, der heutige Turm geht auf seinen Entwurf zurück. Außer am Ulmer Münster wirkte er am Mailänder Dom und am Straßburger Münster mit. Er kann ohne Weiteres mit einem heutigen Stararchitekten verglichen werden, der dank seiner genialen durchbrochenen Turmkonstruktionen in der ganzen damals bekannten Welt berühmt war.

Reichtum und bittere Armut lagen in Ulm dicht beieinander. Einerseits konnte der Bau des Münsters allein durch Spenden der Bürger finanziert werden, andererseits wären ohne die Beginen und die Brüder des Heilig-Geist-Spitals zahllose Menschen elendig zugrunde gegangen. Denn im Spital kümmerte man sich nicht nur um Kranke, sondern auch um Arme, Waisen und alte Menschen, die sich keine Pflege leisten konnten.

Silvia Stolzenburg, Mai 2020

Bibliografie

Bookmann, Hartmut et.al.: *Mitten in Europa: Deutsche Geschichte.* Berlin: Goldmann Verlag, 1990.

Fabri, Felix: *Traktat über die Stadt Ulm. Übersetzt und kommentiert von Folker Reichert.* Bibliotheca Alemannica Bd.1. Norderstedt: Books on Demand, 2014.

Halbfas, Hubertus: *Die Bibel.* Düsseldorf: Patmos Verlag, 2001.

Isenmann, Eberhard: *Die deutsche Stadt im Mittelalter 1150–1550: Stadtgestalt, Recht, Verfassung, Stadtregiment, Kirche, Gesellschaft, Wirtschaft.* Köln: Böhlau Verlag, 2012.

Jones, Peter Murray: *Heilkunst des Mittelalters in illustrierten Handschriften.* Stuttgart: Belser Verlag, 1999.

Kollesch, Jutta; Nickel, Diethard (Hrsg.): *Antike Heilkunst: Ausgewählte Texte aus den medizinischen Schriften der Griechen und Römer.* Stuttgart: Philipp Reclam, 2007.

Lang, Stefan: *Vom Ulmer Heilig-Geist-Spital zur Hospital-Stiftung: 770 Jahre Hospitalstiftung Ulm 1240–2010.* Ulm: Verlag Klemm & Oelschläger, 2010.

Leven, Karl-Heinz (Hrsg.): *Antike Medizin: Ein Lexikon*. München: C.H. Beck, 2005.

Link, Otto: *Alt-Ulm: Ein Stadtbild von Otto Link*. Tübingen: Alexander Fischer Verlag, 1924.

Petershagen, Wolf-Henning: *Ulms Straßennamen: Geschichte und Erklärung*. Stuttgart: Kommissionsverlag W. Kohlhammer, 2017.

Reddig, Wolfgang F.: *Bader, Medicus und Weise Frau: Wege und Erfolg der mittelalterlichen Heilkunst*. München: Battenberg Verlag, 2000.

Schulz, Ilse: *Verwehte Spuren: Frauen in der Stadtgeschichte*. Ulm: Süddeutsche Verlagsgesellschaft, 2005.

Stadtarchiv Ulm (Hrsg.): *StadtMenschen. 1150 Jahre Ulm: Die Stadt und ihre Menschen*. Ulm: Ebner Verlag, 2004.

Strehlow, Wighard: *Hildegargd-Heilkunst von A-Z*. Hamburg: Nikol Verlagsgesellschaft, 2012.

Ulmer Museum: Reinhard, Brigitte; Roller, Stefan (Hrsg.): *Das alte Ulm: Grafik, Zeichnungen, Modelle*. Ulm: Süddeutsche Verlagsgesellschaft, 2005–2006.

Ulmer Museum: Reinhard, Brigitte; Schulz, Ilse (Hrsg.): *Ulmer Bürgerinnen, Söflinger Klosterfrauen in reichsstädtischer Zeit*. Ulm: Süddeutsche Verlagsgesellschaft Ulm, 2003.

Unger, Helga: *Die Beginen: Eine Geschichte von Aufbruch und Unterdrückung der Frauen.* Freiburg: Verlag Herder, 2005.

Vogt-Lüerssen, Maike: *Der Alltag im Mittelalter.* Norderstedt: Books on Demand, 2006.

Vogt-Lüerssen, Maike: *Zeitreise 1: Besuche einer spätmittelalterlichen Stadt.* Norderstedt: Books on Demand, 2005

Wortmann, Reinhard: *Das Ulmer Münster. Große Bauten Europas Bd.4.* Stuttgart: Verlag Müller und Schindler, 1972.

*Weitere Titel finden Sie auf den
folgenden Seiten und im Internet:*

WWW.GMEINER-VERLAG.DE

Historische Romane von Silvia Stolzenburg:

Die Salbenmacherin
ISBN 978-3-8392-1731-3

Die Salbenmacherin und der Bettelknabe
ISBN 978-3-8392-1910-2

Die Salbenmacherin und die Hure
ISBN 978-3-8392-2157-0

Die Salbenmacherin und der Engel des Todes
ISBN 978-3-8392-2423-6

Die Salbenmacherin und der Stein der Weisen
ISBN 978-3-8392-2706-0

Die Meisterbanditin
ISBN 978-3-8392-2301-7

Die Flucht der Meisterbanditin
ISBN 978-3-8392-2530-1

Die Begine von Ulm
ISBN 978-3-8392-2552-3

Die Launen des Teufels
ISBN 978-3-8392-2201-0

Das Erbe der Gräfin
ISBN 978-3-8392-2306-2

Die Heilerin des Sultans
ISBN 978-3-8392-2529-5

WWW.GMEINER-VERLAG.DE
Wir machen's spannend

Mark Becker ermittelt:

1. Fall: Blutfährte
ISBN 978-3-8392-2069-6
2. Fall: Das dunkle Netz
ISBN 978-3-8392-2280-5
3. Fall: Falschspiel
ISBN 978-3-8392-2424-3

WWW.GMEINER-VERLAG.DE
Wir machen's spannend